谢六逸全集

谢六逸——著
刘泽海——主编

十八

贵州出版集团
贵州人民出版社

ID# 报刊文章（三）

目 录

001	古代希腊文学概观
030	宝宝的歌
032	欧洲中古文学之一瞥
045	最近的感想
047	谢六逸声明
048	谢六逸自传(1898—)
050	胡瓜与茄子
052	但丁的《神曲》
064	世界大战和妇女劳动
076	新感觉派
084	蚤
086	罗马文学的发生
093	抗日声中新闻界应有的觉悟
095	文化人类学导言

103	加藤雄武小品:离别
106	萤
109	青年与新闻
112	背字典
113	我在青年时代爱读的书:《饮冰室全集》
114	我们对于文化运动的意见
119	论歌德
129	汤饼宴
131	一个提议
132	中国人的"过多症"
134	论描写
140	辛亥革命与"英雄结"
143	从未对人说过的话
146	广东奇俗的"不落家"和"自梳头"
150	新春读书记
155	介绍《中国文学史》
165	日本人的幽默
170	坪内逍遥博士
185	日本的随笔
196	我的书:小说神髓
201	希腊悲剧的发生
212	北欧神话研究

246	"奥定"的神话
267	英吉利的现实主义文学
277	现代德意志戏曲之倾向
310	大众语和报纸
314	略谈"中间读物"
319	推行手头字缘起
322	小品文之弊
324	人名索引

古代希腊文学概观

一、绪论

古代的希腊民族自称为 Hellenes,称所居的地方为 Hellas,希腊(Gracia)一名,是后来罗马人称呼他们的。古代希腊人所用的 Hellenes 的名称,较之近世希腊,所包含的地方甚多。这个名称不单是包含古代希腊本土及邻近诸岛,连小亚细亚、南部意大利、西西尼等处,希腊人的都市,以及散在黑海沿岸的许多希腊殖民地都包含在内。即是说,凡有希腊人(Hellenes)居住的地方,就称为 Hellas。希腊民族,包含四个部族,即"Achrea、Ionia、Doria、Aeolia"。

希腊半岛分为北、中、南三部。北部希腊包含 Thessalia、Epirus 二地。Thessalia 为蜿蜒的山脉包围着的宏大的溪谷,神话中有名的 Olympus 山高耸北部。Epirus 的西部沿依俄利亚海,那里有名的 Dodonr 地方,橡林幽深,大神宙斯(Zeus)的庙殿在焉。

中部希腊分为十一地,其中最主要的是 Phocia、Boeotea、Attica 三

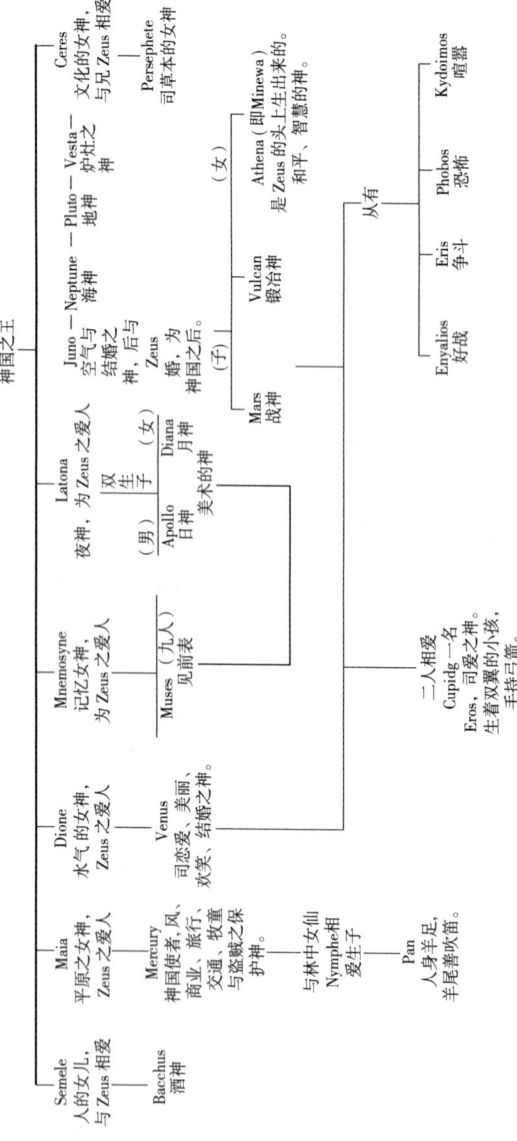

个地方。Phocia 以 Pelphi 市街著名；Boeotea 以台伯市（Thebe）见称；Attica 则有赫赫大名的雅典（Athens）。

南部希腊的主要地方有 Corinthia、Arcadia、Achaea、Argolis、Laconiea、Eiis 等地。

希腊的重要的土地，除开本土而外，就是周围的海岛。在东方的爱琴海（Aegean Sea）中，有 Cyclades 群岛，包围着有亚波罗庙殿的 Delos 岛，成一半圆形。Attica 的对面，有名为 Euloea（现名 Euvia）的大岛近亚细亚海岸，则有著名的 Lemnos、Lesbos、Chios、Samo、Rhodos 诸岛。在希腊与埃及之间，有大岛名 Crete。在希腊的西部，有依俄利亚群岛，其中最大的岛有 Cocyra（现名 Corfu 岛）；小者有 Ithaca，甚有名。

希腊是山国也是海国。她的特长是三面为小岛环绕，且多海湾，有岩石，有海角。"山性使人塞，水性使人通"，那些岛屿成为天然的桥梁，使希腊的交通得到便利。陆上则高地与低地错杂，举峦重叠，溪河交流，绿林葱郁，鲜花遍野。生长在这种地方的民族，不用说是智慧丰富，爱美心也较他人超特。青年的男女，都具有优美的体格与容貌。又因为陆地多山，依山为障，岛上遂分为许多小国，造成所谓"城邦"（City State）。政治自由，人民的生活平易。"艺术之花，常开于和平的花园"，所以文学、艺术与哲学的产生，是极容易的。

二、希腊神话

原始民族，其抽象作用之能力尚未发达，见日月星辰辄生惊异，如小儿之视电能发光,未知发光之理,于是凭借想象力,悬揣一切自然界都有人格的存在,其能力在人类以上,能够支配世界。希腊人以宇宙最高的支配者为宙斯(Zeus),贤而且勇,为诸神之王,在Olympus庙殿位居首座。诸神之座,则围绕四周。他是诸神的裁判者,遇事与诸神相商,由彼为最后的宣告。他驾电车,克伏电、雷,手执美丽之盾,曾化为兽形,降临下界。他有姊妹,也有妻子(名希拉Hera),为天空的女王,多力有智,貌亦美丽,惟性苛喜妬。他们有一个女儿名叫亚典那(Athena),是智慧之神,又为家庭工业(如纺纱、织布、耕种等)之保护者。她的产生是最奇特的。有一天,宙斯觉头痛,请了医药之神阿波罗来也无法医治,他痛得不能忍耐,便命铁匠之神吴尔康(Vulcan)拿斧砍他的头。亚典那便从她的父亲的头上飞出。宙斯的儿子很多:一名阿尼司(Ares),为战斗之神,强暴喜斗,常加入人类的战争,其位置在亚典那之下,暗寓智慧胜于战斗之意;一名赫非司都(Hephaestus)〔即吴尔康(Vulcan),为近世火山(Valcano)之原语〕为锻冶之神及家庭的火神,且精金属细工,以耶特那山麓为工场,即以耶特那山为烟突,有巨眼人为其助手,为诸神造武器,且为宙斯制雷电。宙斯与女神Latona恋爱,生了双生子阿波罗(Apollo)与狄爱那(Diana),即日神与月神。阿波罗是男神中最美者,精医药、音乐、诗歌及一切美术,他为青春的象征,又为青年之保护者。狄爱那为狩猎之神,貌极美,穿打猎短衣,负弓悬矢,头上有一新月,为少女之象征。宙斯又与女神狄思(Diane)恋爱,生了一个女儿,名维纳司(Venus),为爱与美之女神。或说她是从泡沫中生出的,故又名Aphrodite。她生了几个儿子,最有用的是第二个,名叫邱比特(Cupid),这个孩子永远不能长大,背生双翼、手捧弓矢,他用箭射那些应该相恋的男女。麦考莱(Mercury)是宙斯与平原的女人美亚(Maia)所产生的儿子,他的两踝生羽,帽子上也有羽毛。他是神国的使者,又是风神、商业之神、旅行者、发明者、牧童与盗贼的保护者。他出世后,有一天出外,盗了阿波罗的牛,吃了两头,还藏了几头在山洞里,他把牛足的迹印消灭,使人不知。阿波罗发见他的牛失去了,知道是他偷的,便来寻他,恰好他正在摇篮中睡觉,便被提到宙斯的面前,他自承偷牛之事。后来诸神命他将他所作的琴给阿波罗当作赔偿,阿波罗给他一根牧人所用的杖。

希腊人将一切艺术归之记忆,故又有记忆之神。宙斯与她生了九个女儿,名曰缪斯(Muse),职斯文艺,由阿波斯领袖,其名如下。

原名	译音	名字的意义	所司	所持之物
Clio	克里娥	赞赏	叙事诗与历史	书卷
Melpomene	美尔包尼	歌谣	悲剧	悲剧之假面
Thalia	赛的亚	生之喜悦	喜剧与牧歌	牧童的杖与假面
Terpsichore	脱西哥尔	跳舞之轻捷	跳舞与唱歌	长木与七弦琴
Erato	爱拉妥	怜惜	恋爱之歌	薄衣与小琴
Calliope	卡尼阿卜	声音之美	雄辩与挽歌	书牒与尖笔
Euterpe	优德卜	魅力	音乐与抒情诗	笛
Polyhymnia	波林尼亚	多数之赞歌	赞歌与知识	以石岩为座而冥想
Urania	乌莱尼亚	诸天	星学	天球仪

三、叙事诗

基督降生前八百年时,有一位盲诗人流浪于希腊各地,行吟古诗及韵文的传说,人称他为荷马(Homer, Homeros, 850B. C.)。他的生地已不可考,据古书所载,曾有七地争说荷马是他们的乡人,藉此以为荣耀。近世学者,对于荷马的存在问题也有许多争端。德人 Wolf 曾著 *Proegomena ad Homeros*(1795 年版)一书,言荷马不过是传说中的人物,对于荷马的叙事诗亦生疑义。惟在希腊当时,则以荷马为彼邦的第一大诗人,视他作的史诗如同圣书。直到如今,世人也称他的史诗为万古不灭之作,他的《奥德赛》(*Odyssey*)与《依利亚》(*Iliad*)二篇,影响后世的力量最大。

在荷马降生以前,希腊本有许多诗歌流传众人的口中。其诗简短,然亦足以感人。希腊风物最美,人民的生活富情趣,故多咏四季美景的歌,借以自娱。春时有羊祭,唱《林拿斯之歌》,以林拿斯为春之象征。相传林拿斯为一牧童,乃神的儿子,被狗噬丧命,众人哀他年少横死,遂于春时祭他,以少年喻春时,以为春去夏来,良辰难留,寄此以抒哀感之情。此外又有庆祝结婚的诗歌、吊挽死者之诗、祭祀祈祷之诗,惜均散佚不传。荷马采其先民的歌韵,以伟大的想像与创造力,成前述二史诗。后人虽有疑惑二诗非成于荷马一人,或谓荷马为想像的名词,然我等意在研究作品之价值,对于作者本人之考证应置于次。

《依利亚》与《奥德赛》二诗,以特洛亚战争为本,叙希腊英雄的功业与情操,加入丰富复杂的神话,将古代希腊民族的思想、趣味、知识、道德等,借英雄、美人之行为以表现之。内容复杂综错,然结构首尾一贯,描写典丽,为世之名著。

《依利亚》一诗,共有二十四卷,一万五千六百九十三句。原诗起点,叙希腊联军攻特洛城,联军大将亚格门农与将官亚克尼士(Achilles)的争讧。希腊联军攻特洛城之原因,始于下述之神话。

白尼亚司(Peleus)王遇海中女神西梯司(Thetis),一见相悦,竟成眷属。结婚之日,大宴诸神,独仇怨女神 Eris 未请。女神怒甚,掷金苹果一枚于筵上,上刻有字,"给最美者"。当时有神后 Hera、爱神 Venus、和平之神 Minerva 共争此果。神父 Zeus 不能断,命她们往特洛王的次子巴黎(Paris)处去解决。那时巴黎正在山中牧羊,三女神中和平女神先到,以战争的光荣为赂,使巴黎判苹果归她;神后赂他以富贵;爱神赂他以天下最美的妇人。巴黎思得人间美妇,遂将苹果断归爱神所有。于是神后与和平女神恨甚,暗与巴黎及特洛城人为敌。

巴黎得爱神之助,渡海到希腊,斯巴达国王 Menelaus 很优待他。王妃海伦(Hellen)为绝代美人,巴黎迷于色,且丰姿甚美,又得爱神之助,竟乘国王不在,将王妃海伦诱归。后国王归,知道此事,大怒,即联合希腊各部首领同征特洛,任王弟亚格门农为总指挥,于是英雄云集。大将中有名者为 Pylus 王 Nestor、Salamis 王 Ajax、Argos 王 Diomedes、Ithaca 王 Odysseus、Pathia 国的王子 Achilles。既抵特洛,围攻十年,城省未下。原诗以 Achilles 的忿怒始,特洛大将 Hector 战死终。

第一卷叙 Achilles 的忿怒。第二卷至第五卷叙战斗的准备,与军阵的安排。第六卷叙海伦的悲叹,与特洛将 Hector 告别妻子的情况。第七卷叙 Hector 与 Ajas 大战。(此两军第一次之战)。第八卷叙希腊联军自大将 Achilles 一怒退出后,势不能敌。第九卷叙总指挥亚格门农召回大将 Achilles,Achilles 不应,使者败兴而归。第十卷叙希腊将 Diomedes 与 Odysseus 夜袭敌军并捕敌人之间谍,歼敌人援军。第十一卷至第十九卷叙两军开战之第三日,希腊军奋勇杀敌,Agamemnon、Diomedes、Odysseus 诸将负伤,特洛军大胜,焚希腊军船舶。Nestor 劝 Achilles 的好友——Patroclus 访 Achilles,借他的甲,率部下出战。特洛军见甲,以为 Achilles 至,不战而退。Patroclus 追敌,中伏受害。Hector 将甲取去,希腊将 Monelaus 夺尸而回。后 Achilles 闻好友 Patroclus 被杀,忿极,欲图报复。遂弃前嫌,与亚格门农和好。第二十卷至二十二卷叙两军相战之第四日,Achilles 杀 Hector。第二十三卷至二十四卷,叙希腊军庆祝胜利,葬 Patroclus,特洛人向希腊军乞回大将 Hector 之尸,举行葬仪。原诗至此告终。

荷马的第二杰作为《奥德赛》,诗叙特洛城破后,奥德赛航海归衣大卡,途中遇险,在外漂流二十年。共二十四卷:首叙诸神集议,和平女神祈宙斯使奥德赛平安返乡。第一卷至第四卷,述奥德赛漂流在外时,他的妻子在国内为奸臣迫婚和他的儿子出外寻父的情况。第五卷至第八卷叙奥德赛与同伴归国时,途遇大风破舟,漂流到一个荒岛上,在岛上住了两年,遇着许多奇怪的事。后来他又漂流到女神加尼卜沙所居住的 Ogygia 岛上，二人相悦，成为夫妇，居岛中八年。这时正是他的儿子在外寻访他的时候。他在岛中坐了几年，忽想回乡，女神替他预备船只，送他到海中。后来他到了西方乐土飞香国（Phaeacia）。国王有公主名叫路西佳，很美丽，见奥德赛卧在沙滩上，便领他到宫中，颇得国王优遇。酒酣，座中有名德莫多克士的人，唱特洛城被围，及用木马破城的歌，歌声凄凉，奥德赛想起昔日的经历，起了思乡之念，不觉泪下。国王怪而问他。于是他将十年漂流遇险诸事告诉国王。原诗第九卷至第十二卷，都是他自述冒险的奇闻——当特洛城破后，奥德赛率同伴归，航海至依司姆纳上陆，与士人战，同伴伤亡甚多。再泛海，遇飓风，漂泊九日，抵食莲岛。奥德赛命三人上岛探访，士人以莲实食三人，三人遂忘前事，不思回乡，后经奥德赛强之行。抵只眼巨人岛，其族以畜牧为生，奥德赛携酒率十二人登岸寻食，误入巨人洞中，从者六人被噬，后以智伤巨人目，自缚于羊腹下逃出。后至风神岛，风神以和风之袋赠他，使船得顺风。行九日，从者疑袋中有金银，思窃之，启袋而逆风起，又飘回风神岛，神拒不纳。行多日抵食人国，国人以巨舟破舟，取人作食物，船被击碎，从者死大半，奥德赛得免。后逃至巫神西色岛中，他登高见有宫殿巍然矗林中，遂命从者前往探视，从者被巫神以术悉变为兽。奥德赛得水星神之助，破巫神术，救他的从者，后经施南族，有仙女唱歌，声能迷人，奥德赛以蜡丸塞耳得免。离施南岛后，又遇二女怪，从者死六人。一日舟抵太阳神岛，误食日神之牛。神怒，雷电交作，舟碎，从者死，奥德赛仅以身免，抱短木历九日始至加尼卜沙的岛上（见前）与女神成夫妇八年，始得抵飞香国。十三卷至十六卷，叙国王聆奥德赛所言，合座叹息，谋以大舟送他回国，并命人伴送到国境，奥德赛上岸疲极就寝，醒后得和平女神指引，自扮乞丐，探家中状况，知妻被人逼迫，儿子出亡未返。十七卷至二十卷，叙奥德赛抵家，他的妻子不知他即是奥德赛，以他为乞丐，他自称遇见国王，将即回国。后宫中老乳母为乞丐濯足，见足上有痣，知为主人。但他禁老乳母勿声。时王妃以硬弓挂于庭内，传言有能开弓的便嫁他为妻。自二十一卷至二十四卷，叙奥德赛脱乞丐装，与其子扑杀群僚。王妃出视，知丈夫已归，遂得团圆。

《依利亚》一诗，以英雄为主，叙两军剧烈的战斗，是为描写战争的诗。《奥德赛》是冒险的故事，叙奥德赛与风涛、野人、怪物相争。《依利亚》诗中主人亚克利士为一勇武绝伦的英雄，奥德赛则为一狡智之人物，二诗之异点在此。至二诗篇幅之伟大，同以特洛战争为起因，韵律相似，同为表现一时代的文明，就此数点看来，二诗也有相似的地方。

荷马的叙事诗，歌咏于达官贵族之前，以赞美先民的丰功伟业。同时有诗人名赫胥俄特（Hesiod）者，崛起于 Boeotia 地方，自成一派，歌咏田园农事，与荷马的叙事诗相反。赫胥俄特为平民的诗人，荷马为贵族的诗人。赫氏在纪元前 8 世纪末叶，生于赫尼康山麓的小村落里。后人在他的著作中考出他的生世，知道他的父亲是一个农夫，他幼时牧羊得 Muse（见前表）指授，遂能作诗。著作悉散亡，现存二篇。一为《工作与日月》（*Works and Days*），共八百二十八句。诗叙农夫应该做的工作,与时令的吉凶。对于人类日常生活亦有教训。全诗分三部:1.序诗;2.关于日常生活的教训;3.历书。均以神话穿插。第二作为《神统记》,共一千零二十二行。首叙世界的开辟,海洋、天地,及星辰诸神的发生及系统,编列诸神,各定职守。希腊人的宇宙观与宗教的情感,都可在这诗中得见。除上列二诗外,或谓《赫拉克尼斯的眉》一诗,亦为赫氏之作,但未能确考。

叙事诗除荷马与**赫胥俄特**外还有亚休司(Asius)、比山德(Pisander)、巴勒阿西司(Panyasis)、安梯墨克斯(Antimakhos)、哥尼纽斯(Choerilus)等人,惜今只知其名,著作散亡殆尽,即有存者不过零简而已。考其存在时间,约在纪元前7世纪至4世纪。他们的作品都是模仿前人的。

四、抒情诗

叙事诗与抒情诗,在内容与形式上,二者各不相同。叙事诗主叙述,描写或传述一件故事或事实;抒情诗则与事实无关,出于作者的情感。抒情诗语源出自Lyte,本有伴琴而歌的意思,而叙事诗则为背诵。故叙事诗所取的题材,为战争与英雄的行为等客观事象,抒情诗直接表现个人之主观的思想与感情。如歌咏人生、恋爱、美丽或对死者的哀悼,祝贺竞技者的胜利,都是抒情诗的职责。再由形式上看,叙事诗可以长至万言,抒情诗所咏的思想感情虽较为复杂,而形式不取冗长,不外短歌或绝句之形。且抒情诗不能与音乐分离,如后世英人徐尼的《西风赋》,与济兹的《夜莺歌》,皆音调铿锵,可以合拍而歌。此又为抒情诗与叙事诗相异之点。

希腊的抒情诗,可分为四类:1.挽歌体(Elegiac Poetry);2.调笑歌(Iambic Poetry);3.独唱抒情诗(Monodic Poetry);4.合唱抒情诗(Choral Poetry)。

(一)挽歌体(体裁为挽歌,所咏不限于哀悼)

最早的作者名加利留斯,约生于纪元前700年。所作散失,现存者为纪元后6世纪后人所集,诗为鼓舞少年为国而战,诗中大意如:"汝能偷安至何日?少年们,汝何时方有勇敢的精神?汝苟且偷安,不怕邻人耻笑吗?汝以为高枕无忧,岂知干戈遍地呢?"由此可以知他的诗的精神了。加利留斯后有梯尔台乌斯(Tyravus),为雅典人,生于第二麦森尼亚战争时(Second Mesenian War, 630 B.C.—600 B.C.)家住斯巴达,以作战歌著名,当斯巴达战事失利时,曾问神求签,神令斯巴达人向雅典求一指挥者。雅典人本无意助斯巴达,遂遣一跛足的教师往,教军人高唱战歌以鼓舞勇气,后果获胜。梯尔台乌斯可称为军国主义、国家主义的诗人。他的诗,在抒情诗人中,要算是最雄壮的了。

前进吧,斯巴达的孩儿们,
你们原是自由民族的后裔,
用你们的左手举着盾向前,
用勇猛的精神掷你们的枪,
临阵切莫顾惜你们的生命,

——这不是斯巴达人的风习。

缪勒尔木司(Miminermus)是一个感伤的悲观的诗人,他生于小亚细亚的柯洛方(Colophon),约在纪元前630年。据传说他是一个吹笛的人,尝与名叫南娜(Nanno)的女子相爱,用她的名字作诗集的题名,咏古代恋爱故事,所遗断片,悲人生之短,叹老年之不幸。又谓人生过了少壮时便无价值,到了六十岁离去此世,以免疾病悬念之苦。他尝以人生喻花,谓人生愁苦,正如花之飘零。

许俄革尼斯(Tieogris)为麦加拉(Megara)的贵族。他是一个贵族诗人,他赞美中庸,劝导适度与节制,以一半较全体更善的原理应用于感情,谓善恶勿动于心,惟忍耐为人类的本分。他以贵族为善良,平民为卑贱的,后被平民党驱出国外。放浪多年,因之思想愈深刻。所作诗一千四百余首,仅于柏拉图与其他哲学家的书中得见断简而已。

(二)调笑歌①

调笑歌为一种诙谐讽刺的诗,形体与挽歌不同。希腊最早的讽刺诗人是阿克洛卡斯(Arcbrochus),父名台立西克尔司(Telesicles),他的母亲是一个奴隶,名叫依利波(Eripo)。他的生年死月不明,终其生约在纪元前第7世纪时,初本婆人,后以掘金为业,又改入行伍,此时他还在壮年。他的诗颇为当世所重,称誉与荷马等。他的性质是很特异的。他曾说:

---

① 此标题为整理者加。

一、我是战神的仆人,亦喻缪斯的美赠。

二、我在矛尖得蒸饼,又得依西马尼的酒,我睡在矛上饮酒。

三、有土人看中我的盾,我不情愿地把这精巧的武器弃在丛林后,但我却得逃生。那盾,就让它去吧,我可以另得新的。

由他的许多断片,知他是一个狂放不羁的人。

禽兽寓言(Beast Fable)也是讽刺诗的一种。藉鸟兽草木之言,以讽刺人类。创始者为伊索(Aesop),他是一个奴隶,约生存于纪元前第6世纪中叶,曾浪游各地,后被他人杀死。《伊索寓言》所集皆古代传说,其中寓言有许多是印度古代的传说。那些传说,流布于当时的民间,传到各国,由伊索搜集,使它能在欧洲流传。近世则《伊索寓言》已成为极通俗的书,伊索的功绩,是万古不灭的。

(三)独唱抒情诗①

独吟诗亦为悲歌之一,意在发抒一人的情绪,由一人吟咏,一人以乐器伴奏。所用乐器,以四弦琴为常。

独吟诗人中的天才,当推女诗人沙孚(Soppho),又称沙华。她住于勒士波司(Lesbos)岛,为依峨尼亚(Ionia)人。她是贵族的女儿。据传说她尝爱少年名花痕(Phaon),被弃失恋,自流加迪安岩上,跃入

---

① 此标题为整理者加。

海中自杀,由她寄与花痕的诗,此说或者不虚。惟花痕果有此人与否,则难稽考,花痕是否存在,是否见爱于沙乎,抑为想像中的人物,均不能知。

她是一个讴歌爱情的诗人,热情如炽,哀感婉艳,柏拉图称她做第十个缪斯。她咏恋爱的快乐与苦恼,咏青春男女的美。她的诗共有九卷,惜遗留后人者,不过断片一百七十余,幸有颂诗二篇,尚完全存在。

约在纪元前550年至500时,有诗人名阿拉克良(Anacresn)作独吟抒情诗颇精。他是台俄斯(Teos)人,曾受知于专政者沙莫士(Samos),诗名噪于宫庭,后又得雅典专政者西巴克士(Hiparcuns)的宠遇,他以Ionla语吟诗,是一个快乐派,生平喜欢酒、恋爱与音乐,用这三者作题材而作诗,在专政者宫中的晚餐席上吟咏,可称为快乐主义或唯美主义的诗人。所作诗共有五卷,现存者只有断片百余行。

(四)合唱抒情诗[①]

合唱诗共分三个时代。

1. 创始时代

诗人有塔尔台司(Tartus)、阿尔克曼(Alcman)、阿里昂(Arion)。

2. 进步时代

诗人有司台西克拉司(Steclaus)。

3. 完成时代

诗人有西摩尼台司(Simonides)、巴克尼台斯(Brechylides)、平达

[①]此标题为整理者加。

尔（Pindar）。

塔尔台司诸人诗，现已不存，惟西摩尼台司与平达尔二人所留残篇，足供后人鉴赏。西氏生于克峨斯，故被称克峨司的西摩尼台司（556B.C.—407B.C.）。他歌颂死于波斯战争的英雄，以表彰勇士的功勋。

平达尔（522B.C.—448B.C.）是希腊抒情诗人中最伟大的人物。有 Epiniclon 之作，为四十四篇的短歌，歌颂国民竞技的壮举和胜利者的光荣。其中十四篇颂 Olymbic 祭，十二篇颂 Pythian 祭，七篇颂 Temean 祭，十一篇颂地峡 Icthma 祭。他是赞美奋斗生活的，他以为丰功伟业足以表示人间的伟大。如在竞技时得了褒奖的，是无上的显荣，凡英雄不易得胜，敌手强则成功难，其进展多困于命运，英雄即在克制一切困难与苦痛。他颇重视名誉，以名誉足偿生命之短。他一面歌颂他人的努力，一面力图快乐。他尝说："难忍的艰苦的良医，就是高尚的喜悦。缪斯的快活的女儿——诗歌，以一瞥而魅人。"他自己也是极努力的，从小就刻苦作诗，后终成希腊第一流的诗人，为各地所崇拜。

五、悲剧

希腊戏曲，起源于宗教，诸神中有酒神者（Dionysus）司草木的发生、成长与繁华。此神貌似山羊，住纽撒山中，为宙斯与台白王妥靡斯的女儿赛麦斯所生。生酒神时，赛麦斯求宙斯勿使她见光，见光而赛麦斯忽逝。濒死时，腹中生出果实，相传即为酒神。酒神的职务，司果实的生长与葡萄的栽培。最初希腊人称为"木神""无花果的神",后又称"葡萄酒神""陶醉的神"。祭酒神的仪式分为二次:一为春季,即将冬季收获的葡萄酿酒时,此时正是草木得酒神的恩惠发芽的时候;一在年末,意在庆祝收获。祭式种类亦有二:一为乡祭,一为雅典祭。行祭式时,需时五日或六日,择春色满郊、百花绚烂时,就祭坛举行。这时各同盟国皆来纳税进贡,外国的外交官、商人以及看热闹的也来到希腊,极一时之盛。祭祀的第一天,举行大行列,行列终,将酒神的身体运到竞技场。第二天的表演有二种:一为悲剧或喜剧,一为抒情诗的吟咏。祭神时,以山羊一头供牺牲,故悲剧的语源为Tragos(山羊)。行列中有合唱队(Chorus),队中指挥者向群众演说酒神功德与他的苦难、胜利等,借以感动听众。次为指挥者与合唱队对话,后渐进步,由合唱队中举出一人与指挥者对答,是为优伶的始源。

悲剧的材料,多取自英雄谭或神话。希腊英雄与神有莫大关系,我们看荷马的叙事诗,早已知道。那些英雄,便是理想的希腊人,他们的思想感情、精神生活,都表现在英雄们的身上。英雄谭多叙冒险、恋爱的事迹,为戏剧的有趣的材料。纯粹用神话作题材的也多,但终不能引起一般人的感情,结果至于失败,遂有许多失传了。希腊人爱整齐、好调和,于戏剧也是如此,因使看客的心集中,遂创三一律。三一律就是兴味统一、地方统一、时间统一的意思。

希腊人祭酒神时,合唱队围祭坛跳舞,看舞的和听歌的人立在周围。在早只有唱歌与舞蹈,后来演剧的要素渐渐浓厚,始有合唱队的指挥者,立在陈设祭品的桌上,与合唱队问答。祭坛与祭品统称曰

Thymele，后来渐渐变成舞台。现在雅典亚克洛波尼斯山麓，还有第四世纪时希腊剧场的废墟，供后人凭吊。

创造"伶人"的台司比什（Thespis），他生于依卡尼亚（Icaria）。行酒神祭时，将自己所作的剧，拿到村中表演后，又拿到雅典去演，背景同假面也自他创始。

自三大悲剧家出，希腊剧始达完成之域。1.为亚士岂洛司（Aeschylus）；2.为梭孚克尔司（Sophocles）；3.为育尼比台司（Euripides）。[亚士岂洛司为]贵族，曾参与波斯战争、沙那末战争，负伤而回。相传他幼时，夜间为人守葡萄田，梦中忽见酒神，劝他作悲剧。他的悲剧第一次出现，在499年，其后五十年间，为雅典剧场作剧甚多，此时作品约有八十篇。纪元前480年，举行第七十五次竞技，他的悲剧得奖。从那年起到458年，共博得十三次的胜利。他除悲剧外，也作挽歌。氏死于456年，关于他的死有一个有趣的传说。据说亚氏有一天在户外作剧，天上有一头秃鹫，抓了一只乌龟，想破壳食肉，误认了亚氏的头作石岩，便将乌龟直摔下来，头被乌龟的壳击伤，他便死了。他的墓上，雕刻着鹫鸟抓着乌龟的像，意思是七弦琴因诗之翼而登天，当时的人便以附会他的死。

亚氏遗留后世的作品，仅有断片七篇——

1.《乞保护者》（*The Supplicants*）——三部曲之首卷

2.《波斯人》（*The Persians*）——三部曲之中卷

3.《七雄》（*The Seven Against Thebes*）——三部曲之末卷

4.《被囚的布洛麦休斯》（*Prometheus Bound*）——三部曲之中卷

三部曲《峨司梯》(*Trilogy of the Oresteiai*)

5.《亚格门农》(*The Agamemnon*)

6.《供养者》(*The Choephori*)

7.《育麦尼台司》(*The Eumenides*)

《乞保护者》谓埃及王达那俄司(Danaus)有女五十人，为王弟埃及卜妥(Eegyptus)子五十人所逼，逃至希腊牙果司(Argos)，牙果司王比那司果(Pelasgus)允保护他们。后来达那俄司来攻，五十王女仍被夺去。此剧出场伶人只有二人，第一伶人为达那俄司(外配埃及使者)，第二伶人为比那司果。外埃及王女五十人，则为歌队，绕祭坛歌舞。原剧为三部之首曲，第二曲《埃及人》及第三曲《达那俄斯的女儿》则已散佚不传。

《波斯人》一剧，写波斯王耶克首斯(Xerxes)远征希腊因架桥得罪海神波色登(Poseidon)舟破人亡。他的母亲和元老留守国内，盼他们回国。舞台上其母亚妥沙(Atossa)领从者登场，与歌队对答，谓其得梦不祥，并述梦中所见。未几，有使者自战场回来，报称波斯军在沙那米大败，全军战死。母乃祈祷先王降福，此时老王之灵从墓中出现，责其子耶克首司的高慢，至蒙神谴。母闻老王之言悲痛愈深，此时歌队唱哀歌，歌中悼爱子之亡，国事日陷悲境。词极悲惨。此剧出场人物共有四人，第一伶人为亚妥沙、耶克首司。第二伶人为使者、老王的幽灵。

《七雄》或译《攻打台伯司的七雄》，为三部曲之末卷，首曲《那依俄司》(La'os)、次曲《俄迪普司》(*Oedipus*)，均已不存，七雄纪台伯司城为牙果司军包围。台伯司有城门七座,各有一将把守,牙果司军因举七人攻打之,故名。

《被囚的布洛麦休斯》为三部曲中之中卷,首卷名《偷火的布洛麦休斯》,三卷名《解缚后的布洛麦休斯》,均失传。此卷叙布洛麦休斯触神怒,被锁在岩石上,因神将毁灭人类,另在地上播种别的更好的生物,布洛麦休斯是帮助人类的,以火给人类,神以为他反抗自己,所以将他缚住。

《亚格门农》叙希腊联军大将亚格门农被他的妻子所杀。《供养者》叙亚格门农的儿子替父报仇,杀了母亲。《育麦尼台司》叙 Orestes(即亚格门农的儿子)因杀母为执行刑罚之神追捕,使他受了许多苦难。

梭孚克勒司(Sophocles,496 B.C.—406 B.C.)为希腊第二悲剧作家,生于雅典。二十九岁时,便作悲剧,那时亚士岂洛司的名声,正满布国内,他们二人竞争很激烈,后来终得了胜利。作品约有百余篇,现存者有以下七篇,最著名者为1、2、3、6 诸篇。

1.《俄迪普司王》(*Oedipus Tyanuas*);

2.《柯洛罗的俄迪普司》(*Oedipus Kolonos*);

3.《安梯哥勒》(*Antigona*);

4.《爱依司》(*Ajax*);

5.《费洛克台司》(*Philotes*);

6.《耶勒克特拿》(*Electra*);

7.《特那基司的女子》(*Tracrinai*)。

梭氏对于悲剧的贡献,较亚氏更多。1.他破除三部曲的形式,每曲自成一篇。2.亚氏以悲剧显示超自然的伟大,他则表现人间的感情。3.他创始用第三伶人。此外,如歌队人数的增加,以及革新舞台的装饰等,都是他对于悲剧的功绩。

第三悲剧作家为育利比台司(Euripides, 480B.C.—406B.C.),他生于沙那米,作剧九十二篇,存者十七。所取材料,得自叙事诗与地方传说。下列诸篇,为其杰作。

1.《亚尔克司梯》(*Alcestia*);

2.《梅迪亚》(*Medea*);

3.《希波尼托司》(*Hipplytus*);

4.《在奥尼士的衣非吉力亚》(*Ophigenia at Oilis*);

5.《在达利峨司的衣非吉力亚》(*Ophigenia Among the Taurious*);

6.《巴克》(*Baceh*)。

《亚尔克司梯》(438B.C.)叙弗拉(Phera)王阿德米都(Admetus),因获罪海神,将折其龄。亚波洛神怜他年老,许他不死,但须寻一代替的人。他向父母商量,借他们的寿命,他们不允许,他的妻子亚尔克司梯(Alcesta)则愿替夫死。时勇士赫拉克尔来弗拉,阿德米都将此事说给他听,勇士遂至亚尔克司梯的墓旁,与死神战,得了胜,带亚尔克司梯归。此剧写亚尔克司梯之美,赫拉克尔之任侠,以及阿德米都求父母代死时的争辩,均为此剧的特长点。

《梅迪亚》(413B.C.)叙甲生(Jason)因得蛮族女子梅迪亚之助,得金羊毛而归,二人结为夫妻,逾十年,甲生变节,另娶可林司王女克普沙而弃梅迪亚。梅迪亚遂用毒杀甲生的新妻,并杀己子。后其祖父(日神)以二轮车迎她到天上。

《希波尼托司》(428 B. C.)叙载修士王的妻子非特那(Phaedra)爱前妻所生之子希波尼托司。非特那虽有此念,但藏于心中而不敢言。其老乳母见她忧闷,怪而问故,她说出真情,并嘱老乳母勿泄于人,后老乳母竟向其继子言,非特那遂遗一函而自杀。

《在奥尼士的衣非吉力亚》(405 B. C.)在育氏死后,始演于舞台。原剧叙希腊联军攻打特洛城(Troy)时,元帅亚格门农因卡尔克司(Calchas)之预言,将杀其女儿衣非吉力亚供"牺牲",以祭希腊船舶。他叫妻子克勒丹尼司特拉(Clytaemnestra)来叫他的女儿,为言遗嫁大将亚克尼司(Achilles)后忽改变初意,另遣使者持第二函往阻其妻子勿来,而此函为麦尼老司(Menelaus)所阻,不得达。未几,克勒丹尼司特拉偕其女来,虽有亚克尼司之反对,而牺牲之议已决。衣非吉力亚亦愿为国献身。此剧表现衣非吉力亚为一高贵而艳冶的女子,亚克尼司为一高尚勇敢的青年。原剧虽未完结,极富兴趣。

《在达利峨司的衣非吉力亚》(412 B. C.?)一剧的情节继续前一剧。自衣非吉力亚被其父作为牺牲后,人或疑其已死,不料为阿台米司救她到达利峨司地方的一个尼庵里去做尼姑,在那里她被众人强迫叫她杀害旅居此地之外人作神的牺牲。并叙她救俄勒司特司(Orestes)的事。

《巴克》为育氏逝世前年之作,叙彭休士王(King Pentheus)严禁崇拜酒神,酒神化为少年,被王所执。他劝导王装扮为女子,往视崇拜他的女子们的欢宴。王被癫狂的群众分裂四肢。其母亚加（Agaoe）且以子首置酒神的杖上以示胜利。

以上三人,为希腊第 5 世纪时的三大悲剧作家,三氏以后,除 Jano Ghoos、Achaens 诸人外,竟无继起者。

六、喜剧

喜剧也起源于酒神的祭祀,其发达略迟于悲剧。Comedy 的语源,为 Komos(村落之义),希腊人当秋季时,村中聚众歌舞,举行酒神祭,仪式简朴,或持酒一瓶或持树枝或牵羊,喜笑怒骂,放纵不拘,使郁积之情一泄无遗。喜剧起源于麦加利(Megaria)村中,于 6 世纪时传入阿梯加(Attica)。最初之表演,则在依加利亚(Igalia),喜剧本无情节可言,只有离散的情景与粗野的滑稽做作而已。以韵文缀为喜剧者,自苏沙尼昂(Sosaro)始,被称为"喜剧之父"。他生于麦加利的一小村中(600B.C.)。他的喜剧亦无结构,不过三四百行的词句,其后喜剧渐传布于 Doris、Siclly 诸地,并有依比加莫斯(Epi Curus)承苏沙尼昂之后,使戏剧在希腊各地更为兴盛。

喜剧之成功作家为亚利士多芬(Aristophanes)(460B.C.—385B.C.),他共作剧四十篇(或作四十四篇),现存者十一篇。

1.《亚加利亚人》(Acharnians,425B.C.)讽雅典与斯巴达讲和;

2.《武士》(Knights,424B.C.)攻击政治家 Cean;

3.《云》(Clouds,423B.C.)反对当时哲学家的玄论与多辩,叙一少年,学于苏格那底而愈恶,其父大怒,欲焚他的住宅;

4.《黄蜂》(Wasps,422 B.C.)讽刺诉讼司法制度;

5.《和平》(Peace,421 B.C.)与斯巴达言和之争辩;

6.《鸟》(Birds,414 B.C.)讽刺雅典之苛政;

7.《赖西司徒那太》(Lysistrata,411 B.C.)反对彭洛邦内辛战争,提倡雅典司巴达之和平;

8.《立法祭日之妇女》(Women at the Festival of Demeters,411 B.C.)攻击雅典的妇女与育利比台斯及崇拜他的人;

9.《蛙》(Frogs,450 B.C.)对于育利比台斯的尖刻的批评。并以他的戏曲的技巧与梭孚克勒司比较;

10. Ecclesiazusae(392 B.C.or 328 B.C.)讽刺当时哲学家的社会的团集的意见;

11.《柏拉国》(Plutus,388 B.C.)批评社会中富的分配。

上列诸剧,最足动情者为《鸟》。言有二雅典人,一名 Plthelaesus(Plansille,可信),一名 Enelndes(Hopeful,有望)。二人苦于雅典的苛税,遂逃到空中占领雀鸟的土地,召 Hoopoe(鸟名)命他在云中造一所城市。即定名为 Cloud Cuckoo Town,他们可以收入人间献于神祇的烟火。那鸟遂叫他的妻子夜莺去召集众鸟。众鸟既来,欲得雅典人而甘心,Hoopoe 鸟劝他们听雅典人的话。后城已造成,有使者来告,有一神降城中,乃女神伊尼斯(Iris)是也。她是被差到人间催人照常纳"牺牲"的女神,他们款待她,视若女儿。后托她向神父宙斯说,叫宙斯勿声张,否则率群鸟来攻打。后人类中有哲学家、诗人来到城中,雅典人一一与他们谈话。布洛麦休斯来,谓野神将造反,因他们的烟火已被群鸟享受,饥饿将死,诸神欲与二雅典人言和,但非宙斯以神后之美貌的女儿使给他们为妻,不允结约云。

《赖西司徒那太》讥刺希腊战乱,亚氏以为此是男子之过。他说"女子是人的救主,男子破坏一切,女子出来收拾"。他在此剧中,使女子出来制止男子的互相残杀,倡和平的运动。女子的制止方法,便是和男子绝交,决定非等到和平恢复后,不与男子往来。赖西司徒那太便是女子中作主谋的一个,她计划以大队女子占据雅典的卫城,将男子闭于城外,用费也由女子占据,男子们没有钱,只好停战。又因男子没有了妻子的慰安,都觉得怅惘,不能不让步,永息干戈。亚氏借此发挥他的讽刺天才,意在斥希腊人之自相残杀、同归于尽,此剧实为提倡和平的福音。

七、散文

希腊散文的发生,迟于诗歌。诗歌可由吟咏传诵,流布众口,散文必赖于写作。故散文的盛行,必在文明渐进的时代。

希腊散文作家,可分三类。一为演说,二为史书,三为哲学。

希腊演说家以狄莫休士(Demosthenes)为最著名,氏生于雅典,为纪元前384年至322年时人。时当希腊受马其顿人的侵略,他挥雄辩之舌鼓励希腊人。他的演说共有九篇,共为一集,名《菲士集》(*Philipps*)。

希腊历史家以希洛多德斯、休西迪特斯、舌洛法三人为著名。

希洛多德斯(Herodotus,481B.C.—425B.C.)生于小亚细亚,时

雅典战胜波斯，文明繁茂。所作史书共有九卷，前六卷述希腊与波斯的古代史迹，后三卷叙波斯与希腊的战争。

休西迪特斯（Thucydides, 471B.C.—400B.C.）曾参与彭洛邦内辛战争，写有此次战史七卷，其中包含历史上著名人物的演说。

舌洛法（Xenophon, 430B.C.—357B.C.）的著作有二：一名《阿拉塔西斯》（Anatasis），记希腊人随波斯王弟回波斯反抗其兄，舌洛法亦为其中之一人，故记录此次的远征；一名《海仑加》（Hellenica）叙希腊自公元前411年到362年的历史。

希腊哲学家以苏格拉底（Socrates）、柏拉图（Plato）、亚里士多德（Aristotle）三人为主要者，三人的生活与他们的学说略述于下。

苏格拉底（469B.C.—399B.C.），父以雕刻为业，母亲是一个产婆。他幼时曾学雕刻，后会便弃而不习。他以为人生的重要在求真智识，见当时的诡辩派言大而夸，他便以启迪青年为他的本职，自称为青年的恋人。他对于青年的施教法，便应用他母亲的"产婆术"，有所谓反诘法。

他的哲学思想第一要使人有真智识，这真智识是主观而普遍的。求得真智识的方法，第一是比较对照一切事物，第二用"归纳法"以获概念的知识。求智的人有两种态度：一是消极的自认无知，二是积极的真诚爱知。他自称无智识传授他人，只在大家努力觉悟自己无知，而努力以讨探知识。他有一句名言，就是"知汝自己"，他的学说可分为三类：

1. 知识问题，主观地认识事物普遍不易之相；

2. 道德问题,真智识的德行之本;

3. 法律问题,守法律义务基于各人共通的智识。

柏拉图(427B.C.—347B.C.)私淑苏格拉底,为传其师学说于后世之第一人。原名亚里士多克勒(Aristocles),后取名柏拉图。自幼爱好音乐、美术,长于韵文,师事苏氏八年,其后漫游埃及、西林、意太利、西西里诸地,得与当地哲人交游,他的学说能融合希腊诸哲人的思想而另倡一派。著作悉用对话体,或用剧诗的形式。文字雄伟禀丽,为后世宗仰,作品甚多,依照他的生活,可分为三期:(据Windlband氏说)

1. 第一期。二十八岁前,受教于苏格拉底时。

对话集

(1) *Lysis*(What is Friendship?)

(2) *Laches*(What is Courage?)

(3) *Charmides*(What is Temperance?)

(4) *Crio*(记苏氏之信任法律)

(5) *Enthryppro*(记苏氏之真诚)

(6) *Apology*(记苏氏临刑前之辩护)

2. 第二期。二九—四十岁,游历时期。

对话集

(1) *Pratagoras*(批评道德论)

(2) *Gorgia*(批评哲学家的修辞学)

(3) *Euthy demus*(评哲学家的辩论)

（4）*Cratylus*（评哲学家的言语学）

（5）*Theaetetus*（评哲学家的智识论）

（6）*Republic*（理想共和国第一卷论正义）

3. 第三期。四十—八十岁，讲学时期（在雅典设学院 Acrdemr）。

对话集

（1）*Phaedrus*（记开办学院的经过）

（2）*Symposium*（宴会"对于爱的主张"）

（3）*Republic*（续第一卷论理想的共和国）

（4）*Politicus*（论政治家的智识与行为）

（5）*Philebus*（论善的观念的成分）

（6）*Timaeus*（论物质的宇宙观念）

（7）*Laws*（论法律）

柏氏的学说可分为三种，即观念论、物理论（造物天文说、物体的构造、心理说）、伦理学说（灵魂、幸福、善与爱、基本道德、国家论），最重要的就是观念论与伦理学说。

柏氏的许多门徒称亚克得米学派（Academy school），亚里士多德（384B.C.—322B.C.）便是其中的一人。亚氏的学说可以分为四类：1. 伦理学；2. 纯理哲学；3. 物理哲学；4. 伦理哲学。

苏格拉底与柏拉图二哲所发明者为辩证学说，亚氏则倡伦理学说，他对于研究学术，倡明了两种方法，就是演绎法与归纳法。

亚氏对于文学的见解，详于他的《诗学》（*On Poetry*）中。《诗学》一书约成于［公元前］334—322 年，原书论模仿，论诗之起源与发达，论喜剧悲剧之定义,论剧情,论悲剧之性格与悲剧诗人,论史诗等,为世界第一部批评文学的书,后世(尤其是古典主义时代)奉为圭臬。

亚氏的著作,现存者共有四十六种,其中有十八种疑是伪作,全体著作可分为三类。一是在学院讨论正义,及财产、智慧、修词、政治、恋爱等问题的,仿柏氏的对话体,用极通俗的文字发表,此种著作惜已不传。二是他与学生所搜集的关于动物学的、文学的、历史学的许多材料,以及调查所得的纪录,编纂成册。还有关于喜剧悲剧的历史,希腊各政府制度的论述,现在也失传了。三是他掌教时关于伦理物理、哲学各艺术的稿件,此种有一部份遗留至今。

1931.6.13

原载《文学杂志》,1931年第1卷第1期。署名:谢六逸

宝宝的歌

我有一个女孩,她的名字叫作宝宝,今年有三岁了。

她的脸是红红的,眼睛很大,眉毛弯弯,头发是漆黑的。

她每天欢喜唱歌,有时是母亲教她唱,有时唱她自己编出来的歌。

我买了一个兔子玩具给她,兔子是木头做的,有两只长耳朵,眼睛是红红的颜色,还有一条小小的尾巴,兔子的四只脚站在一块木板上,有四个车轮,可以拖着走来走去。

宝宝很爱惜这个玩具,她用绳子系着兔子的颈子,牵着它跑来跑去。

宝宝欢喜唱歌,昨天母亲唱《伏尔加船夫曲》给她听,今天吃过午饭,她把玩具兔子牵在手里,故意装做拉不动的模样,仿《伏尔加船夫曲》的歌调,唱着下面的歌。

　　吓喝吓,吓喝吓,一只兔子我拉不动;吓喝吓,吓喝吓,小朋友快来相帮拉。

小朋友们！我们有这么一个女孩子,我们的家庭是多么的快活呀！

原载《小学生》(上海1931),1931年第5期。署名:谢六逸

欧洲中古文学之一瞥

一、绪论

中古时代在历史上系指西历410年(当我国东晋安帝六年)西峨特人(Visigoths)阿拉尼克(Alaric)焚掠罗马时起,到1453年(当我国明景宗四年)①突厥人(Turks)摩哈默德二世攻陷君士但丁堡,东罗马帝国灭亡之时止。此千余年间,文化诸邦横受蛮族蹂躏,干戈扰攘、生民流离,文艺因之停顿,没有超特的文士。即希腊罗马的古典,也不能承其绪余,束之高阁,无人过问。欧洲文艺,迄于中古,如浮云掩月,黯然无光,史家称为黑暗时代(Dark Age)。

此时代的背景,为希伯来思潮〔世称欧洲古代文代,源于二 H,即希腊思潮(Hellenism)与希伯来思潮(Hebrewism)〕。希伯来人属色姆人种,在宗教上称以色列人。希伯来思潮即希伯来民族所产生者。其文化的纪录,为《新约》《旧约》圣书,及犹太史家约瑟弗斯所著的

---

①应为明景泰四年。

《古代史》《犹太战争史》等书。共具三要素,一为预言者的宗教,《旧约》中的《阿摩司书》《何西亚书》《以赛亚书》《耶利米书》为其代表。一为犹太教《塔尔摩特》(Talmud)、"摩西五书"(相传《旧约》中的《创世记》《出埃及记》《利米记》《民数记》《申命记》诸篇为摩西写的)为其代表。一为基督教《新约》圣书为其代表。基督教为希伯来文明之一,最有势力。其故在中古时列国分立,战祸不息,民不堪命,人民莫不欲脱离苦海,以登乐土。基督教之人生观,适为出世主义,以人生充满罪恶,应苦行绝欲,祈祷默念,以拯灵魂,得至天堂。一时趋奉者很多,以至今日。他们修养之地,即为寺院,僧侣独具特权。一切学术文艺,以为有碍信仰,均被摒弃;理智感情,悉受抑压,故文艺无从发达。

自西罗马帝国亡后(纪元476年),日耳曼人种占领其地,建设封建制度(Feudal System)定主从之关系,以诸侯僧侣居上,如村民(Vil-laim)、农民(Serfs)、奴隶(Slave)则为下等人民。僧侣间又分若干阶级,有大僧正、僧正、长老等称号,以掌教务,又举罗马大僧正勒俄一世(Leo I)为法王,与君主同执国政,时有暗斗争权之举,由此可见当时信仰宗教之热烈。此种宗教的狂热与封建制度相激相荡,就产生了七次的十字军。成为中古文学的中坚的武士(Chivalry)也产生于此。

二、中世史诗

中世思想,全为宗教势力所支配。10世纪时,仅有拉丁语作成的基督受难的诗歌与圣母升天的戏剧,用韵律对话等形式,表现宗教的教训。此时文学已不能独立,言思想不出信仰之喜悦、来世的憬慕;言感情则单纯,言形式则单调。如比丘尼(Grandersheim)①所作戏曲六篇,都是歌颂遁世与神的奇迹,足以代表中世的宗教文学。惟有各民族所保存的史诗,因民族转移之故,流传于世,是为中世纪文学的宝藏。

12世纪末叶,俄国有史诗名《伊果耳之侵掠》(*Lay of Igor's Raid*)。歌1185年的史事大意如下:基夫王子伊果耳率领武士征波罗夫基(Polovtsi)。时波罗斯基占领俄国东南部的大平原,侵掠俄国村落,当太子出征时,忽现各种凶兆——日光忽暗,动物亦示警告,太子伊果耳不顾,奋然进军。与波罗斯基人遇,大战。原诗描写战争,以自然物作陪衬。如鸷鸟、狼、狐等均随俄军铁盾之后前进。战后,伊果耳的人马大败。诗中最优美之一节,即伊果耳的妻子亚娜司拉芙纳在普梯夫耳镇□盼征人归来,其诗如次。

亚娜司拉芙纳的声音,如杜鹃的悲泣,在太阳初升时。
我愿如杜鹃沿河飞去,湿我的獭皮的袖,在加亚那的水中。以水洗我的王子的伤,同众好汉的重伤。
亚娜司拉芙纳倚普梯夫耳城而泣。

呵,风哟,可怕的风!你何以吹得这般猛烈?你何以要

---

① 为女作家罗斯维塔,其生活在甘德斯海姆(Grandersheim)的一所修道院中。

把乘在你轻羽上的汗人的箭,吹向我丈夫的武士们?你高高地在云端吹,还不足吗?在大海中你吹船只去触礁石也不足吗?你何以要使我的爱人,睡倒在平原的草上?

亚娜司拉芙纳倚普梯夫耳城而泣。

呵,胜利的道尼北河呀,你穿过山岩,流向波落斯基的国土。你运了司维亚司托夫的船,出征哥比亚克。呵!你将我的丈夫运回来,我便不再向海流挥泪了。

亚娜司拉芙纳倚普梯夫耳城而泣。

光明的太阳!灿烂的太阳呀!你给热与万物,你向万物发光。你何以要将如炙的日光,射到我夫的勇士!你何故在无水的原野,晒干他们手中的弓?你何以要使他们口渴,使他们肩上的弓加重?

英国最早的史诗为《漂吴夫》(*Beowulf*, 意为蜂狼,即熊)起源甚早,本为北欧传说,为职业诗人传诵。6世纪时,盎格鲁撒克逊人(Anglo-Saxons)移住英国,此诗遂流入英土。原诗共三卷四十二章。叙丹麦王弗洛什加(Hrothgar)因聚宴群臣,在湖滨大兴土木,建造一所很美丽很大的厅,名为赫俄洛特(Heorot)。不幸湖中有巨怪名格林台尔(Grndel),性喜攫啖生人。当丹麦王聚宴的时候,巨怪闻着酒宴的香味,便要出来吃人。王的臣下被它吃掉的大约有三十多个了。

王因领土内出了这样的怪物非常忧虑,没有人能够除害,不觉过了十二年。丹麦邻国有峨特兰(Gothland)王名赫格拉克,他听着丹麦国王为巨怪所苦,遂叫一个名叫漂吴夫的勇士去降魔,选了十四个壮士同行。他们到了丹麦,国王弗洛什加排宴欢迎,饮酒作乐。宴毕,漂吴夫因为乘舟疲劳,并且酒醉,他就在十四个壮士的中心睡觉,到半夜,那巨怪格林台尔就破户走进大厅,用手攫住一个壮士大啖,啖毕将取漂吴夫。这时漂吴夫忽然起身握着巨怪的手腕,怪觉漂吴夫的力量极大,骇极欲逃。在大厅中斗了许久。后来是漂吴夫取得了胜利,他用力拔了巨怪的一只手臂,巨怪终被逃逸。次日晨,他们随着血迹寻觅,知巨怪已逃入海中。王见漂吴夫为众人除害,大喜,赐下放多宝石、金银、甲胄等,并欢宴,宴方毕,巨怪的母亲忽来报仇,啖了王的一个侍卒。漂吴夫至海中杀了母怪,王又赐了许多东西,并将他列入王族之列——这是漂吴夫的一部分功业。过了数十年,漂吴夫的本国的君主赫格拉克与弗尼仙人战死,漂吴夫回国打败敌人。王后遂命他治理国事,扶弼幼主。后漂吴夫又为国人除恶龙,大战,受伤而死,葬在一个高岬上。这便是《漂吴夫》一诗的梗概。

这篇史诗不过为勇武谈之一种。如漂吴夫的勇武,很能够代表条顿民族的勇士。我们从这篇诗里,可以窥见英国国民性的一斑。诗中有句曰:

与其蒙羞而生,不如一死。

这便是武士的气质。当漂吴夫将入穴内杀龙时,他说:

在岩前运命即已注定,运命支配人的一生。

——他明知运命是不可抗的,但他偏要反抗运命。这种牺牲自己,为大众福利反抗运命的精神,也是武士气质之一。他又说:

运命在注定的时期,一个一个地夺了去。虽然有力的也难逃,如今我只有追随他们了。

他明知运命足以支配人生的,只因为众人的安宁,他便不能不反抗那不可抗力了。诗中的巨怪格林台尔与恶龙,都是"不可抗力"的象征。

英国的亚脱王的传说,在中古时流传最广。亚脱王并非实有的人物,因当时 Celt 人受诺曼(Norman)人的压迫,他们激于爱国的热情,因此构想一位勇武的英雄,以代表英国的民族。

西脱王部下的武士甚多,有武士一百五十人,与王同坐一圆桌共饮食,称为圆桌武士(The Round Table Warriors)。他们任侠好义、智勇双全。中有一人名叫南色洛(Lancelot),得王妃的宠爱。霞落特(Shollot)城主的妹妹,钟情于他,为他焦急而死。城中的人用白绢包裹她的尸身,放在小舟上,送到亚脱王的城下。这是亚脱王传说中颇凄艳的一段。他又和王妃有爱情,后来逃走,被王攻伐。有一次他听见王与莫特洛特战，受伤。忽然悔恨，解甲入修道院为僧。此时王妃也出家为尼，为亚脱王祈冥福。一日，王妃病危，他到修道院看她，大恸而绝。

《圣杯传说》(Holy Grail)也属于亚脱王传说。圣杯是天国的永久的光而且是救济人类的象征，表示地上的无穷的希望。据说此杯是基督晚餐时所用的杯，中世时此杯已失。亚脱王部下有武士名巴昔维尔(Parzival)，冒险探访此杯。要清净无垢的武士，然后可以到达圣地，寻获杯子。前述的南色洛也是寻访圣杯的一个，只因他与王妃恋爱，所以不能成功。巴昔维尔探访圣杯时，经了许多疑惑烦闷苦恼，饱尝漂流的酸辛。他一心信神，故能克服群魔，不为恶魔诱惑，后竟得达圣杯城，做了圣杯城主。这一段的传说，是象征坚贞的信仰与不挠的努力。

《崔尼司旦与侬梭尔德》(Tristam et Iseuet)是亚脱王传说中最美丽的故事。写爱情与义理的关连，以及爱情与义理的争斗，描写心理尤为杰出。将的经过，分为四个时期表现出来，初为爱情的幸福，续为嫉妒，别离以至于死。

崔尼司旦尝为亚脱王的武士，夙有勇名。他为舅父马尔克娶爱尔兰的公主为妻。他到爱尔兰迎娶，与新妇同船回国。侬梭尔德的母亲为祝福他的女儿，以一壶爱的魔酒交与侍女，命于婚夕饮新郎新妇。侬梭尔德离故国后，怀念家乡、郁郁寡欢。崔尼司旦时坐她的身边安慰她。有一天二人见壶中有酒，将酒饮下，遂互相恋爱，悲剧因以开场。

船抵康维尔（马尔克即康维尔王），依梭尔德不愿与马尔克王结婚，以侍女装扮自己的样子，于王酒醉后举行婚式。依梭尔德恐侍女暴露他们的秘密，欲杀她以灭口，计不行，侍女遂将他们的秘密泄漏。于是王逐崔尼司旦，崔尼司旦与爱人别。他暗中仍和她幽会，原诗此处有许多穿插。

一夜月色如银，一双恋人将幽会于森林中的池旁。被马尔克知道了，便挟着弓矢到那里，爬上树子等候他们。后来他们来了，见树上的人影映在池里。虽然吃惊中，但却假装无事，自言二人友谊，时为外人误解，且为王祈福。马尔克王在树上听得明白，一团怒气烟消火灭，后来许崔尼司旦出入宫廷。

又有一日，二人方在林中小屋内昼寝，王拔剑跃入。时林中万籁均寂，枝柯不动。王见依梭尔德的睡态妩媚，正做那和平幸福而又欢乐的好梦，王手中持着的剑，不觉坠在地上。将自己的手套放在她的身旁，又把手上的指环和她的掉换，蹑着足走出门外去了。

过了三年，魔酒的力量消失了。二人的胸中，渐渐悔悟。崔尼司旦便离开依梭尔德到了布勒达尼，遇见了一个与依梭尔德同名的女子，他呼她为"皓腕的依梭尔德"，他和她结婚。他的心中尚不能忘记从前的爱人，时时怀念着康维尔地方。而女王依梭尔德不见故欢，两地相思，其情正同。后来崔尼司旦又回转到康维尔，偷进宫内与她相会。他回到布勒达尼时，被毒剑杀伤，生命颇危。"皓腕的依梭尔德"每日在他的身旁看护。他命她乘船到康维尔去接依梭尔德来，以慰相思。并嘱她在回来的时候，若依梭尔德同来，则张白帆，否则张黑帆。不料"皓腕的依梭尔德"回来时偶然忘记,虽已请了依梭尔德同来,竟张了黑帆。(或谓错误,或谓出于嫉妒)崔尼司旦在楼上看见,向壁三呼爱人的名字,气绝而死。依梭尔德上岸后,见爱人已亡,她也死了。

原诗注力于二人的恋爱,乃是运命的结果。二人偶然误饮魔酒,互相恋爱,又以偶然的过失发生悲惨的结果,此诗足以窥探中世纪人的恋爱观。

法国史诗(Chanson de Geste)多咏查理曼大帝(Charles or Charlemagne)的事迹,产生于法国北方,以《罗兰的歌》(Chanson de Rolland)最著名。原诗叙查理曼帝攻伐沙拉森人,占有西班牙大部分土地。惟有马尔昔拉王的沙拉哥萨一隅尚未取得。马尔昔拉遣使者谒查理曼,请率兵返法兰西,愿投顺改姓,并容纳一切条件。查理曼帝召群臣集议,罗兰反对言和,其寄父加勒龙与重臣力主请和,帝遂允敌人的要求。惟须得一可靠人作使者往敌营议和,众人怂恿加勒龙前往,他虽然不愿,然帝已下令,因此加勒龙对罗兰含恨于怀。他抵敌营,暗嘱敌乘查理曼退兵时,袭击后路。恰值罗兰断后,寡不敌众,罗兰吹号角求救。及援军至,罗兰已死。查理曼为罗兰复仇,将敌人击退,杀加勒龙。罗兰的爱人俄特悲爱人的死,也以身殉他了。

《蔷薇故事》(Roman de la Rose)为12世纪时法国的长篇史诗。共分前后两部。前部为季约蒙(Guillaume de Lorris)所作,未竟而终。经四十年后,若望(Jean de meung)作后篇以完成之。此诗为中世的一种比喻文学，全诗一万余行，将人类的才德性情，当作人格表现。前部叙一诗人在爱的花园中假寐，梦中遇着许多比喻的人物，最初是一位名叫"安逸"的妇人，开了花园的门，诗人蹈入园中，忽为爱神之矢所中，不觉起了摘蔷薇的念头。其次遇着一个名叫"欢迎"的男子出来迎接他。他走到花旁，只能在篱间观赏，惧犯罪而不敢以手触花。此外更现出许多比喻，或助诗人，或妨碍他的行动，于是诗人的目的终不能达，他心中甚是悲戚。前部即告此终。后部不像前部的享乐的态度，是意志的、道学的。叙诗人后受教于"理知"，又为名叫"决心"的女子所鼓励，与许多的困难战斗，飞越水壕，闯入园内，摘了美丽的花。全诗遂完。前部全为享乐的气味，后部则似博识的宝库，足以窥当时人的知识。

《尼柏龙吉歌》(*Nibelungen Lied*)为13世纪德国的一大史诗，流布于北欧东欧各地。若与西欧的亚脱王的传说比较，彼则华丽凄艳，此则沉郁雄浑，因民族性有不同，而其所产亦不期异趣。

尼柏龙吉者，本为古代日耳曼民族之一派，其王名普尔吉德(Burgundy)，藏有尼伯龙吉宝物。王有妹名格林希耳(Kriem hild)，为绝世姝丽，后嫁勇士西格弗利(Siegfried)。王妃普鲁希耳(Brunhild)亦钟爱勇士，某次大宴，因事与格林希耳失睦，王妃遂怀杀害西格弗利之心。西格弗利昔尝屠龙，以龙血浴身，刀剑不能伤。惟肩之后部，浴时有菩提树叶落下附其处，未浴龙血，乃其致命之处。王妃有谋士赫金(Hagen)知此秘密，言于王妃。妃以出猎为名，命西格弗利同往，至一林木荫浓之处，妃思饮清泉，命西格弗利以器俯身取水，赫金自高处以矛遥掷中其肩后，而勇士遂以丧命。尸异回王宫，格林希耳恸夫之死，虽知而不敢言，以势不能敌。其后有匈牙利王耶梯耳者，慕格林希耳之美，欲娶为妃，格林希耳已有成竹，遂亦允之。某日，匈牙利王招宴普鲁吉德夫妇与赫金等，匈牙利王弟受格林希耳之命，捕诸人，为前夫西格弗利复仇。并由王妃亲讯尼伯龙吉宝物所藏之地，赫金坚不肯吐，遂以亡夫之剑杀其兄普鲁吉德及赫金。同时与宴者尚有峨特王助普鲁吉德，使其臣下希尔德卜郎杀格林希耳。欢乐之场，横尸满地。

此诗主旨在咏男女情爱的真诚，与怨毒复仇之念。因北地气候幽晦，民族慓悍，所以史诗也是暗淡凄凉的。

中古史诗，其重要者，已述于上。惟复杂错综，欲详述亦有所不能。综言之，可分为三个集团：一为流行于克尔特民族者，如《漂吴夫》之类；一为流行于拉丁民族者，如《亚脱王与圆桌武士》之类；一为流行于条顿民族者，如《尼伯龙吉歌》之类。此外尚有西班牙的《赛特》(Cid)、北欧的《绮达》(Edda) 等史诗。前者叙11世纪时路达 (Ruy Diaz) 与回教徒的战争，亚拉伯人畏他，尊他为胜利者 (Cid Conqueror)。绮达亦为条顿族的史诗，为司特牛生 (S. Sturluson, 1178—1241) 之作，有新旧两种。《旧绮达》共三十三篇，为1642年司芬生 (B. Svensson) 所发现者，审为12世纪之作，因以司特牛生所作者曰《新绮达》。原诗所叙，初言天地之开辟，有生命之树，巨干茂叶，根深入土中，以盖宇宙。除叙自然界外，又叙英雄之毁灭，谓贵族、英雄、勇士，他们的生命之花，凋谢最早。诗中隐有凄苍的趣味。

三、中世抒情诗

中古抒情诗，以法国南部为起源。法以脑尔河为界，就其语言，为分南北。北方用语"是"字谓"Oui"故称其语言为"Lanque d'oui"；南方用语"是"字为"Oc"，称其语言为"Lanque d'oc"。其后法国语言，虽由北方语言统一，在当时则以南方的为文学上的语言。南方语言近于拉丁语，易于输入希腊罗马文化。法国南方，在5、6世纪时，所受蛮族侵略的影响，不若北方之甚，所以后来成为文化的中心地。

南法的抒情诗人称为德洛巴妥尔（Troubadours）（北方诗人称Trouvere）有一种歌人将他们做的诗行吟，称为"Joglar"。他们是"爱的诗人"，崇拜妇女，歌颂恋爱。他们对于恋爱与普通的人不同：最初是男的钦慕女子，其次居于叹赏的地位，再次为恳愿，终始认为恋人。他们对于妇女自居卑贱，如臣下之服从君主。他们成为一个女子的恋人后，向女子发誓，表示忠诚，女子以戒指之类的物件给他们。当一个女子为一德洛巴妥尔恋着时，则诗人必歌颂她，不过不说出真名而已。女性中为有名的德洛巴妥尔所爱，则她的名声必扬，而其隐名，亦只成为"公开的秘密"罢了。

德洛巴妥尔所恋的女性，多为有夫之妇。因为那时的结婚，几乎是一种政策的结婚，丈夫每每将爱情倾注于别一女子。又因受当时的宗教思想的影响，有灵的爱时，便应避肉的，所以虽然有爱人，也不必定要有结婚的约束。所以德洛巴妥尔的爱是不能满足现实的爱，是必然的爱。因此他们所作的诗，也成为因袭的、传习的了。因为诗人的体验多相同，而爱的对象又限于已婚之妇，所咏的范围也是很狭的，内容是空虚的。

此派诗人可分作三个时期：初期有波梯尔伯爵吉约蒙（Gnillaume Comte de Poitiers）、维达妥尔（Bernard de Veutadour），第二期有波尔痕（Bertran de Born）、北尔·魏达耳（Peire Vidal）等，第三期有马斜尔（Falquct de marseille）。数人当中，有名的要算维达妥尔，他以爱为一切诗的泉源，为使诗成为真实的，便不可不使爱实现于自己的生活。他有几句诗道：

> 我的歌虽比世人如何巧妙，
> 那是一点不足惊奇。
> 我的心比谁更牵引向爱，
> 我在爱神的警戒里，比谁也安适地作诗。

——欧洲文学纲要讲义之一章

原载《摇篮》，1931年第1卷第1期。署名：谢六逸

最近的感想

国内的报纸虽有几十年的历史，但仔细观察几种所谓有名报纸的内容，便知道他们的进步是极迟钝的。甚至几十年如一日，毫无改善的意念的也有。偶和办报的人谈话，他们便将责任推卸在"社会"的身上，他们说环境如此，单要报纸改进是不可能的。自然，环境足以妨碍一切事业的改善，也有几分理由。不过报纸不比别的事业，它是时代的前驱，又是一种民众的公共事业。一家报馆虽是由少数的企业家创办的，但必须以民众的福利为依归。如果办报的人能够认识这一点，他们就应该引导社会向前走去，不该躲藏在"环境"的后面，以求媚于少数的阅者。现在各报之不能改进，环境的力量在其次，主要的原因有四。其一是缺乏新闻批评家。我国报纸的读者，对于报纸的好坏完全没有辨别能力，对于报纸本身的构成，更是茫然，他们只消每天有报可看便行，对于报纸的编辑发行等全不在意。在目前我们希望有力的批评出来，如像日本的长谷川如是闲、大宅壮一之流，将国内的报纸痛快地批评一下，一方面促进各报的改善，一方面使阅者知道辨别报纸的好坏。其二是新闻学知识的贫弱。我国报馆里的记者,也有曾经研究新闻学的人,不过他们都没有在编辑部办事。在编辑部中的记者,又不屑于去研究。此外如访员、特约记者等,大多数是毫无新闻学的素养。现在我们应该努力于新闻学书籍的写作,介绍各种与新闻学有关的知识,使之大众化。其三是没有专门培养新闻人材的学府。"地方报"的重要,实远过于都市报。我国的"地方报",实在贫弱,原因是无财力也无人力。我相信将来地方报总是要发达的,现在必须培养新闻学的专门人材,预备去办"地方报"或是通信社。新闻教育的提倡,在我国是颇为切要的。其四是新闻事业的托辣斯化。新闻事业是公共的事业,应该大众化。现在我国的几种都市报,已被二三资本家操纵,他们借资本的势力,意欲统一全国的都市报纸,成为一大新闻王国。到了他们的计划成功之后,便可以实行他们自己的新闻政策,那时也无所谓竞争,无所谓改进了。这种托辣斯化的倾向,现在日趋显著,我们必须加以防阻。此外还有许多原因,如像报馆主笔每天在转做大官的念头,写作"社论"也无非和官场吊膀子,这些原因,都不必写出来污我的笔墨了。

我向来是反对形式大而实质小的报纸,赞成形式小而实质大的报纸(但决不是上海的小报)。我们要打破上述的四种障碍,非努力于新闻学理论的建设不可。

原载《文艺新闻》,1931年6月第12号。署名:谢宏徒

谢六逸声明

近来有一两种刊物（例如《文学导报》）里面的文章，尝将我的名字列入"民族主义文学者"之内，受此殊荣，惶感特甚。

我揣测加我以这种头衔的人有两类：一类是他本身是一个民族主义文学者，不惜降低自己的身分，引我为同类。一类是对于民族主义文学理论，有精密研究的人，他们见我说的话、写的文字、穿的衣服，证明了我是一个民族主义文学者。除此两类之外，称我为民族主义者的人，都是出于误会。

根本上，我不懂得什么叫做民族主义文学，我对于此种理论，既没有写文章斥骂的义务，也毫无附和称扬的意思。

直到今日，我还是一个依赖教书过活的薪给生活者，自然是属于小资产阶级。在没有其他的生活方法可以代替之前，不免依然灰色地，灰色地——生活下去。但也希望大时代的到来，静待本身阶级的崩溃。

1932年1月21日

原载《文艺新闻》，1932年2月第47号。署名：谢六逸

谢六逸自传(1898—)[①]

贵州省贵阳县人。日本早稻田大学文学部毕业,现任复旦大学中国文学系主任兼新闻学系主任。

著书:《茶话集》(新中国书店)、《水沫集》(世界书局)、《日本文学史》(北新书局)、《日本文学》(开明书局)、《日本文学论》(商务印书馆)、《神话学》(世界书局)、《农民文学》(世界书局)、《彗星》(现代书局)、《鹦鹉》(世界书局)、《儿童文艺》(北新书局)、《文艺思潮讲话》(北新书局)、《小说创作论》(光华书局)、《新闻学概论》(商务印书馆)。

译书:《海外传说集》(世界书局)、《志贺直哉》《短篇小说集》(中华书局)、《日本近代小品文选》(大江书铺)、《接吻》(日本近代名家小说,大江书铺)、《范某的犯罪》(日本近代名家小说,现代书局)、《奥德赛冒险记》(商务印书馆)、《依利亚特的故事》(开明

[①] 作者于1945年去世。

书店)。

近年来致力于小品文、儿童文艺的写作与集纳主义(Journalism)、日本语言文学的研究。

原载《读书杂志》,1933年第3卷第1期。署名:谢六逸

胡瓜与茄子

今年上海的气候全不顺调,春日姗姗来迟,身上还穿着厚重的冬衣,愁云惨雾,凄风苦雨,国事也是如此。

每年到了夏初,我便想起自己心爱的两种蔬菜——胡瓜与茄子。

胡瓜与茄子的像貌都生得很丑陋。青绿略带黄色,皮面有微微隆起的小痣,正像一个十七八岁的小后生,脸上长着春情发动期的记号——面疱(日本人曾经发明过"面疱党""面疱时代""面疱文学"等等新颖的名词),这就是胡瓜。胡瓜的皮面上有隆起的小痣时,就是供人饱啖的时候了。

黑油油的,光滑得像绸缎一样,形式则有种种,有的像把 GE 牌电灯泡拉长了似的,有的细长而微微弯曲;在我们家乡,有的圆得像一个皮球。这就是茄子。

到了春天,我们家里几乎每天买进这两种蔬菜,以供食膳。割烹的方法极其简单,胡瓜先用盐渍,再用冷开水洗净,或轮切成片,成连切而不切断,浇以糖醋、酱油、麻油,依我们家乡的制法,还须加上干辣椒末与蒜汁之类。茄子的吃法是把它放在饭锅里蒸熟,也用冷开水浸过,撕成细条,调味的东西和胡瓜所用的一样。如照家乡的制法则就麻烦了,先是把茄子剖开,用切"腰花"的方法,在茄子的表面纵横地切成,然后放在猪油里面炸成黄色,取出再和肉丁、酱油、醋、葱等煮几分钟。但这种烧法太麻烦了,必为上海的"光禄寺"所不喜,故我家并未采用。

"我国的特产",据说除了"将军"之外就是"宴席",宴席的烦重与过多是人人知道的。不过家庭的食物有时也不免复杂,你只消走进每份人家的厨房里去参观一下就可以证明。在厨房里堆满罐、盐、锅、瓶,墙上布满油黑色的灰尘,即是勤于整理的人家,也不免有油气扑鼻之感。我从前住在江湾路、林肯坊时曾下"禁令",厨房里除开煤气(Gas)灶和碗橱一具外,不能陈列他物,果然清洁了四五个月,四五个月之后,就被日本的新式Samunai(武士)捣毁了。

中国的将军不能上阵,大约就是平素的食膳过于精美的原故吧。燕窝、鱼翅既未便在战地割烹,那么为什么要牺牲性命去上阵呢?

在这个年头还来谈谈吃的东西,大约也和今年的上海气候一样,全不顺调,但编辑先生是那样的热心,所以不能不介绍我的"胡瓜与茄子"。

原载《食品界》,1933年第2期。署名:谢六逸

但丁的《神曲》

意大利文学在中古时代,如一片平畴,无人耕耘,数百年来,它的表面是很荒芜的。不过在其地层之中,还有许多旧文明的种子埋藏着。若一旦施以肥料,或勤于耕耘,那些种子便将萌芽开花了。到了文艺复兴期,有许多古学者从君士但丁来到意大利,他们在这块肥沃的土地上灌溉,于是开了意大利文学的花朵。

意大利文学的先驱者,是但丁(Dante,1265—1321)、鲍加乔(Boccaccio,1315—1375)、彼脱拉(Petrach,1304—1374)三人。他们建立意大利的方言文学,为后世诗歌小说的鼻祖。

但丁的《神曲》(*Divine Comedy*)是一部人类灵魂的叙事诗。但丁之作《神曲》,意在扫除中古教士的黑暗与压迫,认定"上帝"为真理、美、人、光明、爱的象征。他以为一个人必须有纯净的灵魂、高尚的人格,然后才可以到达乐园,与"上帝"同处。

但丁生于意大利的弗洛仑斯,他九岁时遇美女比屈妮斯(Beatrice),便知恋爱。十八岁时,又在路上遇着她,目眦送之,至于微颤,比屈妮斯回头看他，他便知道了美感，后归家曾作恋歌。1289年6月，参加加伯提战争。三十一岁时，比屈妮斯死，他始娶妻。那时意大利的帝权党正与教权党争，佛洛仑斯有黑白二党，他加入白党，黑党借教皇势力排除异己，但丁为教皇罚金，并放逐国外。鲍卡乔叙但丁的像貌，曾说：

> 身材合中，步行时体微曲。庄重而柔和，常披适体之大氅，着与壮年相称的衣服。面长，鼻如鹫鼻，眼大，颚亦大，下唇较上唇突出。肤色浅黑，髭浓，黑而卷缩，颜常带悲愁，若时有所思。

但丁的杰作，就是《神曲》，为荷马后之第一大著，誉满古今。《神曲》共分三篇：1. 地狱（Inferno）；2. 净罪界（Purgatorio）；3. 天堂（Paradise）。共一百曲，一万四千二百三十三行〔较荷马的《依利亚特》（Homer：*Iliad*）一五六九三行少一四六〇行；较英国米尔顿的《失乐园》《复乐园》（Milton：*Paradise Lost*；*Paradise Regained*）共一二六三五行多一五九八行；较德国哥德的《法乌斯特》（Geothe：*Faust*）一二一一〇行多二一二三行〕。原作构想的壮大与内容之复杂丰富，在古今东西一切杰作中，稀有其匹。就结构说，从地的奥底，讲到天的穷极。就内容说，乃是包含希腊、拉丁的古典、哲学、历史、宗教、政治的一种艺术的绘卷。法国拉孟勒（Lamennais）称《神曲》为"百科全书的诗"（Poem Encyclopedique），实因它包藏当时的一切学术智识。

《神曲》之伟大，不仅因为它包括宇宙万象，乃是其中铸有他的深刻的内部生活；有崇高的理想与燃烧的热情。无论谁人，也不能完成像他的那样纯洁而热烈的恋爱的，也没有像他那样华丽庄严的表现于艺术的，也没有像他那样追求彻底的宗教与政治上的理想的。不特如此，他是饱尝人生的苦难的第一人，他尝为激烈政争的牺牲，度过十九年的流窜的生活，像他那样的苦痛生活的人是不多的。而他的伟大的天才与信仰，并不因此屈服，虽被永久锁于政治、权力、荣誉之门，然他的灵魂却驰骋于真善美的永远世界之中。他能见地狱的苦恼与罪恶，能体验净罪界的忏悔与改进，遂能达到天国的光荣与凯旋。他的生活体验的结晶，便是《神曲》。现将《神曲》全部的构造，略叙于次——

一、地狱。由九界而成（共四千七百二十行）。

第一界　不信罪

第二界　邪淫罪

第三界　贪食罪

第四界　贪婪滥费罪

第五界　忿怒罪

第六界　异端罪

第七界　暴虐罪

（甲）暴虐他人罪，（乙）自己暴虐罪，（丙）渎神罪、男色罪、高利罪。

第八界　欺瞒罪

(甲)阿谀罪,(乙)"西摩尼亚"罪,(丙)卜筮罪,(丁)渎职罪,(戊)伪善罪,(己)窃盗罪,(庚)阴谋罪,(辛)扰乱罪,(壬)诈伪罪。

第九界　叛逆罪

(甲)血族背信罪,(乙)党与背信罪,(丙)宾客背信罪,(丁)忘恩罪。

二、净罪界。从地心有一条峻险的道路通达净罪界。净罪界是屹立在南半球的大洋中的一座净罪山。合前净罪界、本净罪界、地上乐园之部而成——

前净罪界一　教会忌讳罪

前净罪界二　改悔迁延罪(至于临终时)

前净罪界三　同右(至横死时)

第一台地　傲慢罪

第二台地　嫉妒罪

第三台地　忿怒罪

第四台地　懒惰罪

第五台地　贪婪罪

第六台地　贪食

第七台地　邪淫罪

地上乐园

三、天国。天国由以地球为中心的"九天界"而成——
第一　月　天　破戒诸神
第二　水星天　大生野心诸神
第三　金星天　恋爱诸神
第四　太阳天　贤者神学诸神
第五　火星天　信仰的战士诸神
第六　木星天　正义诸神
第七　土星天　瞑想诸神
第八　恒星天　诸圣徒集合处
第九　原动天　诸天使集合处
第十　清火天　神的圣座

《神曲》的内容极其丰富,要简单地述一个梗概,是不容易的,除非读者自己欣赏原书。以下是《神曲》的大略。

　　Nel Mezzo del cammin di nostra vita
　　mi ritovai per una selva oscura,
　　Che la diritta via era smarrita.

人生旅路的中途

我迷失了正道,

在森林中彷徨。

这是《神曲》起首的三句。作者自言他在林中迷失了正道,继而出了树林,见小丘浴于日光里,恐怖渐杀;又见遭舟难的人立于水边,回首视海。作者将登小丘,忽见牡豹(外观美丽的肉欲之象征)当道,又现猛狮(傲慢的象征)与牡狼(贪婪的象征)。他遂绝望,遂下小丘,又见人影现于荒野——

Miserere di me...

Qual che tu su, od ombra od uomo certo.

是影是人,

我都怜惜……

于是那影子答说——

...Non nomo, Nomo gia fui,

……不是人,往昔是一个人。

此灵就是罗马的诗圣魏吉耳(Virgil),他教但丁说,登彼悦乐之山,并非容易的事,须先尝地狱之苦,次经净罪界。魏吉耳先行,但丁随在他后面向地狱走去,那时是 1300 年 4 月 8 日,基督被钉十字架的礼拜五的阴惨之夕。

  Lo Giorno Se n'andava e Paer bruno
  Toglieva gli animai che sono in terra
  Dalle fatiche loro;ed is sol uno
  M'apparcclhiava a sostener la guerra
  Si del cammino e si della pietate.

  日暮薄暗的空气
  释放了地上生物的疲劳
  只有我一人,准备支持
  这长途与哀怜的争斗。

  但丁对于可怕的地狱,不免踟蹰。但是魏吉耳鼓励他,说是比亚特利(Beatrice)叫他来的。二人渐走近地狱的入口处——

  Per me si va nella citta dolente
  Per me si va nell'eterno dolore
  Per me si va tra la per duta gente.
  ...

Lasciate ogni speranza voi ch'entratel

我走向忧愁之都,
我走向永久的愁苦,
我走向灭亡的民族。
…………
舍弃一切的希望,你们走进这里的人哟!

魏吉耳吩咐他说:"须舍弃一切的疑惧,一切的怯懦须在此灭除。"于是二人走进了这"秘密的物象"里去,见了许多幽灵,说着异样的国语,可怕的忧愁的忿怒的语调,有无勇怯懦的亡灵,法王五世也在里面,他们是"神与神的敌人都不喜欢的无勇者"。有大黄蜂、毒虫吮他们的血。行过"忧愁之河",见鬼怪正运送亡灵。走到地狱的第一圈,听着了怨嗟的声音,那声音是不知基督不知受洗礼的男女小儿所发出的。再往前行,遇见希腊、拉丁的诗圣——荷马(Homer)、贺拉斯(Horace)、俄维特(Ovid)、喀鲁斯(Carus)一群,但丁见他们是——

Sembianza avevan ne trista ne lieta.

不悲哀也不喜悦。

诗圣们见了但丁，彼此寒暄，又和魏吉耳微笑。后又走到一所城旁，城有门七座，经城门，见绿草如茵，有特洛战役（Trojan War）的勇将 Hector 与意大利的建国者阿耶拉司，最初的帝王该沙尔，女英雄鲁克耳丢斯、育利娜、哥尔利尼亚诸人在那里。上方则有大哲亚里斯多得、苏格拉底、柏拉图，大儒派诸哲，及罗马的哲人西色洛、塞勒加诸人。走进地狱的第二圈，有地狱的判官采洛司在，咆哮如雷鸣，命一切亡灵自白，亡灵中有犯淫的帝王与皇后。走进第三圈，降着雨雪冰雹，一般贪吃的亡灵，辗转于泞泥之中，受着苛罚。到了第四圈，有为富不仁的、吝啬的、浪费的亡灵，在波涛中相打相骂，其中僧侣居多数，法王也有。到第五圈，许多喜怒的亡灵，被粘贴于泥污之中，口吐郁气，不能翻身。第六圈有许多异端者在里面受罪，这一圈是地狱的内廓，燃着永劫的火焰。有无数的墓，墓间火焰散乱。受罪的亡灵有不承认灵魂不灭的哲学家耶比克洛司和他的门徒。第七圈分为三圆，第一圆为暴君，被煮于熟血之河，亚历山大王也在里面。第二圆是加害于己身者，即一般自杀的人，化为树木，头如处女，饥饿不能得食，色苍白，爪长如怪鸟。第三圆为冒渎神圣者受罪之处。此处降火，罪人在火雨中受罪；好男色者、高利贷者均在火中哭泣。第八圈分为十囊：第一囊有侮辱处女诱拐妇女的亡灵被鬼卒鞭挞。第二囊有媚谀者浸于粪尿之中。第三囊有买卖僧职与圣物的亡灵，被鬼卒将半身插入石穴中，半身留于穴外，用火烧他们的足蹠。法王尼古拉斯三世便在里面。第四囊有魔术者卜筮者受罪，他们的头被扭向后方。但丁见之不忍，失声而哭，被魏吉耳说了他几句。第五囊渎职者被浸于沥青之中,鬼卒用钩钩起他们。第六囊为伪善者被罚之处,用极重的铅外套穿在他们的身上,迫他们走路,那外套的外面很美丽,那是称为——O ineterno faticoso manto!（永远疲劳的外套!）害基督的人在那里受磔刑,为过路者践踏。第七囊是盗跖之徒受罪处,为蛇所噬。第八囊为阴谋家受火刑处。第九囊为专事政治宗教的纷争者受罚处,一身被裂为二。第十囊骗人者受刑,全身腐烂。但丁走过了第八圈的十囊,便到了第九圈,第九圈分为四圆。第一圆为背信于血族者,第二圆为卖国卖党者,第三圆为卖友者,第四圆为忘恩负义者受罚之处。

但丁遍历"地狱"后,又由魏吉耳领导,走过一条地道(这地道是从地心通达南半球的)到了炼狱净罪山麓。入地狱时为基督受刑的礼拜五,达到炼狱时为基督复活的礼拜日黎明。在晴朗的碧空,耸立着美丽的净罪山。破晓时的辉煌的金星,照着东方。垂着白髯的罗马哲人卡妥(Cato)立在那里。卡妥在伐尔沙尼亚一役战败后,不愿被该撒所擒,从容自杀。魏吉耳对着卡妥述说遍历三界的使命。他又用露水拭但丁的脸,除去地狱的污秽。更用柔滑的芦草围在他的腰际,作为谦虚的象征。既而有一艘船破了红色朝雾,由白衣的天使引导,向他们驶来。船中诸灵,也是将登净罪山的,他们都从船上下来。诸灵中有但丁的友人,音乐家卡塞尔纳。

但丁等行至炼狱的入口时,见天使手持白刃坐在石级上。白刃放光,使但丁不能仰视。第一石级,为白色的大理石,是"告白"的象征;第二石级为浓紫色的,有纵横罅隙的赭岩,是"忏悔"的象征;第三石级为鲜血似的白斑红石，是对于神的热爱的象征，又是基督的十字架的象征。但丁虔诚地跪在天使的前面，叩胸三下，天使遂用剑的尖端在他的额上刻了七个P字，这七个P字就是傲慢、嫉妒、忿怒、懒惰、贪婪、饕食、邪淫的象征。于是天使开了炼狱的门。

但丁走进第一台地，看见谦虚的规范的圣母玛利亚，在神橱前跳踊的大卫等。又见负着巨石的一群，是"傲慢净罪"之辈。第二台地是铅色的，嫉妒净罪的诸灵，穿着铅色的大衣，他们的眼睑，是用铁线缝着的。第三台地是忿怒者的净罪地，从"忿怒家"的口中，唱出"神的羔羊"（Agnus Dei）的圣歌。第四是懒惰净罪地，第五是贪婪净罪地，第六是饕食净罪地，第七台地是邪淫之徒，在灼热中唱诵圣诗。遍历七地后，魏吉耳忽高声呼但丁的爱人之名。但丁惊震，投身火中。是夜梦见行于野外，摘取美丽的花朵。及醒后，魏吉耳以王冠及法冠置于但丁头上，作为意志完成的象征。

但丁迎着阳光，由净罪山顶入地上乐园。他呼吸着甘美的柔和的风，听着鸟的歌声与树叶的细语。这时他的爱人比屈妮斯（Beatrice）忽自天下降，披红色外衣，头戴橄榄之冠。但丁不觉喜悦惊愕交集，欲走近魏吉耳，但魏吉耳已不知去向了。爱人叱责他的堕落，但丁流泪改悔。以身浸入勒耶德清流中，洗涤罪恶的记忆。

但丁净罪既毕，爱人携他同赴"月天"，宛如行走水中，不感障碍。第二走入"水星天"，有怀抱大望的诸灵聚集。第三是"金星天"，这是"爱"的游星。第四是"太阳天"，贤人、神学诸灵，奏着微妙的音乐。第五是"火星天"，唱着凯歌的诸灵，正观看十字架成形。诸灵中有但丁的先祖,他预言但丁的悲痛的运命,并叫但丁将遍历三界的教训告诉人民。第六为白色的"木星天",正义的诸灵飞翔于空中。第七是瞑想的"土星天",至此后,但丁的爱人不复微笑,音乐亦寂。第八为"恒星天",可以俯睨七星,使徒彼得之灵出现,问但丁以信仰,但丁根据《新约圣书》作答;使徒约伯,问但丁以希望;使徒约翰,问但丁以爱,但丁一一作答。甘美的圣歌,响彻各处。第九为"原动天",(Beatrice)慨叹人类的贪婪,天使之群,现于神光之中。此时但丁全脱离物质界,置身于神的光焰中了。第十为"清火天",圣徒一群,集为白蔷薇之形,天使上下。比屈妮斯登光荣之座,高处有圣母玛利亚。圣伯纳尔德出现,向但丁指示诸圣。但丁在辉煌中,观取宇宙一切秘密,悟三位一体,基督的神人两性的奥义。于是他的意志与神的意志融合,似双轮一般,借"爱"之力回转,《神曲》的大幻影,于焉告终。

以上是说明《神曲》的结构和梗概,还有它在艺术、宗教、政治上的价值,以后当另作一文介绍。

1931.4.25 于上海

原载《微音》,1931 年第 1 卷第 3 期。署名:谢六逸

世界大战和妇女劳动

A. 柯伦泰女士　作

1914—1918年的世界大战,是人类所经验过的最大的流血战争。欧美各强国参加了的这次大战,使布尔乔亚、资本主义社会的基础极度动摇,失去了资本主义的生产的均衡。几百万劳动者由机械离开而被驱到战争之野上去了,工场变成了丘墟。而且战争所要求的,并不是生产的减少,却是生产的增大。但那是在于别种的产业部门。生产急激地变更其性质,就是工业悉从事于破坏及杀人的工具的制造,用以代替生产日用品,保证着各个国家乃至交战团体的战胜者,是军需品工业——制造弹药、军需品、大炮的工业部门之不断地成长。在战线和后方之间,设定了战胜之组织的不断的联络。战斗的过程,是被不仅在战场的国家的军需品工业的竞争决定了。提高生产力的第一条件,是充分数量的劳动力存在着这一点。因为军需品工业,是代表着其自身大资本的生产部门的东西,所以充分地诱致没有高度的熟练的劳动者。他们的妻女、姊妹及母亲们,不消说像洪水般地涌到劳动者出发到战线去后的工场去了。

因没有"扶养者"而抛弃下来的妇女们,焦虑着要有可靠的工作。企业家又在广大的范围内发现了许多低廉的劳动力。这些劳动力,可以很好地替代到战壕去了的劳动者;同时,使企业家极容易地增高储蓄。对于妇女劳动的需要忽然高起来了。自大战之初至于在各国开始复工,不仅参战国,因世界大战之故而变成富有,就是中立国也含在里面,妇女劳动力不断地增大起来。在交战诸国间,对于妇女劳动的需要增高,是因为在工业之中妇女替代了出征的劳动者之故;但在中立国的此种现象,是关联着生产力急激的发展这一点的,就是生产力之急激的发展,吸收劳动单位的增大数,因而男女无差别的,将存在那儿的一切自由的劳动力引入生产了。

世界战争的勃发以来,对于妇女劳动关系极度地变化了。在战前,妇女的位置被决定为在厨房里的布尔乔亚社会,现在也以"爱国主义"的赞辞赞美着成为"后方的兵卒"而为着国民经济及国家劳动的重担子负在自己的两肩之上的妇女们了。

从事生产的女工之数开始不断地增加。没有不见妇女劳动所参加的产业部门了。在战时,妇女劳动最普及的,是金属工业、军需品化学的制造部门(火药工场)、军用被服工场、罐头食品制造工场等。这些一切产业部门,是直接的在战线上有用的东西。然而妇女劳动侵入过去对妇女曾封锁过的产业部门,而使后方的生产也普及了。战时中,妇女出现为电车及火车的开驶者、驭者、门房、门卫、运输者、红帽子等。妇女也从事于最困难的,对于妇女的身体有害的矿山和建筑事业的劳动。从事于通信事业——电话、电信、邮政等职务的妇女之数，呈现未曾有过的增加。自1914迄1918年的妇女劳动力的增加率，由国家的区别，自70%至40%之间上下。德国的金属制造工业上达48%。在法国的同一工业部门增加了二倍。在俄国的增加最激烈的部门里，女工之数至于凌驾着男工之数。例如铁道事业，战前妇女不过从事于事务所、扫除股和信号股；战时中，从事这国民经济部门的妇女之数，至于形成全工作员的35%。在法国被引入生产的妇女之数百万人，英国百五十万人，德国现出二百万人以上的增加。全体地看起来，在战时中欧美各国，妇女劳动者之增加数约达一千万人。

妇女劳动之这样急激地增大的原因颇明显。就是男劳动者的不足和妇女劳动的低廉之故。因为妇女不被组织化，意识比较地不发达。不驯从于主张自身之阶级的利益，所以没有反抗经营主人的力量。她们是为着肥个人企业家的肚子而工作着，且为着"祖国"的幸福而工作着的。工场主利用着这样的事实。对此，某人说妇女的劳动生产能力低下，质上也劣于男子，这事实岂不是会使工场主付较低廉的工资吗？这全然是错误的！战时中，企业家自身和他们之理论的代表者们，使女工完全地代替男劳动者，因此证明劳动生产率毫没低下的事实。统计在某场合显示着妇女的生产能率低下；但在另一场合，又反对地显示出凌驾男子的生产能率的事实。

妇女被引入国民经济的圈内和其自身不是反动的有害的现象，这事自然明白了。反之，宁是强化了将来的妇女解放的基础。务必解放的事并不是妇女的劳动自身，而是它的榨取的方法。企业家们只使妇女劳动和被组织过的高价的男子劳动,而由低廉的妇女劳动抽出利益来,或将她们的劳动能力更提高至最大限度,拼命要由此增加自己的利润。战时中,几乎保护着妇女劳动的一切法律被"临时的"撤回,妇女的夜工和一定时间之外的劳动成为常态了。破廉耻地,也使妇女从事于最困难的有害劳动。贪婪的资本主义竟连所谓"人道主义的愿望"这无花果的叶都抛弃掉,暴露了丑恶的裸体。在英国一定时间以外的劳动至于被义务地施行着。劳动时间由十二点钟延长到十四点钟。夜工极其全盛,但布尔乔亚世界已经因为夜工之广泛地实施,没有发出所谓"家庭道德颓废着"的欺瞒的叹声了。

在帝制俄罗斯,企业家们有着特别的铁面皮,奔走于少数的对于主人的食欲立起限界来的法律的撤废。1915年,军事工业委员大会承认了当作不仅因男子劳动力的不足,"对于较低廉的妇女劳动的工业家之不断的欲求"的结果,希望广泛地采用妇女劳动。哥契珂夫、可瓦洛夫、廖浦新斯基等要求过"战时中"临时撤废制限着幼年和未成年者及妇女的劳动的法律。在俄国的许多工场和制作所中,努力采用十二岁—十三岁的少女。仿效俄国工业家的路径,外国资本家也追从着它。俄国的工业家,仅在所谓不用暧昧的甘言公然承认了妇女的劳动的采用并不是因男子劳动力的不足,依据女工是"较劳动家畜更低廉"的理由这一点上,和别国的工业家不同。

别的诸国的工业家们以很好听的爱国主义的言辞,隐蔽其"经营者所怀的计算"。妇女自己必须当作后方的兵卒,妇女的义务在于虽然不仿效约翰·达克般的跨马且手执武器,至少在机械之傍产出"给主人"的储蓄而救"祖国"。

战争中,新的劳动力——妇女参加于生产,坚实其地步了。妇女劳动是形成了被社会的公认了的必要不可缺的东西了。

然而,女工们自身由这事能获得了什么呢？是她们的地位变化了吗？是妇女的运命成为轻易的东西吗？我们是确信着妇女的地位能被生产——国民经济上的她们的职分决定的人。在世界大战当时,对于妇女的运命的这样的定义的正确是否被证明了呢？在资本主义的支配下,若想起名誉和尊敬上有价值的并不是赁银劳动者的劳动,而是主人的劳动,则妇女赁银劳动者的人数的增加,及布尔乔亚社会内的妇女的地位不能好好地变化,这事在于我们很明白。反对地,劳动妇女的生活条件,战时中完全是变为难堪的了。没有被法律何等制限的法外之困苦的劳动,到处招来了妇女的罹病和妇女的病死者的增加。这事实,统计数字明显地说明着,妇女的罹病,结核的传播,因过劳而起的各种疾病,至某程度在布尔乔亚社会内唤起了恐慌；但因战争的储蓄而来的陶醉,是使布尔乔亚治漠视了那样的不愉快的事实的。"难避免的战争的牺牲！"……因此,女工们的生活条件,成为更难堪的了。极端的劳动时间的延长,基于"包工资"制度之一般的实施的劳动的紧张和不断的物价腾贵,使全劳动者的生活日渐难堪。这时代,在布尔乔亚社会的和生活上没有何等的变化。像过去的家庭用品和个人的经济都存在着。但是,疲倦于长时间劳动而归家了的女工、女店员、接线生、女司机者等,为要将食品燃料和石油买入急须排成"行列"站着。（译注：在商品缺乏的时代,顾客须排成行列在卖店之前等着。)伦敦、巴黎、柏林、莫斯科、彼得格勒,到处这行列的"尾巴"很长地继续着。妇女失去健康,她们的神经燥急。心理错乱和精神病成为极常见的现象了。这场合,饥饿无间断地接续着。这是物价腾贵的结果。孩子们生下来便盲目或佝偻,被暗暗地埋葬了。母亲衰弱了。而且在无限的一切物质的贫苦缺乏之根源上,在战场的亲族的安否,成为层叠的黑云遮蔽着妇女了。她们的心凝结在这战场上的爱夫、儿子、兄弟的运命之上。战场上是血和呻吟,在后方是缺乏和眼泪。

在新闻纸上不吝啬地对"爱国妇女"撒布着赞辞的布尔乔亚的世界,以什么酬她们的战争援助呢?亘数年的困难的大战中,即在妇女劳动者在后方帮助战线上的流血战争的成功的时代,布尔乔亚社会曾减轻妇女生活的负担,或曾试要减轻过吗?即使布尔乔亚世界拒绝妇女的权利的承认,也很显明地可以由国家的方策减轻她们的负担。然而,有产阶级只要那样做也不能够。减轻妇女的劳动和生活条件,除去她们的经济的重负的机关,战争中连一个也没有设立起来。关于孩子们的顾虑,是委诸个人的慈善事业的……是所谓"一切是为着战争,要由战争终了考虑起"的。

布尔乔亚政府为减轻妇女的负担而施行的唯一的事,(这也不是为着她们,是以提高军队内的兵士的士气为目的的)几分调度兵卒们的妻的生活保障问题,不过为着兵卒的妻、寡妇、孤儿的缘故制定金钱上的补助和部分的特典罢了。(例如免费住宅的供给)而且那也不行,例如在俄国,是极拙劣地执行着的。她们用补助金的形式领受了的是不足取的少额。当1917年4月克林斯临时政府时代之中流生活者的最低生活费达到数百卢布之时,兵卒之妻所领受的补助金,月额是极少的七八卢布而已。

渐行增加起来的婴儿的死亡率,使布尔乔亚国家(英、法、德)不得已承认对于独身的母亲的扶助法了。这法令又是带着了极不彻底的暧昧的性质的法令。布尔乔亚治对于母亲和婴儿也不设立可作实质的援助的任何机关,抱着幼儿的母亲们的出处,是较"扶养者"的出征的战前更恶劣的条件。

在这样的事情之下,战时中极不稳的分子自然是妇女。当1915年春,柏林的女工们早就欢迎利浦克纳脱,攻击希特门,而行反政府的示威运动了。对于物价腾贵和战争之强有力的抗议,遍全世界而爆发了。在1916年,巴黎的妇女再三破坏市场,掠夺了石炭仓库。在奥大利,1916年6月对于战争和物价腾贵愤激的妇女行过"三日间"的暴动。在意大利,宣战了开始动员,妇女以身在铁路上筑起防寨来,将被送到死和恐怖之野去的兵士延迟了几个钟头。自彼得堡经莫斯科,怒涛一样地波及了乡村的俄国的1915年4月暴动的首动者,是兵卒的妻子们。女工们能动的成为罢工的参加者了。富裕的工业家们,招致妇女到工场去而计算着自己的储蓄增加,称赞她们的"爱国心"之时,苦恼于战争的妇女们的要求,是所谓——"把面包给我们的孩子啊"!

战争是什么东西都不给与劳动阶级妇女,而且使她们的两肩负起不堪的重担,"妇女暴动"由此发生了。在下层阶级之中渐渐成长的不平愤慨,是由此发生的。那么,俄国的1917年2月23日(3月8日)的普罗列塔利亚妇女的跃起是形成了,遂内外部迸发的俄国革命之端绪的。

社会主义者、国际主义者,已经在1915年的初头反对着社会。爱国主义者而促进妇女的反战运动,为着决定对于世界大战的劳动妇女的将来的指导方针,在伯鲁舍尔开了国际会议。这是宣战布告后的最初的国际会议。在这会议中认识了两种政府的倾向。大多数支持着和社会爱国主义者同样的宣战布告;但另一部分——少数派——俄国布尔塞维克,采用弹劾反判劳动者之国际的共同义务的一切人的宣言,主张有以阶级斗争答覆帝国主义战争的必要。

最初的国际大会被社会主义者召集了的事实,并不单是偶然事。这事实,是由战时中渐行恶化的困难的难堪的妇女劳动者的状态自然地发生了的。

帝国主义战争给与妇女劳动的发生以重大的刺激;但跟着世界大战而发生的诸条件,没有改善劳动妇女的状态,反是恶化了。获得利益只是投机事业者、军需品制造业者、有产者的妻子们,她们是社会的寄生者,是国民经济的障碍物,是什么都不生产而徒然浪费国民之财宝的国民层。

战争带给全勤劳民层以未曾有的重担和苦恼。由他方,被战争刺激起来的工业部门之急激地再组织和生产的机械化,被最高度地完成了。具备了使未熟练劳动者的劳动容易的高级的技术的类型的企业,被它增大强化了。这些一切,自然伴着了对于妇女劳动的新关系。妇女劳动受普及于战争中的一般的承认,而坚固了地步,成为国家所有的生产资源的计算之中少数的东西了。把妇女当作"妻、母、主妇"的旧言语告了结束。

但是,恢复职员而工业上了平的轨道,同时资本主义国内,解雇妇女的倾向极显著了。开战的当初,将妇女像洪水般地引入生产,这次逆行地将妇女由工场放出的倾向极显著了。妇女的失业者,急激地增加起来。这事实部分可以1918—1919年交战国都恼于激烈的经济恐慌这事说啰。资本主义之没落期的工业的复原时代,即由战时生产时代到手时生产时代的过渡期,和经济的破绽之疾病的现象不可避免地结合。这破绽又扩大了全列强的财政穷乏,原料品的不足,广泛的国民大众的贫穷化。英国、德国、法国及其他的欧罗巴诸国的1918年—1919年度的经济恐慌,唤起了全工业界上的活动的停止。劳动者被解雇,无数的妇女大众失去了过去常常受领的赁银的路途。

然而,给与妇女失业者的增加以影响的,不仅是伴着工场闭锁的尖锐的经济恐慌。只要是继续着经常的作业的国民经济部门,妇女就被解雇了。把劳动市场上的两种竞争者——由军队复原了的劳动者和女工放在面前,企业家们通常有了左袒于前者的倾向。但经理的算盘要求和这正反对的,就是男劳动者不很从顺,要求过多而且对于重要的事有着高价的劳动力。在别的事情之下,企业家是要欢迎比较的低廉的劳动力——妇女的劳动力吧。可是,不能忘掉复原在充满了革命的精神的氛围气之中施行的。现在仅断然行过十月革命的俄国劳动者的例,给与劳动大众以冲动了。归还兵充满了昂奋,他们能操纵枪械,不惧怕死,依然地将被没有确实的赁银的战争恶化了的这些不稳分子放置,这意味着使布尔乔亚社会的存在陷于绝大的危险。于是工业家是想即使抛弃掉由低廉的妇女劳动获得的储蓄也保持自己的支配,而豫防着"赤魔"的……政治的想念胜于经济的计算。德国、法国、英国、意大利的企业家又为要使曾有荣誉的妇女爱国者的"劳动的勇妇""后方的女兵卒"和归还士兵交代,开始由工场放逐出来了。

布尔乔亚,资本主义诸国,要藉偏于一方的生产之一时的均衡和战后之尖锐的恐慌的缓和,减少妇女失业者。虽如此,妇女劳动问题的解决还是前途辽远。反之,在于伴着大规模机械生产形态的高度的发达的世界资本主义经济之近代的发展阶段上,妇女劳动问题只管是激化起来了。自然也不想什么妇女归还家庭了。

每逢工业全般乃至其一部分的一时的勃兴的新局面到来,许多妇女劳动力慢慢地被诱引到生产去吧。妇女劳动的增加,一部分是因它的低廉,但主要的是被对于繁荣着的工业部门之活的劳动力的需要的增大约束着。但跟着生产力之一时的勃兴,必然的停顿到来了。工场闭锁和劳动力的缩小开始,企业家努力要由纯政治的思想在企业内保有劳动者。首先为此打算的牺牲者是妇女,是所谓她们为"失业者"是颇少危险性的。这些现象,要之是资本主义所特有的东西;但在现时的世界情势之下,这些现象加以特殊的力量和尖锐。新恐慌的种种,和从前不能比较似的深刻地伴着全国民经济的动摇,把握着扩张到较广的范围的更广泛的人民层。只要资本主义存在着，为劳动和资本之交互关系问题的构成部分的妇女问题，总是难解决的。在于布尔乔亚，资本主义诸国的劳动阶级妇女，资本支配着劳动，仅私有财产妨害着生产、分配、消费之同目的整理，是没有可期待她们的运命向上的根据的。

在资本主义世界的圈内，妇女劳动问题的解决和整理是不可能，难避免的失业的威胁如果在妇女劳动者的头上继续延下去，则复杂的妇女问题的网结不能够解开，这自然是很明显的事。

跟着战争的终结，许多布尔乔亚诸国，关于妇女的地位不得已行几多的改善，这是事实，在战争前妇女参政论者们手握爆弹而要获得让步，又稍稳和的同权论者们继续了无数的请愿运动；一切终归于徒劳。这些让步，战后被布尔乔亚治行着的，是依据两种理由的。那是当作活活的胁威而搅乱了布尔乔亚政府之安眠的俄国革命，和将战后广泛的人民大众的心地染了彩色的德谟克拉西的欲求之波涛。改正含着妇女的选举权的选举法这给与物，是被为要镇静扩大起来的革命的空气，为要在劳动者获得政权上显示没有行"社会革命"之中要的缘故而投给大众的。

在英国、德国、瑞典、奥大利等妇女被给与以选举权的，要之不是当作他们在战时的"爱国的服务"的报酬，却是由纯政治的打算而来。

然而，在布尔乔亚制度的支配和阶级的不平等之下，妇女的平等权被形式地承认了之处，对妇女的地位没有给与什么本质地变化。布尔乔亚诸国中，虽在战后，妇女之社会的不平等和向家庭的隶属，到处依然残存着。妇女问题的解决,在于布尔乔亚诸国是前途辽远。自然,反对地,照现时的情势,妇女生活的全问题显示着特殊的压力和激化。

怎样能使家庭及结婚和职业融合呢？她如何能由献身于爱着的工作、思想和科学上的工作,或徒然消耗可寄与无限的利益的妇女的能力和劳动的烦琐的家事脱离呢？

母性、堕胎、人口之经常地增加及其任意的限制,卖淫和结婚,生产能率和力的整理,当作母亲的未来的担负者之妇女的健康等诸问题,顽固的铁壁一样地站在妇女之前。在资本主义之下不能打破这些铁壁。资本主义的巩固的私有财产制和私有经济的存在,个人主义的习惯和道德的强力,社会生活上的集团形态的缺乏等,使妇女问题混在复杂的难解决的社会的网中。

只新兴普罗列塔利亚特,是不使此网渐渐混乱地,能正确地打破它的。

原载《微音》,1933年第2卷第9期。署名:谢六逸　董每戡　译

新感觉派
——在复旦大学讲演

今天所讲的题目是介绍一种文学上的理论,同时,供给诸君在做文章写小说时作为参考。

我们初学作文的时候——小学或中学,总是想不出话来讲。因此,一开头就是"人生在世"啊,"人为万物之灵"啊的一套。

现在写小说的人也每每欢喜用这些句子:"心弦的颤动""似羽毛一样的雪片"……像这些都不是好的,最好我们不要用它。其理由是,这些句子人人都会用,已经陈腐了,近于所谓滥调。

可是,不用这些又用什么呢?所以今天要把新感觉派的理论介绍给诸君。

新感觉派可以医治我们的一种病——陈腐、因袭的病,如要医治这种病,最好是先懂得新感觉派的理论,其次再欣赏他们的作品〔如法国保尔·穆郎(Paul Morand)与日本的横光利一、川端康成等人的著作〕。无论写文章或小说,新感觉派的理论都可以供参考。

新感觉派是最近文学上的一种理论,这个名词,和自然主义、写实主义等一样,是用来分别一种文学理论的名词。

新感觉派的产生,是因为写实主义有了缺陷的原故。

为要明白新感觉派的发生,先要把写实主义的发生讲一下。

在18世纪末到19世纪初,欧洲文学发生一种思潮,就是自然主义与写实主义——这潮流的发生,不是偶然的,却有时代的背景。

那时在民主主义革命之下,欧洲各国的社会根本发生动摇。这次革命的功绩,就是驱逐封建的意识,树起"自由""平等""博爱"的旗号。从前那些贵族阶级的武士公卿,受了革命的影响,不免没落了。代之而起的是资产阶级,社会的中心势力是"金钱"。俗话说得好,"有钱能叫鬼推磨",资产阶级兴起后,他们不必崇拜偶像了,要主张发展个性,要以个性做"万物的尺度"了。

在古典主义的作品里可以看见的英雄与美人,是天上少有,地下绝无的。写实主义抬头之后,就把这些一脚踢倒,他们把帝王、贵族、英雄、美人放在解剖台上分解。他们主张表现个性,站在客观的地位,如实地描写一切。这时的写实主义,是反抗封建社会的文学,同时又是代表新兴资产阶级的文学。

后来,写实主义渐渐衰颓了。

时代与人类知识并进,思想不能时时停滞在一处。写实主义的作品引起阅者的厌倦,它的缺点,也就显然了。

写实主义的文学是常识的文学,作者的态度是纯客观的,所以作者所取的题材,只限于作者所知(经验)的范围。他们要把自己所知道的常识(经验)照实的(As it is)描写出,所以不能不只限于常识。

可是，人类的知识是逐渐进步的，时代是前进的，作品的描写与取材也应该随时代前进。从前的人没有看见过飞行机，只看见蜻蜓，大家都说蜻蜓好看，赞美它。现在，能在空中飞的还有飞行机，也可以说是很美的。也许有人说，蜻蜓是美的，飞行机不美，也许另有人说，两者多是美的，这是因为个人的感觉不同的原故。然而，现在我们头脑里，和蜻蜓一样，飞行机也成为常识之一，是必然的了。但在写实主义的作家，他们只知道写蜻蜓的美，而不知道写飞行机的美，因为当时那些作家的常识里只有蜻蜓而没有飞行机。假如那时有一个作家写出了飞行机的美，岂不被人斥为太理想、非现实了吗？

写实主义的作家是以常识为标准的，他们注重"观察"与"实验"，没有经过"观察"与"实验"的，他们便不肯写。

其次，写实主义作家取材的范围，也不免窄狭。如像莫泊三（Maupassant）、佛劳贝（Flaubert）的作品，其题材的大部分为描写男女性欲的丑恶方面，在他们自己，因为只取材于这一方面，题材终不免感到缺乏，在读者方面，多看了也觉得生厌。

写实主义之后，有新浪漫主义、人道主义等继起，但这些作品已成为过去了。别的我们姑且搁置，现在单讲与新写实派对抗的新感觉派。

新感觉派注重"感觉的装置"与"表现的技巧"。

什么叫做"感觉的装置"？譬如说，你的座位旁有一束玫瑰花，花叶出了一种香气，你的"感觉"如何？普通感觉到的，香而已。但是，有一种人，感觉特别灵敏的，他不单感觉到花的香，他已能由花以感觉到其他非常识的事物,这便是"感觉"的意思。各人所感觉的不同,各人都可以拣选最切适的字句,把这些字句装置起来,表现自己的感觉。

新感觉派是要用最适当的文字,将你所感觉的装置在文章里面。

再具体地加以说明,比如描写仆人把老爷的古董打碎了,老爷大发脾气。我们要描写这位老爷的大怒,难道仍旧要用"怒发冲冠"吗?滥调滥调,要是由我批分数,包你们吃"大鸡蛋"。我们必须借具体的动作来描写这种发怒的"形"以引起读者的感觉。所以与其用"怒发冲冠"等字句,不如说——

……香烟在老爷的手里捏碎了。

这句话里面没有一个怒字,但是捏碎香烟的"形",已是描绘"发怒"而有余,这时阅者所受到的感觉,岂不较"怒发冲冠"为新鲜吗?

其次,表现的方法是最可注意的。譬如,我们要描写"大风吹帽子",在从前的八股先生怎样表现这事,我可不知道,但是,在初级中学的文豪们写来,也许一开篇说就摇笔直书,"大风能吹帽子乎?余不得而知也;大风不能吹帽子乎?余亦不得而知也……"但是这可以称为"表现"吗?这样的"表现"会发生效果吗?我想,知道描写的人,一定不这样写的。他们是要表现帽子被风吹的情态如何,用各种适宜的文字把大风吹帽子的情态表现出来。

我再举一个例来说明。

我们要表现走路的动作,而且是写一个女子的走动。"她走了!"用这样一句,表现女子走路的动作是够了,因为这里的"她"字,是写的"女"字偏旁,难道还不相信走路的是女人吗?但是,这种表现太普通、太平常了。倘使我们能够适宜地再加上几个字,便要不同,而且效果也很大。如果改作"她的脚走动了",便可由她的脚感觉到她的皮鞋、丝袜,以及青年们求之不得的曲线美,等等。像这样,在若干字句中寻出顶适当最有效果的字句来用,这便是"表现的技巧"。

你们看,芥川龙之介的《鼻子》写得多么好呀!(这里要请注意,芥川氏不是新感觉派,不要弄错。)写一个和尚的鼻子长有五六寸,拖在脸的当中摆来摆去,这是很容易使读者受新鲜感觉的——

一说起禅智内供的鼻子,池尾地方是没有一个不知道的。长有五六寸,从上唇的上面直拖到下颏的下面去。形状是从顶到底,一样的粗细,简捷说,便是一条细长的香肠似的东西,在脸的中央拖着罢了。

这一只鼻子,如在我国的超等文豪们写来,一定是——

鼻位于脸的中部,有二孔焉,便于出气……

再看芥川氏的《罗生门》的开头,写着——

是一日的傍晚的事,有一个家将,在罗生门下待着雨住。

　　宽广的门底下,除了这男子以外,再没有别的谁。只在朱漆剥落的大的圆柱上,停着一匹蟋蟀。这罗生门,既然在"朱雀大路"上,则这男子之外,总还该有两三个避雨的"市女笠"和"揉乌帽子"的。然而除了这男子,却再没有别的谁。

你们注意加有旁圈(点)的字句,都是作者要使他的表现有效,有意锻炼而成的。试看这些:"傍晚""家将""雨住""朱漆剥落""圆柱""停着一匹蟋蟀",无不使人受到最深的印象。那"圆柱上停着一匹蟋蟀",难道作者芥川氏曾经到场检验过吗?中国的小说《水浒》里,作者施耐庵写到景阳冈武松打虎一段,是不是武松对施耐庵说——

"俺要打虎了,施先生!请你在旁一边看一边描写呀!"

芥川氏描写的鼻子和罗生门,施耐庵的武松打虎,都是一种"表现的技巧",由这"表现的技巧",容易使读者受到新鲜的感觉,详细的情形诸位可以仔细去读。我所要说的是他们用了许多适宜的字装置在作品里面,所以才能发生感觉的效果。

在新感觉派的作家,如果要描写一个走出理发店门外的和尚,就是这样写:

> 青色的和尚头在春风里荡漾。

这种感觉是不是新鲜呢？如果和普通的写法——"和尚走出门外了"比较起来。

日本新感觉派的健将横光利一写百货店里的情形,是这样的——

> 今天是昨天的连续。电梯继续着它的吐泻。飞入巧格力糖中的女人。潜进袜子中的女人。立襟女服和提袋。从阳伞的围墙中露出脸来的能子。化妆匣中的怀中镜。同肥皂的土墙相连的帽子柱。围绕手杖林的鹅绒枕头。竞子从早晨就在香水山中放荡了。人波一重重地流向钱袋和刀子的里面去。罐头的溪谷和靴子的断岩……
>
> 久慈捉着一群群进行过来的钞票,逃避竞子的视线……

此外的好例很多,举也举不完。

又如,"有人走下电车",可以写作"电车吐出了许多乘客",又如,等会我们散课之后,如果写课堂里的情状,可以说,"大家都散了,课堂空了"。这是无有不可的,但却另有更好的方法,"课堂里只有椅子抬起头来看着讲台"。这比前者更有感觉,更有技巧。但写信不妨用前者,写文章做小说却是后者为好。

我并不是提倡专在文字上做"咬嚼"的工夫，在思想方面，我们何尝不可作同样的锻炼。我们看西洋史时遇到了拿破仑，只看见他的伟大，许多小说家写拿破仑也只写他是一个盖世的英雄。(托尔斯泰的《战争与和平》是例外)但在新感觉派的作家便不至于把他当作英雄看，也不会写到他的伟大。横光利一有一篇小说名叫《拿破仑与癣虫》，就是取材于拿破仑翁的。(这是我所爱读的日本新作家的短篇之一，我是读过五遍了。)拿破仑的手平常是插在腹部的衣扣里面的。作者描写拿破仑的肚皮上面生了一块癣，所以把手放在里面抓痒。又写到拿破仑新婚后数日便去打俄国，是因为王妃憎恶他的病。这种题材也足以使阅者发生新鲜的感觉。

这里不过介绍新感觉派的大略，最好还是多看作品，可惜已经译成中文的不多。

我再补说一句，我并不主张专在文字上做工夫，而置思想于不顾。如果我们愿意打破陈腐与因袭，则新感觉派的理论实在是一种良药。

1931.3.7

原载《现代文学评论》，1931年第1卷第1期。署名：谢六逸

蚤

[日本]成原六郎 著

如果蚤会说话，则太太绅士们在夜间的生活，当更道德一点吧。

否则，坐在沉静的客厅里的太太，从她的背上，突然地，蚤一定不客气地开始说话了。

"各位！太太的唇，在夜里被两个绅士接吻了，一次在廊下的过道，一次在洋台上……"

或是说：

"各位！太太说的梦话里，时常说出很早时候的情人的名字。可是太太是幸福的，为什么呢？因为太太的善良的丈夫，在俱乐部喝醉了，总是熟睡着的。"

这种突然从背上"广播"出来的话，一定使得太太的苹果色的脸，着急得没有血色，因为是羞耻以上的绝望。

不久间，太太便从这失神的状态中回复过来了。因为那客厅里的绅士淑女们，大家都豫感着与她同程度的恐慌，颜色变成灰白了。

于是绅士淑女们，大家为自卫起见，注意清洁。由清洁而驱逐跳蚤,较之保持道德的节制,更是容易的方法。

　　结局,据说跳蚤会说话,所以人不能够根本地度着道德的生活,但是人的狡智,却立即想了防御的方法。

——译自《都会的点描派》

原载《当代文艺》,1931年3月第1卷第3期。署名:谢宏徒译

罗马文学的发生

最早的诗人

纪元前3世纪时,希腊科学及文学流传罗马,当时贵族多说希腊语,文人亦以希腊文著作,商人亦借希腊语贸易。布尼克第一次战争末年,侨居意大利南部与西西利岛的希腊人,被罗马人俘为奴隶,希腊语言在罗马流行更广,以前仅为上级社会使用,至此虽下层人民,也能用希腊语了。

罗马人的教育,虽也重视拉丁语,但古昔并无拉丁语作成的典籍,以供讲习之用。他们不得不借用荷马(Homer)等的著作,以为教材。因从事翻译,移植希腊著作于罗马,除此而外,罗马的学校,是没有书本可以教人的。

罗马最早的作家,为李弗司(Livius Andronicus,284—204[①]),他原为希腊人,被俘至罗马,后得释放。他将希腊荷马的史诗《奥德西》

[①] 应为284B.C.—204B.C.,本文中的年代均为公元前,不再一一出注。

译为拉丁文,译希腊的戏曲,于大祭时上演。又作颂诗,令女子二十七人吟于道上,以被除不祥。米勒尔瓦(Minerva)神庙中,为文士聚集之所,他被举为社长(Guild of Poets)。李弗司死时,约在第二次布尼克战争时。那时介绍希腊著作的风气,并不稍减。

罗马献身于文艺之第一人为那非乌斯(Naevius,276—199),他是罗马人,其才在李弗司之上。在第一次布尼克战争时,他尝充当军人。所作剧曲,也是取材于希腊的。他又以本国的材料为主,作历史剧。共作悲剧七篇,喜剧三十四篇,惜已失散。又作叙事诗七卷,叙第二次布尼克战争与罗马建国,亦不传。

古代诗人最为人崇仰者为尹纽斯(Quintus Ennius,239—169),他生于意大利南部的路迪亚(Rudiae),通晓拉丁、希腊、阿司甘三类语言。曾作悲剧廿五篇,取材于特洛城的传说,现存者约有四百行,多讨论生死问题、神人关系。他的杰作为《史记》(*Annals*)十七卷,仿《荷马史诗》,现存者约六百行。又创杂咏调,意存讽世(Satura = Medley,hodge-podge),体裁略近剧曲,借以娱人,有乐队及舞者同歌。

戏曲

罗马重实用,以政治代艺术,空想代实行,重国家而轻个性,一般社会对于戏曲,不若希腊人的热衷。剧场模仿希腊式,初以木造,后改用石造,可容四万人。初无悲喜剧的区别,有杂曲三种:一为禁厌曲;一为杂调曲;一为《阿梯拉曲》(*Atella*)。至柏拉妥司(Plautus,254—184)与巴克维司(Pacuvius,220—130)出,始有悲喜剧的区别。

柏拉妥司是他的绰号，意为大脚（Fat-foot），原名 Titus Maccius。生于乌卜利亚（Umbria）的沙尔西拿（Sarsina）地方，家世已不能考。只知道他是下级社会的市民，家里很穷。因演《阿梯拉曲》，储了一点金钱，来到罗马。他尝做作曲家、伶人，为剧团管理，演自己作的剧曲。他的作品颇受一般人的欢迎，得了相当的报酬。其后几经失败，他努力不断，晚年仍从事剧场事业。他生前曾做了自己的碑铭，足以窥见他的抱负，铭上的文字是——

　　柏拉妥司死后，喜剧的女神悲恸，不再现身舞台。散文、诗、演剧、笑、爱，皆群集叹息他的死亡。

他共作喜剧二十一篇，叙家庭与社会的琐事，如恋爱、欺诈、离合、错误等。与希腊以喜剧作讽刺政治社会之用者不同。他的主要的作品如下——

1.《安非特留》(*Amphitryon*)写天空之神周比特（Jupiter）爱安非特留王的妃子阿尔克麦拉（Alcmena），他摇身一变，变做安非特留的样子，与阿尔克麦拉和好。此剧为悲喜剧之一，亦为错误喜剧（Comedy of Errors）的本源。后人莎士比亚、莫里哀（Moliére）、鲍加乔（Boccaccio）诸人尝仿此改作，皆有名。

2.《小壶》（或译《小锅》，*Aulularia = The Play of Little Pot*）写一人名 Euclio 的悭吝卑鄙。后世法人莫里哀的《悭吝人》一剧，即胎息于此。写 Euclio 的吝啬，如爱惜指甲、惜眼泪，至谓流泪足以耗身体的水分,尽讽刺之能事。

3.《俘虏》(The Captive)一剧,为诸作之冠。原作写奴隶 Tyndarus 救其主人,寓有教训之意。

4.《嘉昔拉》(Casina)写父子的争斗。

5.《商人》(Mercator)与《嘉昔拉》相似。

此外尚有《幽灵》《骗子》《加尔塔果人》《波斯人》《锚索》《宝物》诸作,题材多相似。柏氏的作品,篇首必有梗概数行,叙剧中情节,又有序诗一。诸作虽仿自希腊,然也自有特色。他对于人生有精确的观察,言词多讽刺。他描写风俗人情,也能表现罗马人的细致处,后人从他的作品,可以知道罗马人的日常生活。因为他是一个平民,生在下级社会里,所以他能用民众所喜悦的材料作剧,文字是日常使用的,博得一般人的同情是无疑的了。

柏氏的作品也有一点缺陷,就是有时过于俗野,作品中所描绘的,有地理上的、时代的错误,但此不足损他的声价,当时的罗马人,仍推他为第一个剧作家,有许多人仿效他作剧,至到中世,崇拜他的人才减少。

下面一段,是从 Amphitryon 的序词里摘译出来的。伶人扮 Mercurius 登场独白:先叙他的父亲周比特(Jupiter)对于罗马民众的愿望,然后陈述本剧的大略,他道:

> 诸君目前所住的都市,就是太伯。这一家,就是阿尔果人 Amphitryon 住的,他娶 Alcmena 为妻。如今他是一军之

主,因为太伯市民正与台勒波市民交兵,他出征时,妻已怀着孕了。

然而,诸君,我的父亲(即指周比特)是谁,他的性质是怎样的多情,而且他对于那件事是常不避嫌的,这在诸君定知道的吧!父亲乘 Amphitryon 不知的时候,他就和 Alcmena 勾搭上了。他的本领不错,如今她已养了两个儿子了。一个是 Amphitryon 的,一个的确是父亲周比特的。诸君不用疑心,周比特正和她同睡在那里,长夜漫漫,就是因为要不妨他的娱乐,所以夜神听他的命照办的。他要达到目的,他巧妙的变做 Amphitryon 的样子,你们看我穿着这样的服装,和奴隶一模一样,也不必惊骇。(注:周比特化为主人,他变仆人 Sosia)。我们将从陈腐的材料,作成新鲜的喜剧。在这剧里,父亲周比特变做 Amphitryon,巧到可以骗着他家中的仆人,他的变化真是巧妙至极。而我自己呢,就变做随 Amphitryon 出征的仆人 Sosia,因为化装,我在他家中出入,别的仆人没有一个来盘诘我的,就此帮助了父亲的恋爱。仆人们想我是他们的同伴 Sosia,也并不问我的姓名,从何处来的。我的父亲因此得以尽量的发泄情欲,他为爱人的腕抱着,睡在床上。(这是他喜欢的享乐方法——原注)他把战场上的事说给她听,她惘然的,真信为和爱人,自己的丈夫在一起了。他怎样打败敌人,因犒赏功劳,得了许多的奖品,也说给她听。真的 Amphitryon 所得的奖品,我们都用秘密的方法弄到手了。我的父亲所欲的,有什么弄不到的呢!

可是今天 Amphitryon 和他的仆人 Sosia——即我所变者,都从军中回来了。我将使诸君认出我与真的 Sosia,我在冠上插了小羽毛,父亲周比特在他的帽子上缀着黄金的纽,Amphitryon 是没有的。他家中的人没有谁看得出来,只有看客们知道罢了。呀!Amphitryon 的仆人 Sosia 提着灯从海港走来了。我将从他想进去的家里,避开他了,他在叩门了。

至此正剧就开场了。共是四幕,第一、二、三幕,各有三场,第四幕有四场。

完成罗马喜剧者,为台林斯(Terence, or Terentius, 195—160),约生于纪元前 195 年,自幼被掠,为元老院议员 Terentius Lucanus 家奴。主人颇爱他,后得自由。曾游希腊,与彼邦诗人往还。作品共有六篇,上演时颇得观众的欢迎。六篇中以下列三种为最著。

1.《阉割者》(*Eunuchus*)为诸作中最成功的,于 161 年上演,一日演二次,作者所得报酬亦多。

2. *Phormio* 亦于 161 年上演。

3. *Adelphoe* 于 160 年上演。

罗马悲剧纯仿希腊,故无特色,作者不过二三人而已。

巴克维司(见前)是 Ennius 的外甥,作曲者以希腊三大作家为本。所作悲剧共三十篇,惜已不传,仅存篇目,其中十二篇,皆为模仿希腊悲剧之作。

阿克休司（Lucius Accius，170—86）为奴隶之子，取材于希腊神话，作悲剧四十一篇，皆失传。

（本文为欧洲文学纲要讲义之一节）

原载《当代文艺》，1931年第1卷第1期。署名：谢宏徒

抗日声中新闻界应有的觉悟

在东省事件发生以前,我们在上海的报纸上所常看见的是些什么呢?归纳起来,有如下列几种:1."附刊"里的颓废游荡的文字;2."社会新闻"栏内的淫靡的记载;3.不关痛痒的评论文字;4.从"路透""电通"得来的国外消息;5.所谓"风流艳腻""肉感丰富"的大幅的电影广告。经过这次的事变,上海的各报,已到自己清算、自己批判的时候了。1.上海各报的组织向无外国通讯部,报馆里面如有外国通讯部的设立,不单是国际新闻的材料来源不断,同时还可经过记者的手,作成时事问题解说。2.评论与论著应该采取委员制,现在国内报纸的评论,多由主笔在看"大样"之后,捉住一件时事,敷衍为文,这样作成的评论,其无力量,不言而知。3.改用综合编辑法,我们不问这件新闻发生在什么地方,只问这件消息的新闻的价值的高下,假如是和国民有切肤的关系的,和世界人类有重要关系的,不管什么国内国外,本埠外埠,都应该用极重要的纸面去安排它。4.副刊宜做启蒙运动的工作,编辑完善的副刊可以视作世界学术情报的机关，举凡世界最新的学术，各国文坛的消息，新刊的书报、专门著作的介绍，都应该借副刊的地位介绍给阅者知道的。我们要赶快提高阅者的趣味，使一般国民知道我们生存在怎样一个世界里面。在帝国主义的压迫之下，哪里还有闲暇来吟风弄月，或是拿《聊斋志异》在报上翻版呢？启蒙运动的工作，只有报纸的副刊最相宜。在国难声中，报纸应该走在民众的前面，固不必说。但是上海的报纸，反而在愚弄民众。我们看"国际联盟主持公理"的特大号的标题，不是在愚弄我们吗？国际联盟能够主持什么公理，报馆里的主笔先生们享受了这一类的"热屁"，不假思索，再拿来转奉国人，不是有意愚弄民众是什么意思呢？

[民国]二十年十月十五日

原载《明日的新闻》，1931年10月15日(创刊号)。署名：谢六逸

文化人类学导言

[日本]早稻田大学教授　西村真次　著

一、史学与人类学

我们现在是人类的一分子,在这社会里呼吸着生命的空气,这是确切的事实,谁也不以为奇。即是,我们生平对于我们本身,差不多是以淡然的态度生活着。这样的生活,是由于习惯的牵引,惰力地、盲目地前进着的,并不是营着真正的人类的生活。我们要真正地营人类的生活,我们非知道走什么路,向什么方向前进不可。如果我们在春天有蒲公英遍开的郊野,朝天仰卧,默想我们应该去的地方,或者因为有什么目的到某处去,那么,我们除了发现完全空空洞洞的自身之外,是什么也没有的。又或在静寂的秋日的深夜,默坐在映着青色月光的书斋里,设想我们是怎样生出来的.我们现在如此这般,究竟为的什么,那么,我们除了依然是发现空空洞洞的自身之外,是什么也没有的吧。自觉自己是空洞的时候,就是人开始寻见了思忖现在、将来、过去的端绪的时候了。想要知道横亘在过去、现在、未来的人类的存在的学问,虽然不少;普通的学问,虽也直接、间接地要求了解它,但是直接了解它的学问,乃是人类历史——是人类学。

历史(History)与人类学(Anthropology)是姊妹学问。可是二者的区别,正如迈尔氏(J. L. Myres)所说,是不容易的。在广义上,历史是事件的研究,是已发生的事件之发现与记录的研究。试举一例,研究发生在自然界的事实,可以称为历史。但是,在狭义上,所谓史学者,是对于"我们不能体验的事件,且是属于过去的,依照它发生时的顺序去研究的学问"。因此之故,我们由历史的序位,记载事物的时候,须考察在"时间"上的事物的分布;由地理的序位,记载事物的时候,必须考察在"地方"(Space)上的事实的分布。这个序位,是有纵与横的差异。我们平时称"历史"的时候,并不含有自然史——即博物学,仅是用于"人事的记录"的意味。可是历史家并不取材于一切的人类行为,如战斗、音乐、文学等特殊的事实,若非特别史,是不采取的。普通称人类的一般史为"人类学",普通称研究人群习俗的为土俗学(Ethnography)。

近来以历史为了解民族发达过程的学问,以人类学为了解人类发达过程的学问。前者为特殊的研究,后者为一般的研究。所以历史是发现"差异"的,人类学是发现"类同"的。这样的区别历史与人类学,则前者是艺术,后者是科学。但在最近,具有能够在历史里发现法则的信念的人,为数不少。即以我而论,如果研究更向前进的话,我就是以为这是可能的一人,在这些人的里面,历史与人类学的区别,并不了然。例如,韦尔斯(H. G. Wells)在《世界史纲》(*The Outline of History*)一书里所计划的世界史,就是把人类当作一个全体加以考察的,是在人类学的范畴之内。

依我现在的思考,把历史与人类学分开,已经是过去的事了。两者渐渐地接近起来,结局是走上不能够区分的道路吧。如果勉强要决定二者的范围——这样干也许是愚蠢的——则只好把历史与人类学看为"分"与"全"的关系,"纵"与"横"的关系,以其间仅有的朦胧的差别,聊以满足我们的希望而已。

二、人类学的范围

定义是不可靠的,试考察关于人类学的定义的变迁,就足以证明我的话。如托比纳(Paul Topinard)所指出的,人类学一语,从古代起就有的,被用为"人类研究"的意味,最初以研究"人间的道德"为主,后来研究体质,在近世则包含精神、肉体两方面。人类学的渊源,源于被但丁呼为"智者之祖"的亚里士多德(Aristotle)。他在《伦理学》(*Ethics*)一作里,记述心地纯良的人,曾用"ούη άνθρωπολογος"一语,此语是"不饶舌的人""不吹牛的人"之义。此希腊语传入罗马,成为 Anthropologium,遂变化为近世的 Anthropology 一语。1876 年托比纳在他的著作《人类学》里,说:"人类学是博物学的一分科,是研究人与人种的学问。"约言之,就是"人的学问";详言之,就是研究自然人(Naturalman——ἄνθρωπος),同时又是研究社会人(Social man——εθνοζ)的学问。但在今日,这种意味已经失掉,研究"自然人"的人类(即前者),称为人态学(Somatology);研究"社会人"的人类(即后者),称为人种学(Ethnology)或土俗学(Ethnography)。其次可以注目的,在今日已不如托比纳的主张一样,把人类学解释为单是研究人类体质或与同类的关系的狭隘的意味,已从广泛的方面去下解释了。

马勒(R. R. Marett)在他的小著《人类学》里,曾极简单地说明人类学的范围,大意如次:

> 人类学者,是浸润在进化观念中的"人类的全史"。进化中的人类——这就是人类学的研究主题。人类学是研究一切时代,一切场所里的人类的。人类学对于肉体与灵魂都研究。

这样看来,人类学与历史的差异,就在于是否浸润于进化观念一点。最近著了《人类学史》(History of Anthropology)的哈同氏(Alfred C. Haddon),曾述对于这门学问的,历来的定义之变迁,人类学的意义在从前曾经有过变化,此后也要变化的。在今日,人类学的意味是极广泛的,有很复杂的分科,但是这"分科"可以各自成为独立的学问,总括起来,称为"人类学的科学"(Anthropological Sciences)。包含着那些科学的人类学,好有一比,好比用砂筑成的山,从远方看去,是一座山;从近处看,是无数的砂粒,是散离的,实际还没有完全统一。在最近,伦敦大学的人类学研究室里,为"研究"与"教授"的便宜计,已把人类学分类发表出来。现将它略加增补,列表如次。

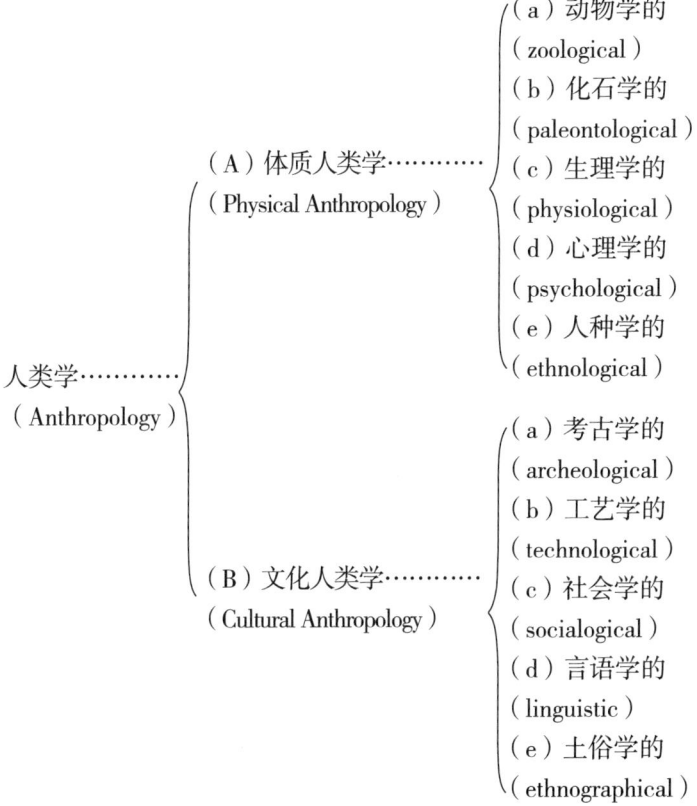

以上凡二科十目。此目中(A)的(c)与(d)是一目,现分为二目;(B)的(e)原为"人种学的"(ethnological),依我的意思,为便宜计,便这样改过了。可是这种分类,并未为一般所承认,世界的学者,随自己的意思而加以分类,其名称也很繁杂。例如,"Ethnology"与"Ethnography"在英国与美国使用起来,正相反对。如美国费城的勃林登教授(Prof. D. G. Brinton),曾提倡人类学的分类与名辞,应有世界的统一,虽说已有几许的效果,但在世上还是混沌的。

三、文化的定义

我现在并非以叙述人类学的分类与名辞为主要目的,不过借这样的列举,使理解文化人类学的内容,得到便利罢了。文化人类学,就是人类文化的历史,就是——人类文化史。我在这本小著里,想极简单地考察人类文化发达的过程,可是与向来的所谓"世界史"不同,并不着重称为"国家"似的政治上的区划等,只是把人类看做一个全体,从文化的侧面,全盘地去观察人类的进化。

于是,在这里有概说"文化"(Culture)是什么的必要。关于"文化"一语,有各样的解释。此语的起源为拉丁语的 Cultura,其第一义为"栽培的准备";次转为"心的训练",是为第二义;更转而为"性质的精练",遂生第三义。但是我们在人类学或史学上所用的意味,其内容与这些意义不同。最近韦斯勒(Clark Wissler)在《人类与文化》(*Man and Culture*)里,曾说明文化的内容如次:

> 了解文化一语的真义是很困难的。用于 A Man of Culture 的时候,Culture 有"优越"的意味;在历史与社会学里,适用于人类一般的时候,则成为"民众的生活式样"(The

mode of life of people)的意味。例如爱斯基摩人、荷登妥特人和法兰西人、英吉利人比较,前者自己所有的文化并不算少。实际若把各自比较起来看,把爱斯基摩人和荷登妥特人相比,较之把英人和法人相比,还更有多而且大的"独创(Originality)"。这是什么理由呢?因为英国的生活圈(Life Circle)和法国的生活圈比较,没有大差别,反之,爱斯基摩的生活圈和荷登妥特的生活圈比较,则共通点不少。个人活动影响于全体的生活圈,是基础性的现象。史学者、社会学者称这基础性的现象为文化。

把韦斯勒氏所说的节约起来看,文化就是某人种或某部族所有的生活样式。从这种侧面来看人类的进化,固然是困难的,但将它当作一种"企图",则兴味很深。

借这册小著,我想知道人类文化的过去;想知道过去的堆积与结果的现在;更想知道现在的堆积与结果的未来。人类到现在,经过各种式样进化而来,在肉体方面、在精神方面进化而来。但是,进化的结果——今日的状态,是否"理想的"这个问题,在识者之间,有了议论。有许多人加以否定,一致主张人类到今日的前进是错的,必须倒转来从古代开步走。我们对于人类的原始社会生活特别感着兴趣而想去研究它,就是我们想去寻出可以"倒转去"的某种Point。人类文化学的研究,是因为我们人类的现在与将来的生活起见,决不是被单调的"趣味"与"古书"等所推押着的Dilettante。旧意义的文化史和我的尝试不同,是不用说的,差异的地方,就是我的尝试是"现代的"。

重要参考书

迈尔:《历史的黎明》(Myres, J. L. : *Dawn of History*)

托比纳:《人类学》(Topinard, P. : *Anthropology*)

哈同:《人类学史》(Haddon, A. C. : *History of Anthropology*)

马勒:《人类学》(Marett, R. R. : *Anthropology*)

詹姆士:《人类学概论》(James, E. O. : *An Introduction to Anthropology*)

哈同:《人的研究》(Haddon, A. C. : *A Study of Man*)

韦斯勒:《人类与文化》(Wissler, C. : *Man and Culture*)

泰娄:《人类学》(Tylor, E. B. : *Anthropology*)

〔附注〕

原文为西村真次氏著《人类文化学》第一章。其余各章,当择要在本刊发表。

——译者

原载《学艺》,1931 年 11 月第 11 卷第 7 期。署名:谢宏徒　译

加藤雄武小品:离别

去年10月,到东北去作十日左右的旅行。这便是那时的事。

周游了男鹿半岛的各岛,在名叫船川港市过了一夜,把湾到青森方面去的预定变更了,折回秋田,向仙台出发。陆奥的夏日已经衰残了。汗与尘染污了的单衣的袖,被凉爽的风吹翻着。我从火车的窗里,好奇似的眺望四周的自然与风物。在路旁的草叶里开着的草花的暗淡的颜色,增添了暗淡的旅愁。

在秋田的火车站,有一个女学生,走进了我们的车厢,驿夫替她护着一口大箱子。她的年纪约有十八九岁,是一个脸色白、眉毛浓、眼睛美的女子。听说秋田的女子美貌,实际看见了,便知道这个传说并非虚假。秋田女子的美貌,是有一种 Type 的,这个女学生,是有道地的秋田 Type 的美人。我想她是这市里的人,在东京进学校,现在暑假完毕,正回东京去。她在我的斜对面落了座,悄然地看了车内一转暂时沉静下来,从箱子里取出本小书来看,是一册红色封面的美丽的书,大约是本诗集或是什么吧。从秋田开车过了五六站,到了名叫横手的驿站,火车停了。女学生把头伸出车窗外,向月台寻视着。

"在这里,在这里。"她叫了,我一看,一个梳着日本髻的姑娘,挤在上车下车的乘客间,朝这方走来。

"呀,我寻了好久,从那边一直寻过来的。"那位姑娘在车窗下抬起头来,喘息着这么说,既而从车门走进了车厢。她也是美貌的,是一种孤高清丽的美。

"啊,好了!我想总会相逢的。"日本髻的姑娘,走进来时,用自己的两手,紧握着对方的两手这么说。

"真好啊!"女学生也用感激的语调,看着对手的头发说,"梳了日本髻呢,所以会全然看错了。"

"异样吗,我是不高兴这么的。"

"正好,很相配的。"

二人紧紧地把身子贴着,耳鬓互相摩擦,用怀旧的快活的语调,三言两语地说了些什么日本髻的姑娘,忽然拿取了放在身旁的包袱,从里面取出了三四本书,带笑说道:"这本送给H君,这本M君,这本送给你——"

"给我吗?"

"是的,又来麻烦你。"日本髻的姑娘,把包袱放在膝上抚弄着。又低声说道:

"这是纪念物呢。"

"纪念物。"

"正是,我和你和诸友相会,也许这是最后一次了——这些书,我

都不看了。这一本,是昨天刚从东京寄到的。"日本髻姑娘,用指点着放在对手的膝上的一本。又接着说道:

"我读了也是不中用的,请你代我读了吧。"

那书像是外国小说的译本。女学生拿取那本书——

"可是——"好像说了什么。这时五分钟的停车时间过了,通知大众开车的汽筒响了。日本髻的姑娘立起身来。

"再见了,请你问候寄宿舍的各位同学,还有先生——。"说了正要走出车箱,女学生赶上去,日本髻的姑娘,忽然将脸偎着对手的胸怀,低声哭泣起来了。

——自然,我对于这位日本髻的姑娘的事情,一些也不知道。可是这火车里的小小的情景(Scene),使我得见了一种运命的姿态,直到现在还没有忘记呢。

谢六逸　译

原载《青年界》,1931 年第 1 卷第 1 期。署名:谢六逸　译

萤

[日]横山桐郎 著

日本农学博士横山桐郎观察昆虫的生活,作有《优昙华》一书,描写细致,文笔美丽,不亚于小泉八云的作品,(小泉氏有"昆虫的文学家"之称)我很喜欢读它。这里翻译的《萤》,就是其中的一篇。

到了夏天,大家都喜欢市灯,被晚上的街市所吸引,"自然"也点着美丽而生动的光,而且是"永劫"的光,照着旧历五月的黑暗,给大家装饰初夏的晚上。生动的光是什么?不消说,就是大家知道的萤。"永劫"之光是什么?因为萤这一种虫,不单是母虫会发光,它的卵、幼虫,甚至于蛹也会发光。这么说来,也许有人要问,萤这样的小虫居然有卵和幼虫时代吗?一点不错,萤也有母萤和父萤,母萤在水边的草种根的泥土里,只消一匹,就能产出三四百像芥子粒一样的卵。令人奇怪的是,卵刚产下来,就会发出带着凄凉的青色的光。过了几天,发光的芥子粒的壳破了,不懂世故的小虫就从里面出来。要请诸君注意的,是那不懂世故的小萤虫,它和你们从店里买来的或是自己捉来的那样可怜的萤虫不同,它是一见就令人觉得有点讨厌的扁平而黑的一种蛆虫。不过叫它做"蛆",有点可怜。小虫的尾上有发光器,能够和它的父母一样,闪闪地发光。

住在城里的人也许不知道,住在乡下的大多知道有一种叫做"地萤"或是"萤蛆"的小虫。这小虫以水中的卷贝的肉作食物,日渐长大,到了长约一寸的时候,它就藏在泥土里面,变成蛹了。正和蚕子变蛾之前,在茧里暂时变蛹同样。令人奇怪的,这蛹在晚上会放出青白色的光,看去有说不出的美丽,觉得有点像黄金的佛像。

过了两星期,蛹的自身全改变了。它的头上披着红色的围巾,背上穿着黑色马褂,在五月的阴暗中飞出来,使大家惊异地叫道:"呀呀,呀呀。"这里再把萤的身世说一遍:卵发光、小虫发光、蛹发光、成虫也发光,萤以发光终其一生。这样看来,萤这种生物,自它出现于世起,至于今后在地球上绝灭为止,它的光是永久不会消失的。就是说,只有萤的光是长夜的灯,不,是永劫的光。

然而,萤究竟为什么要发光呢？理由是——第一,引诱异性;第二,威吓敌人;第三,使对方起警戒心。

初夏的晚上,穿过河边的阴暗,飞来飞去的,大半是雄性。它们时时闪闪地放光,显示自己的存在。雌的和雄的比较,雌的性情阴郁,常在茂草中悄然看着四处。它看见异性走近,它的光放得更亮,这也是它把自己的存在让对方知道的缘故。由于那暗通情愫的光,两性间就成就了恋爱。还有,萤被凶狠的敌手擒住时,它也闪闪地发光。自然,对于像人这种万事精灵的动物,即是放光,也无济于事,可是在别的凶狠的虫或野鼠一类的东西,就有威吓的作用,它自己可以免于受害。萤虫又会从体内发出臭气令人讨厌。所以有许多动物,好像不喜欢萤虫,它们有了一次把萤虫放在嘴里就觉得苦的经验,第二次就不会把它误放入口了,那光有放给对手看了,好使它们警戒的作用吧。萤的光,在萤虫本身,有这样的效用,在我们人类,也把它当作一个大大的研究问题,为什么呢?那光是世上所无的理想的光。

我们发明煤气、电气,等等的光,照耀夜间,可是无论哪一种光都带高度的热。萤的光完全没有热,只是放光就是了。并且风也不能吹熄,水也不能浸灭,真可说是进步的理想的光。如果说到那光是怎样做成的,现在的科学的力量还不能够把它弄明白,只知道它是从一种脂油的酸化作用而来的,真是一个道地的谜。

从前常常有诗歌吟咏它,在文人骚客之间,很受欢迎,哲学家也为它苦费思索;现在又为科学家所注目,供他们的研究。这"一介的"小虫,每年每年,正度着神秘的生活呢。

原载《青年界》,1933 年 6 月第 3 卷第 4 期。署名:谢宏徒

青年与新闻

从前美洲有两个黑人打架,结果闹到裁判所里去了,裁判官先问某甲道:"你们为什么打架?"某甲答道:"他动手打我。"裁判官便问某乙:"你为什么打人?"某乙说:"他骂我。"裁判官又问:"他骂你什么呢?"某乙答道:"他在三年前骂我做河马,所以我今天打他。"裁判官发怒道:"他在三年前骂你,为什么到今天才打他?"某乙答道:"我不晓得河马是什么样子的东西,我今天看见'河马',实在是一种很丑陋的动物,我记起三年以前他骂我的话,所以我非打他不可。"

青年诸君!这个故事的意思,就是要我们"求知"。某乙在三年前被人骂做河马,假使他那时先晓得"河马"的形状,他就不会在三年以后才和某甲打架了。我们试想像一下,当某甲骂某乙做河马之时,某乙茫茫然不懂,而某甲在当时是怎样的得意呀。

我们在青年时代,想要求知,就得受各种教育,教育的方法很多,大极可以分为"有形式的"和"无形式的"。有形式的教育是有系统的有计划的,例如学校教育、社会教育等特定的教育机关便是。无形式的教育,它的范围极其广泛,效用极其普遍。例如到野外去和自然界接触,到工厂里去实地见学,到社会里去磨炼等便是。无论有形式的也好,无形式的也好,目的只有一个,就是"求知"。

青年诸君!现在你们大多数正在受着有形式的教育,你们有的在小学,有的在中学、大学里读书,你们每天受着有系统的有计划的训练,你们求得许多的知识,原是很好的。不过,我希望你们不要忽略了无形式的教育。就是说,你们除了在学校的教科书、参考书上用功而外,你们必须要注意活的知识。有许多活的知识,是书本上所无的。例如,你们学习历史,固然可以得到历史的知识,但是历史教科书上面所告诉你们的,不过是许多过去的东西,或者至多只讲到那本教科书编成之时的情形。其他的学科如理化、地理、社会等科也是如此。假使你们只知道注重课本上的知识,万一有人骂你是"河马",而你从来在书上没有见过河马是个什么样儿,那么,你就得吃一回眼前亏了。

现在我要告诉你们一个简便的方法,这个方法可以使你们得着大量的活鲜鲜的知识。就是希望你们多阅读"报纸"(新闻纸)和"杂志"。"新闻"和"杂志"本来是两弟兄,所以现在只谈"新闻"。

阅读"新闻"(报纸)有什么好处?原来社会上的交通机关有两类:一类是火车、轮船、飞机,一类就是"新闻"。我们除了物质的交通机关而外,还得需要精神上的交通机关。我们要知道现社会的活动,除了借助"新闻"(报纸)是没有其他适当方法的。例如,东四省义勇军抗日的情形,第二次世界大战的预兆,旱灾水灾的实况我们不能乘车乘船去实地观察,而且也不许你实地观察时,这时只有看报才可以知道得明白。只要我们能够看报,我们就可以吸收无量数的活鲜鲜的,"此刻现在"的知识。假使单靠书本,我们的求知的欲望依然不能满足。

不过,看报不能不有一种方法,办报更是一种专门的学问。现在为了指导诸君看看报,供给诸君自己办报(例如在学校里办报或出版刊物等)的常识起见,我们借重本刊的篇幅,将新闻学(包括理论\实际两方面)的知识,作一个有系统的介绍。

我们将在本刊发表的文章,有下列各篇:1.怎样的新闻才有登载的价值;2.学校新闻的采访、编辑与出版;3.采访记者的工作;4.新闻与电报编辑;5.报纸评论的作法;6.新闻生产的过程;7.新闻记者与新闻事业;8.怎样编辑画报;9.新闻术语与校对符号;10.中国新闻事业发展的前途;11.广告伦理化。

这十一篇文章的内容,理论与实用并重,我希望对于诸君阅报或办理学校新闻(出版物或壁报)时,能够有一些用处。

原载《青年界》,1934年9月第6卷第2期。署名:谢六逸

背字典

我从前在中学校读书时,因为没有良好的教师指导,那时读书的方法,可说是笨拙无比。我记得有一个时期,我们同窗的三四好友,每人买了一本《英汉字典》,用背书的方法去记单语。有时熬夜读《资治通鉴》,现在回想,真正可笑。从前和我一起背字典的朋友,有一个现在做了军长,威名震乡里,这更是我所意想不到的。

原载《青年界》,1935 年第 7 卷第 1 期。署名:谢六逸

我在青年时代爱读的书:《饮冰室全集》

我在青年时代最爱读梁任公的文章,就我的经验说,现在的青年与其读《古文辞类纂》,不如读梁启超的《饮冰室文集》,即使根本不需要读文言文,此书亦可一读。

原载《青年界》,1935年第8卷第1期。署名:谢六逸

我们对于文化运动的意见

在帝国主义间利害冲突日益加甚的今日,处在被侵略的地位的我们自不能不打算自救。而自救运动发生的当儿,议论纷纷是必然的。不过,不问病人的症候如何,只是胡乱用药,其结果不但不能把病减轻,甚且会招来更大的危险。近来弥漫各地的复古的呼声,我们以为是并不对症的一味药。

我们相信复古运动是不会有前途的。假如读经可以救国,那么,"戊戌维新""辛亥革命"全是多事了,假如"中学为体,西学为用"主张可以救国,那么,李鸿章和张之洞早已成了大功了。时势已推演到这个地步,而突然有这种反动现象发生,我们虽然明白其原因并不简单,但不能不对这种庸妄的呼号,指出问题的症结所在而促其反省。不错,中国民族必须有自信心,信赖我们的自立的能力;我们不愿作帝国主义的奴隶,我们要从现在的次殖民地的政治局面挣扎出来,我们要完成民族解放的功业。但这一切,并不是憧憬于过去的光荣就可以成功的。一切破落户捧着废址上的残砖碎瓦,以为这就可以重建楼台,谁都知道只是一个愚妄的梦想!

我们以为民族的自救,除了向"维新"的路上走去,再没有别的办法了!

一切建设事业,军事设备,都需要最进步的物质文明的帮助,惟有文化工作,却故步自封,不愿受外来的影响,这岂是可能之事?

凡伟大的民族差不多都吸收外来的文化。罗马帝国是全盘地承受了希腊文明的。中国的文化到底有几分之几是纯粹的"国粹",也大是疑问。国乐器的"胡琴"便是疆"胡"物;所谓长袍马褂的礼服也是"胡服";最初的床,被称为"胡床";民间最流行的"烧饼"就是"胡饼"。如果除去外来的成分,样样都要国粹,就非恢复"席地""鼎食""车战""汉衣冠"不可。这是谁都知道的。那么,为什么对于"文化"生活,却非要求读经作"古文"不可呢?

我们相信救国不必读经,读经和救国没有关系。这并不是说"经"书绝对的不可读,如果在大学里,研究古文史而读《书经》《春秋》,研究诗歌而读《诗经》,那是没有人反对的。可是,把读经作为"救国"的一种方术,那就浅妄得可笑。"经"是什么呢?我们只要分析一下,便知道所谓十三经只是古代一部分著作的结集。抱着二千多年前古人的著作,以为熟读了便可以救国。若不是相信那经书有通天的魔术的作用,便无法解释这可笑的举动了。

假如以为从群"经"里可以取得许多道德的教训,作为立身处世的标准,那也只是妄想。二千多年前的道德教训能够范围现代的人吗?而且,道德教训之类果能改造一个人的人生观吗?

近世的伦理是进步得很快的。奉二千多年前的伦理观念为金科玉律,恐怕只有退化的人群才会这样办。我们相信民族的自救,贵乎知新而不贵乎温故;我们知道我们的传统的弱点,我们必须勇敢地去补救。

同时,我们相信民族自救的责任不是少数人所能担负的,必须大众来通力合作。怎样普及知识于大众,是今日最重要的问题。所以我们对于改革汉字的运动觉得是必要的。

我们相信文字和文化运动有极密切的关系,文言文或古文早已走上了末路,那些僵硬了的文章组织,实在不足以表现现代的生活。依照口头语写成的"国语文",在修辞学上看来,其精密详审的程度,比较文言文进步得多,决不是浅陋苟简的东西。

要提高一般学生的国文程度,只有提高"国语文",如果专教"古文",便是阻止了他们的进步,在课堂上作诗词歌赋,更是反时代的愚蠢的举动。

通一经一史,能作诗词的人物,不是现代中国所需要的。我们需要人,我们也需要能够表白现代人的情思的现代文。

所谓经史以及诸子百家都只该让专门家去研究,而不是一般学生所必读的。

我们相信,从提倡读经到鼓吹以经史百家为"挽救"学生国文程度的主张,全都是不明白文化运动是什么的,全都是不明白危急的中国需要什么的。他们虽然未必是"王道"政治论者的同群,而其结果却是一致的。

所以复古运动发展的结果,将是一服毒药,对于民族前途,绝对没有起死回生的功效!

我们不忍坐视这愚妄运动日渐发展,故敢竭其微忱,宣言如右,希望国人注意!

(团体)

文学社、文学季刊社、文艺画报社、中学生杂志社、太白社、世界知识社、芒种社、青年界社、东京杂文社、东京诗歌社、东流文艺社、现代杂志社、新小说社、新生周刊社、论语社、译文社、读书生活社

(个人)

大戈、王伯祥、王志瑞、王承志、王特夫、王琳、王集丛、王淑明、王鲁彦、王文川、王西微、方之中、方光寿、白丁、史国纲、艾思奇、艾寒松、伍蠡甫、任白戈、江天蔚、老舍、向觉明、伯韩、沈起予、沈志远、沈百英、辛人、何家槐、沙丁、宋安、吕鉴平、汪处巷、汪静之、汪馥泉、余楠秋、李公朴、李青崖、李炳焕、李华卿、李辉英、杜衡、金仲华、吴研因、吴俞岚、吴文祺、吴组缃、吴清友、林庚、林焕平、孟克、孟式钧、邵宗汉、周建人、周曙山、周木斋、周予同、郎鲁逊、袁冰、姚雪垠、姚名达、姚非厂、柳亚子、柳湜、郁达夫、胡仲持、胡绳、施蛰存、孙俍工、孙用、孙起孟、孙克定、翁同书、韦休、马千里、马国亮、马宗融、奚如、殷佩斯、徐调孚、徐工美、徐懋庸、徐应昶、徐霞村、夏丏尊、夏征农、倪文宙、高滔、张明养、张天泽、张仲实、张天翼、曹聚仁、曹宇君、曹养吾、陈望道、陈子展、陈大悲、陈端志、陈康白、章靳以、康嗣群、毕云程、陶亢德、郭建英、陆衣言、陆上之、庶谦、符竹因、叶圣陶、叶灵凤、叶作

舟、叶籁士、叶青、焦风、黄芝冈、黄觉民、傅东华、贺昌群、万家宝、葛乔、杨东莼、杨霁云、赵景深、赵景源、赵家璧、黎锦明、漆琪生、潘光迥、潘震亚、郑振铎、郑伯奇、樊仲云、蒋建白、乐嗣炳、欧阳凡海、刘大杰、钱歌川、钱子矜、谢六逸、应人、蹇先艾、聂绀弩、谭勤余、萧乾、顾君义、顾均正、顾仲彝、顾燧

原载《青年界》,1935年第8卷第2期。署名:谢六逸 等

论歌德

山岸光宣 作

"暴风雨时代"的诗人克林格尔遇着当时二十六岁的青年歌德（Johann Wolfgang von Goethe，1749—1832），尝说道："后世的人将惊异这样的人的存在吧。"歌德丰采的伟大，连当时代的人都受了魅惑，令人想像他是在地上逍遥的神的英姿。如周比特一样的伟大的额角、充满力量的阔胸、大而有光的双目、显得丰盛而稍弯曲的鼻、优美的口腔，还有调和的人相与庄严的行路姿势等，都不能设想是世上所有，乃是如神一般的。璟玛尔公爵在宫廷招待他的时候，他的青春的美貌，使宫廷的男女为之感叹。公爵的师傅，诗人魏兰特当歌德驾临之时，他写给友人的信里说："自己忘记了我，想跪在歌德的前面，崇拜他像神一样。"

歌德混合了产生于杜林根（Thuringen）的父亲与产生于维登堡（Wurttemberg）的母亲的血液，生而具有北德意志人的锐利的理智、不挠的努力、强固的义务观念，且兼备南德意志人所共通的享乐的倾向、无限的空想，与对于艺术的丰富的感受性。加上父亲约翰·加斯哈尔是富裕的裁缝师的儿子，母亲加泰尼那·耶尼莎伯特是佛兰克弗尔特名誉市长的女儿，二人的结婚，俨若造成德意志国民真髓的两个阶级互相提携。诗人歌德以1749年8月28日生在这样的双亲的家里。母亲是以儿子自夸的，身入老境，常口诵歌德的诗句，以养出作者而夸耀于人。自丈夫逝世，女儿柯尔勒尼亚死别，歌德亦远居璜玛尔时，她想起歌德的少年时代，阴郁的心情便消蚀了。父亲的性格不免有夸张之嫌，为一种缺陷，乃是事实。但有父如此，在歌德并非不幸，倒不能不说是幸运。因为在早熟的少年与情热的青年，除开义务观念强胜的严格的父亲以外，没有更好的教育者了。说起歌德，便想到他圆满调和，可是这是到了圆熟境地的伟大的诗人歌德才是如此，至于年青的歌德决不是这样。父亲很懂得儿子的性格。奔放的情热、燃烧的情感、过敏的感受性，把他从忧郁的底层追赶到欢喜的绝顶，使他对于不挠的意志与明快的悟性，试作反抗。他的奋斗是凄惨的，然而终于得了胜利。正如他自己所说，征服自己的人，就是从束缚万有的威力里解放。歌德并不是生下地来就是天之骄子，他同万人一样，有不少的缺点。歌德最受非难的，就是对于妇人的关系。可是如像格勒妥痕、克妥痕、弗利德尼克、绿蒂、妮妮、徐泰茵夫人、克里斯梯那、敏娜、玛尼安勒、维尔尼克等许多女性，都能使歌德的诗篇与生活美丽。尤其是他和徐泰茵夫人的恋爱，他的感情全受支配，使他的感情纯粹。可是，当这种时候，他也是在长时间的努力与奋斗之后，征服了恋爱。

对于恋爱的最高尚而且神圣的解释，恐为歌德所特有的。在洞察女性的微妙心理一点上,可以说没有人能和他比肩。从《衣非格尼》到《法乌斯特》第二部,各处都有永远的女性赞美的声音。而且他把"救济"视为女性的姿态,表现出来。

歌德的诗作,不是现实或特殊的事物,也不是空想的虚空的游戏,是类型的,即是描写真理的。他在莱勃锡大学学生时代的诗,还没有脱离当时的诗风,可是和当时的诗作比较起来,已经高出一筹了。他知道将诗的形式,赋于现实的事物,便是诗的真正的目的。因此他到了老年,反顾悠长的过去,便说自己的一切作品,无非是忏悔的断片。他作了《格兹》一诗,成为德国的第一位诗人,作了《维特》,成为全欧第一诗人之时,他寻出了成功的秘诀,就是单纯与逼真的作风,以及排除一切空想的要素。

这些不仅是歌德作品的内容,即用以述说他的作品的形式,也是适当的。他的形式和失勒(Schiller)的比较,特色鲜明。失勒的用语总是庄严的人工的。不是人所说的,好像是神借诗人在说什么。失勒的用语是人工的,与他相反的歌德的用语是自然的,是以艺术为媒介的自然。诗人的最高目的,在于使人忘却所闻见的是空想的产物,而以为是"自然"在说话,歌德在许多地方,达到了这个目的。尤其是抒情诗人的歌德,常常达到这个目的。最痛切地感觉这事的人,是他的唯一无二的好友失勒。歌德以《迷娘》的歌赠给他的时候,他感激之余,叹息说道:"我对于歌德,不过是一个'无'而已。"

如果说艺术的本身是"目的",则艺术就是歌德的肉与血。但在歌德以前的文学,都作为"道德"的手段,带着劝善惩恶的倾向。即在莱星（Lessing）与青年时代的失勒，也未能完全脱离这种倾向。歌德开始打破这种倾向，将艺术从奴隶的地位抬高到支配者的王座。他于《维特》一作，开始作成无倾向无目的的艺术品。可是这不仅是限于《维特》一作，他的一切作品，都是共通的。即使将高尚的理性藏在里面的作品，他不是为那理性而写。在那作品的本身，现出了有生命有血的人物。至于那理性，恰如熟透了的果实，自然而然地落在读者的怀里。实际歌德的作品，既不勉强，也不是有意，在不知不觉之间使读者高尚，正同"自然"一样，在潜默之中，普及伟大的感化。

歌德的创作，如同"自然"的本身，他轻蔑同时代的诗人将同一种类的作品，作了许多。他的各种作品，都是以他自己的体验为本，并且在他自己，那些体验，是由于作品整理出来的。这位诗人，作了赞美勇敢的德意志民族的《格兹》（*Gotz Von Berlichingen*，1773）一作后，不到一年，因为描写失恋自杀的感伤的青年《维特》（*The Sorrows of Young Werther*，1774），遂唤起了全欧的同情。他作了赞美柏拉图式恋爱（精神上的恋爱）的《达梭》（*Torquato Tasso*，1790）的同年，又作了赞美人的欢娱幸福与恋爱、自由的享乐的《罗马悲歌》（*Roman Elegies*）。实际歌德的作品，从《格兹》到《浮士德》第二部，就内容、式样各点看，都形成各自独立的世界。

歌德在青年时代所寓目的戏曲之中，他以为模范的作品，不过是克鲁伯斯笃（Friedrich Gottlieb Klopstock，1724—1803）与克氏一派的戏曲。其后他决意模仿他们作国民的戏曲。他游学米勃锡时，在那地方新设的剧场的开幕时，看了耶尼亚斯·徐勒格尔（哥特徐特派）

用英雄赫尔曼救日耳曼民族脱离罗马羁绊的事迹所写成的戏曲,他便看破了此等国民的戏曲的效果很少。因此,他不从德国古代的史实与日耳曼神话中取材,他选择了当时人的记忆中的英雄,并选择与当时有不少共通倾向而被理解(如他们本身的时代)的时代,于是他写了一篇《格兹》。

《浮士德》一作的最早的腹案,大约与《格兹》一作同一个时候。传说上的《浮士德》,被超人的知识欲所驱使,陷于永劫的破灭。启蒙主义的代表者莱星(Lessing)所作的《浮士德》便以此获了胜利。可是青年的歌德,他敏锐地感着那时代的脉搏,他将新鲜高远的问题,用进他的《浮士德》一作之内。他的《浮士德》岂是满足一切智识的吗?却反是催促吐弃知识的。他以感情代替知识,用行为来代替丧失生命的博识。他解释《圣经》里的"其始有LOGUS"一句,将LOGUS解释为行为。对于知识的轻蔑,把握生活活动与人类一切苦乐的欲求,想同"自然"一样的活动,创造的热望等,将歌德的《浮士德》驱逐去投进恶魔麦非斯特的怀里了。造成人间幸福的东西,不是知识或人的所有,不过是行为罢了。

歌德后来又在《爱格蒙特》(*Egmont*,1788)一作里取用"人间的意志"自由与否的问题。这个问题就是他和休泰茵夫人的恋爱关系所痛感着的体验,他用这个体验为此作的根据。又他将赴Weimar,离开弗兰克菲尔的时候,这个问题使他苦恼。《爱格蒙特》虽有他的友人劝他逃避,他依然执着于不留塞尔,因此陷于破灭。写到这个地方,歌德却不能不感到一种自然的威力的支配了。

从《衣非格尼》(Iphigenie，1787)与《达梭》二作起，歌德开始处理他认为终生的任务的问题，这就是女性的祝福力与纯真的人间性的伟力。当他作《衣非格尼》时，他自信在希腊文化里看出这种理想的实现；当他作《达梭》时，他自信在意大利的文艺复兴里看出这种理想的实现。这种理想，就是征服一切卑野的东西的高尚精神的威力，是宽容人间的过失的，是在真正意味里想成为"人"的欲求。此作里描写的奥勒斯特(Orestes)的错乱神经，因为他的姐姐衣非格尼的高洁以及充满纯真的爱情的精神，得以净化了。他描写达梭为忧郁闭锁的情操，因为友情，得到光明。达梭因为天才与实生活的冲突陷于破灭，诗人歌德将他自己所体验的，所预感而战栗的东西，借这篇戏曲的主人的运命，使我们感动。

歌德对于悲壮美的见解，也有他独自的方向。使他的悲剧中的主人陷于破灭的，并不是运命与奸恶的阴谋。他常使各有存在理由的两种人生观，或世界观互相对立。自然是只有一个存在，而其他一个消灭了。他写格纳维哥与加尔洛斯对立；写爱格蒙特与亚尔巴公爵对立；达梭与安东留对立。歌德把自己和莎士比亚、徐勒比较，总以为悲剧的才能欠缺，可是《浮士德》一剧就把这点完全否定了。其实可以和《浮士德》比较的，虽说世界里没有也可以。几于占据歌德全生涯的《浮士德》，同时又是戏剧作家歌德的发达的缩图。在《浮士德》的第一部里，他描写自然；在第二部里，他将完成了的形式与思想的内容，当作文艺作品的本质。

徐勒批评歌德的制作，说他"下笔生风"，正如打落烂熟的果实，他只静静地摇动树子便行了。歌德自己到了晚年，过去的印象无意识地袭来，一种制作的欲望，不能自已。据说他立即将这些印象，以本能的，似做梦的心境写了下来。歌德的叙事诗人与抒情诗人的活动，实如自然力一样，没有停滞地前进。如具备荷马风格的叙事诗《海尔曼和独乐底亚》(Hermann and Dorothea,1779)一作，正同徐勒批评他的，神隐身在宇宙的背后，歌德隐身在作品的背后，我们读这篇作品时，完全忘记了将生命给与作中人物的作者，这就是作者的伟大的原故了。

歌德的小说《威海姆·马斯德》(Wilhelm Meister)也有同样的长处。这篇小说对于浪漫派以后兴盛的所谓修养小说的发达上，有大大的贡献。此作如"自然"一般，沉静、深远、明晰，同时又藏着不可解的某物。此作不许人追随的地方，就是歌德的女性描写。可怜而又感人的少女迷娘的描写，实已达到极峰。只有《亲和力》(Die Wahl-ver-wandtschaften,1809)一作里的奥德妮叶的悲剧的运命，以及给予读者的魔力的效果之点，对于迷娘，没有逊色。

自然，剧作家的歌德是伟大的，叙事诗人的他更其伟大，抒情诗人的他，最为伟大。抒情诗人的歌德，大有诗歌国土里的无冠帝王之概。俾士麦说自己想带着歌德的诗篇，独自隐栖于绝海的孤岛，也无怪其然。他用很单纯的手法，不加空虚的修饰与感伤的要素，以一种和日常用语几乎没有差异的自然与单纯的语言，藉收富于魔力的效果，这可以说是奇迹。他和徐勒正相反对，常从特殊的事物，个人的事物，即从他自身的体验出发。他在晚年对爱克尔曼说，我只在恋爱的时候作诗。可是与其说恋爱是他的诗的机缘,不如说是他的诗的结果。他不是因为恋爱玛丽安勒便作《苏赖加》(Suleika)的诗。他的情调像作诗时的高潮,要求如像苏赖加一样的女性时,偶然出现于他的身旁的女性,就变成了恋爱和诗的对象。他在1807年的冬天写成的 Sonnette,不是因为他对于魏尔赫尔米勒燃烧着恋爱才写的,不过是他当时的创作欲到了高潮,遂对于一个美丽天真的少女倾吐爱情。因此,爱情的泉源涸渴时,他对于爱人的热情也沉静了。

歌德从他所描写的事物里面,除去一切个性的要素与地方的色彩,把那些事物提高到理想的类型的一般人间的地域,他的诗,透穿万人心的深处。因此之故,我们不能不和他一起欢呼,或和他一起哭泣了。为什么呢？因为我们渴望表现我们的悲哀的时候,他已经为我们将那种表现寻着了。并且当我们知道那些苦恼比我们大的别人或苦恼和我们相似的时候,或与歌德的崇高的表现接触之时,一种平和与沉静就出现在我们的烦恼的心中了。

歌德的抒情诗纯正真实,描写的具体表现与感情一致之点,和民谣相近。甚至于高唱民谣价值的赫特尔,也把歌德在休特那斯堡学生时代所作的《野蔷薇》(Heidenroslein)当作民谣,搜进他编的民谣集。民谣是不能和曲调(Melody)相谐的,可是歌德的诗,有丰富的音乐的要素潜伏。将这点表现出来,自音乐家休贝尔特始,为伟大作曲家之夸。

莱星在《劳康论》里,确立造形美术与文学的区别,歌德却将这种区别撤废。在《海尔曼和独乐底亚》一作里的长处,据他自己所说,就是从造形美术学得的。他知道造形美术,也不容其他的诗人追随。他对于造形美术的兴味,是在幼年时代,由崇拜意大利艺术的父亲引起的,其后更由来勃锡的美术学校校长依塞耳(Oeser)使他的兴味确实。依据他自己的话,他在造形美术中,得着"他的生涯的最大的满足"。他在意大利旅行的时候,就明白地自觉是以诗人生存,不是以画家生存。于是他对于做画家断了念头,不如做一个艺术爱好者与鉴赏家反大有所获。他自称在意大利他复活了,就是在意大利鉴赏古代艺术品,对于艺术品有了真正理解的这一回事。伯尔维德勒的《亚波洛》(*Apollo Von Belvedere*),鲁德维昔的《朱洛》(*Juno Ludovisi*),法勒赛的《赫尔克尔斯》(*Farnesischer Herkules*),等等,映入他的眼里时,这些沉静典雅的艺术品,在他的心里起了强大的反应。他在这时所获得的,便永远地保存在他的灵魂里。《意大利旅行记》就是他记载获得艺术观的径路的。所以这本纪行文不是意大利的自然与艺术鉴赏的指南,可以说是他的自叙传《诗与真实》的读篇。就这点说来,他的《留法阵营记》《瑞士纪行》也是同类性质的著作。

可是歌德不单是一个伟大的诗人。他又是 Weimar 公国的首相,由于多年的思虑努力,筑好这一国的立宪政体的基础,又改善公园道路,改良矿山事业,作了利国福民的计划。他在这方面的功绩,是很伟大的。

歌德又是一个自然科学者,对于学界有伟大的贡献。他先发现了向来人间信以为无的间颚骨,使高等动物到了人类是依从统一的一个型式造成的理论明白。在植物学方面他倡植物变态说,他说明植物干茎的附属物,即"叶"(他所说的 Blatt)的变形。在这一点,近代的科学的植物学是从他开始的。他的"色彩论"(Farbenlehre)在学说上虽不正确,可是因为许多有价值的观察与发现,对于学界的贡献却也不少。将他当作一个学者看,他对于东西各国文化所创造的伟大与美,几于完全通晓。世上有这样的一个伟人,实在值得惊叹。

歌德到了高龄,被人视为 Weimar 的贤人,高高的耸峙。他在拿破仑战争时代,对于国事很冷淡,那些极端的爱国主义者往往骂他是国贼。可是他总循诗人的正轨前进。他借创作来定成德意志思想界的统一,以及想起后来德意志帝国的统一是由他在精神上安置基础的,便不能不说诗人及于国家的无意识的感化是颇伟大的了。

原载《创化》,1932 年第 2 期。谢六逸　译

汤饼宴

伯霓君在上月得了一个男孩,为了安慰他的夫人,庆祝新的萌芽,约齐几位亲友,开了一次简朴的汤饼宴。我用红色纸包裹了礼物,并在上面写了几个字:"祝未来的战士长命百岁。"这句话较之习俗沿用的"长命富贵"多了六个字。虽然累赘,但非此不能够表示我的心情。在这个年头儿养孩子真不容易,父母的责任姑且不必说,孩子自己的负担也很重。从母胎分离,就要投进各种环境里面;还有他的祖宗们所欠的债,都得要这一辈人来偿还。倘使不做一个战士,怎么能负担未来的中国人所应负的责任。法国文学家罗曼·罗兰说:"真正的勇士,敢于面对惨淡的人生。"[①]现在养出来的孩子,就得求他做一个勇士或者战士,因为人生的惨淡,没有过于帝国主义宰割下的弱小民族的。

伯霓君自家本是一个战士,创办一种周刊,几乎一个人在那里唱

[①] 罗曼·罗兰所说为"生活中只有一种英雄主义,那就是认清生活的真相后依然热爱生活"。

独脚戏,他的孩子也该是一个未来的战士吧,所以我祝贺他的孩子。

做寿只有愈做愈清凄,什么银婚金婚的纪念也是愈纪念愈肉麻。汤饼宴虽然也是宗法社会的传统习俗,可是不失为一种"生的喜悦",总带着庆祝"新的诞生"的意思。开一次汤饼宴,就是父母对于新生的孩子表示负责。在各方面把自己的孩子养成一个战士,让孩子为本身战,为社会国家战。我们盼望一代比一代好,所以新生的孩子值得庆祝。除此而外,汤饼宴也就毫无意义了。

原载《申报·自由谈》,1933年12月1日。署名:谢六逸

一个提议

苏俄的电影是用来宣传"主义"的,美国的电影是宣传"恋爱学"(也就是人生哲学)的,中国的电影是神仙主义的经济恐慌,加深了中国农业经济的崩溃,资本帝国主义列强的矛盾,表现为中国地方军阀间的斗争。20世纪的今日,在世界资本主义是走到了末路,在中国前资本主义的社会也是到来了末日。东省问题之难以解决,原由帝国主义列强对立关系的错综,实为我国对日外交无抵抗主义之由来。因为既不能战,又不能和,自惟有采取这非战非和、不生不死的无抵抗主义耳。其实无抵抗主义的终极用意,还是在与日本让步妥协,而最近无抵抗主义之转变为抵抗政策,则不过和议卖买上装腔作势的行为,等于从前屡次抵制日货的结果,最后仍是日支亲善。总之,东三省是已失定的了!

世界的末日,中国的末路,宜有此末流的外交。事固不止外交,一切都复如是。

原载《社会与教育》,1933年2月第5卷第12期。署名:宏徒

中国人的"过多症"

自古以来,中国人有一种无药医治的疾病,可以称为"过多症",例如"财产过多""食物过多""女人过多""家具过多""麻将牌过多"都是。

过多的财产是从剥削贫苦人而来的,或是用其他不正当的方法得来的,正当的商人在今日实在很少。他们只知道守护私有财产。他们的脑里,国家观念、民族观念没有丝毫的存在。在他们,安乐巢是租界,唯一的保镖者是"洋大人"。

这几个月来大家闹着"航空救国",东也在捐款,西也在捐款,但是捐款的目标,倒是些并没有多少财产的人,上海有无数的"财产过多者",从来没有听见他们肯把收入的房租捐助若干。

因为"财产过多"的原故,"子孙过多""食物过多""女人过多""麻将牌过多"等等疾病也同时并发了。

亚拉伯人中何以产生多数的宗教信徒,就是因为他们的生活简单的原故。生活简单才能勇往直前,无所留恋;生活复杂就不免左顾右盼,踌躇不决。从前的军阀有了祖传的数千万的遗产,再加上剥削民众的脂膏,便只晓得替自己买田造屋。在内战发生时,他要鼓励小卒进攻,就说,城打破了我们就有大洋钱和大姑娘,于是部卒用命,居然胜利。到了兵卒们把洋钱拿到口袋里,大姑娘也玩过了,鸦片也抽足了,即是军阀再催促他们上阵,他们也只得把身上几颗子弹,无目的地乱放一阵,子弹完了,理应退到后方休养。

中国对外没有把握,就是受了"过多症"之害。大将过多、兵卒过多、财产过多、女人过多,既然"过多",所以北方的土地整块送掉也不要紧,因为还有江、浙两省或是广东、广西。到了江浙两广真也没有的时候,走近处则有香港,喜欢走远则意大利、法兰西。无论到什么地方,享用依然无穷。所以大家在这大混乱中,不妨使"过多"的东西再"过多"一些,以便在做亡国奴的时候享用。愿意把自己的"过多"减少的是痴子,捐款不免要减少过多的财产,站在对外战争的前线不免减少过多的军队,大家左顾右盼,等候日本三岛陆沉下去,始为聪明的方法。

1913.4.19

原载《良友图画杂志》,1933年第76期。署名:谢六逸

论描写

[日]佐藤春夫 著

小说这种艺术,从他的形式上看去,就知道描写是极重要的。在常识的"小说作法",可以说其中所讲的,一是描写,二是描写,三还是描写。小说里人物的心理非描写不可,小说里的情景非描写不可,小说里的风景非描写不可,人物的关系非描写不可。

但是"描写"与"说明"是怎样的不同呢?"说明"是只消读者的理性能领受就够了,所以看情形去,用数学的证明似的方法就够了。一说到"描写"就很困难。描写的目的之所在,不单是使理性能领受,非使读者的全人格全感觉,与它充分地同感不可。例如描写景色,只说那是有山有川的,有人家五六十的乡间,这虽使人了解,也许只能成为"说明",而不能成为"描写"。反之,虽然没有列举全部的地形,只说小小的人家,或在山麓,或在山腹;有的在山崖之上,临着流水;有的沿着崎岖不平的道路点散着。我想读者比较能够显明地认识,这是有山有川的山间的寒村。又如写水中有太阳辉煌地反射着,蝉在叫,浓云低低地掩着山巅,虽然没有说出这是夏日的午后,读者也一定知道的。试看这例,就知道所谓"说明",不过是使人"了解"而已,所谓描写,就更进一步,非叫读者认识不可。就是,如其描写芬芳,那芬芳非从纸上袭击读者的鼻子不行;如其描写颜色,那颜色在一瞬间非浮现在读者的眼里不行;如其描写颜色鲜丽而又芬芳的花,颜色与芬芳非同时申诉于读者的眼鼻不行。

说起"娇小的美人",我们不过从言语的条件上了解她罢了。但是那娇小的程度,或美丽的种类,仅靠这点文字来认识,就颇为难了。如果换作"她喜作掌上之舞",则那娇小的程度,或美丽的种类,岂不是能够明了地认识了吗?使人感到虽然微小然而很是相称的,就是"掌上舞"这三个字。为什么呢?我们对于污秽的、不相配的女子,不会有叫她舞踊一下的希望或空想。所以只有把女子的舞姿,叫别人空想,才能比较"说明"更明显地感到那女子的美貌,不单只是了解,更能直接申诉于我们的感情。所以就这一例说,因为要使"掌上舞"三个字能发生两种功用,不从正面去直接描写,经过作者的空想,借以促进读者的理解力与空想力,他有这种特别的作用。因为如此,这种文字,具有散文以外的效果——就是把诗的感兴给读者。这种文字的味道,就是所谓字里行间的兴味。("掌上舞"这句话,李太白在他的诗里用过,日本森欧外氏借来形容霍勃特曼著作中名叫吉巴的少女。)

"月明星稀"这句话,是古来有名的诗句,大家都知道的。这句话,假使只说"月明",或者只说"星稀",把它分开来看,就只是"说明",但是这重叠使用的两句说明语,将它结合起来,就有丰富的描写的力量,使人直觉到澄朗的秋夜的空中。为什么呢?"月明星稀"这两句简单的句法,使我们的头脑,与眼见秋空一样的爽朗。又因为我们经验这一种事实,就是在月明的晚上,为要数天上的星,多少花费一点时间,抬起头来看空中。每当读到这一句,同时我们自己想起了过去的记忆,想起了写在这文字里的许多情景。于是,这句话的字里行间的兴味,自会产生出来的。

"掌上舞"这句话,有一种空想的兴味。"月明星稀"这一句,决不是空想的,是由事实的观察而来的文字。我们于此见着了这两种描写的例。但是道理却简单明了。要想有能够申诉于他人的空想,作者自己非先有活鲜鲜的空想不行;要想他人确切地领受事实,作者自己非善于观察事实不行。这不单限于描写,一切的文字,作者注入其中的热情,与申诉于读者的,成为正比例。所以,要想写得出读者能领受的描写,作者先要将自己所想描写的东西,明显地浮现在眼前,自己先用鼻子嗅那芬芳,先用耳朵听那声音,先用肌肤去触那温度……总之,一切一切,作者自己不能显明地知道,便不能够把他申诉于读者。

怎样的东西,要怎么去描写才好呢?其原则,就是从事实里,寻觅出那特有东西出来。假定有一人到浴室去洗澡,他准备着钱、肥皂、浴巾这些事实是一点描写价值也没有的,因为这是万人共通的。但是假如他拿着一把剃刀,则有加以思考的必要,那刀是日本式的旧剃刀吗?或是自动式的西洋剃刀吗?就有观察描写的必要了。还有那剃刀是用三角钱在节气日的夜市货摊上买的吗?或是最新式的、用银制成的,用二十块钱买的吗？这在小说家就不是轻易放过的问题了。为什么呢？因为那剃刀的主人的生活与性格,在意想之外,多量的包含在剃刀的上面。如果那剃刀与他的身分相称,则对于表现他的阶级与生活,是有效用的;如与他的身分不相称时,也可以借此发见他的趣味与性格。更进一步说,这人到浴室去,如果时间是晚上,对于人多混杂的情形,就没有特意描写的必要。可是假如在那裸体的群集之中,他忽然遇着了一个睽别十年的友人,这友人是当他度着军队生活时同住一个营舍里的,于是这人多混杂的情形就有描写的必要了。为什么呢？因为这混杂,与普通的混杂不在同之故。

换句话说,描写的第一原则,在于发现特别的东西。那特别的东西,假如有什么意味,任随是怎样细微的,也应该一样一样地留在记录上。只有观察细致的,才能说是精细的描写。但是,假如描写到浴室去洗澡,写出那地方有男浴室与女浴室的区别;分别男女浴室的暖帘为风吹动;掌柜的收浴钱;因为照顾客人有一个人坐在那地方;客人入浴脱下衣服,为要使自己的衣服不和别人混淆,把衣服放在一处等,像这些事件虽然写得怎样细致,如其不能产生特别的结果,笔调越是前进,越是成为散漫的描写,不成其为细致的描写,只是产生滑稽的效果罢了。无意识而又冗长的描写,为什么不能够称为正真意味的精细的描写呢？就是这些事件本来是不值得描写的。问题不在于呆板、冗漫、琐絮,是因为根本全部不需要的。

"描写"是仅写那必要之点。或是"对话"的发展上的必要;或是主人公的"心理解剖"上的必要;或是因为产生事件所必要的转变方向的描写；或是为解剖下泪的事实，而写主人公的健康状态；或是要与人物的心理对照产生效果，而描写自然，还有其他一切是因为必要而非描写不可的。但是这里要留心的，在一个作家认为必要的，在其他作家未必认为必要。还有两个作家同样认为必要的，但在一个读者未必认为是必要的。十个读者以为必要的，可喜可贺的大团圆，在一个作家也许认为是没有必要的。这些问题，自然又当别论，在原则上，应该巨细不遗地描写，在限定其必要一点上，要发挥一定的作者所特有的条件，这是作家应该放在心上的。在一篇作品里，如果一定的条件被毫无意味地变迁，就一定要发生描写上的混乱。

讲到特别的场合也有各种情形，如描写主人公的倦怠的心理，把并非必要的家常茶饭事件罗列出来，就是特别的必要。又因为要写混乱的各种情况，有时甚至于需用混乱的文体。但是无论在什么场合，决不可把作者的凡庸，认为是必要的。

有一位空想的作家，描写一个暴君的生活，他描写有喷血水的喷水池的庭园。我就问他，喷血的喷水池在月夜是怎样地光辉呢？风吹起来那血水是怎样地披靡呢？喷血比起喷水来，那两滴是谁大谁小呢？我问他时，他回答说这些事都没有想到。然而作家既然在作品里描写着喷血的喷水池，这些事实不管写不写，是非思量一下不可的。又有一位作家描写着夫妇的口角，写着那妻子是再醮的妇人。于是我就问那作家说，那妇人和前夫分离，是死别吗还是离婚呢？假如是离婚，为的什么理由呢？我问他时，他答说没有想到这些地方。可是因为要思考一个女性的性格，既然没想到她是一个再醮的妇人，作者的思考并没有扩充到我所质问的范围内,这确是作家的不注意。像这种地方如果不设想到,就不能够描写一个性格或一种情景。我对于这两个作者,我把易卜生的逸话讲给他们听。这逸话是这样:有一个人问易卜生,责难他说娜拉(见易卜生的《玩偶的家庭》一剧——译者)这个名字太奇异了。易卜生答道:"她在孩子时,真的,名字叫作耶勒俄娜拉,但是大家都娜拉娜拉地叫惯她了。"耶勒易卜生把他的架空的人物,宛然像养育在自己的邻家的孩子似的述说出来。因为名字被呼为娜拉俄娜拉,就该是一个稍带阴郁的神经质的孩子,作者甚至对于有意加上的名字都给她更改了,娜拉地叫着,可见她的性格,在这位剧作家的头脑里,是怎样地成长着呀。

因为要写一桩事,就不可不思量着十桩事;想写十桩事,应该要知道百桩事。在作品的内容自然是真实的,在描写也该同是真实的。知道十桩事就描写十桩事的作品,实际上不见得有,假使果真有的话,也未必是一一实地查来的。虽然是描写一个场面,就要问在这场面背后的场面是否各别地知道得清清楚楚,还有,如果不充分地加以空想,则那描写一定有空隙或有虚伪的呀。

原载《中学生》,1930 年第 9 期。另,中学生社编《写作的健康与疾病》(开明书店),1949 年 2 月有载。署名:谢六逸　译

辛亥革命与"英雄结"

辛亥那一年,我在贵州省贵阳城内的一所中学校里读书。

有一天我正在临帖——《灵飞经》,写到什么"叩齿三十六通"之类的时候,我家的一位远房叔父走进我的书房里来了。

我举目一看,他今天的装束和平时完全不同。

京戏里扮演英雄或草寇时,在那额头上的正中,巍巍然耸着一种象征的东西,像一个俗写的"个"字,普通是尖形的,在那"个"字的三画上面还缀着"水钻珠"之类。在四川戏里,那时是用圆形的,仿佛是缩小若干倍的慈菇叶,(现在想已改圆为尖了吧)这种象征的东西名叫"英雄结"。那天我叔父头上的装饰首先映入我的眼睛的就是这个。

他的身上穿着黑缎的紧身短袄,胸前有一排密密的长扣,是白色的,两袖又是白色的纽扣。裤子和上身一色,脚上"登"着短统的"快靴"。除此而外,还有一领褐色的大氅,不过是挂在手弯里的,没有披上。这样的装束,正像"盗御马"中的朱光祖,只缺少花鼻子和唇上的两角朝天的短髭。

见了这种打扮,我愣住了。

"你看我像不像一个英雄,我穿的是'汉装','兴汉灭满',你懂不懂?现在革命了。昨晚'新军营'投降,大小官儿都逃了。"

我想起来一点不差,我在半夜确乎听着城外的枪声,但并不怎么热闹。

跟着叔父又告诉我,都们的一伙儿要到距离城市五六里的黔灵山上去"开山堂",简单说,就是在天花板上倒悬着无数雪亮的锋锐的尖刀之下,大家"歃血为盟"。

在那西南一省的辛亥革命,他所给我的印象,就是"秘密结社"。

过了几天,大街小巷的人,都改了朱光祖式的装束了。抱在母亲怀中吮着乳头的婴儿们,头上也有一个"英雄结"。

大家的头发还未即剪去,有的盘在头顶上,有的包在黑色的绉巾里面。佩上一朵"英雄结",的确像"汉族",不过是戏台上的"汉族"罢了。我呢,当时是一个和尚头,戴着"英雄结"似乎不像样。而且临写"叩齿三十六通"时也不大方便,所以未尝领受这种荣誉。

又过了几天,"英雄结"就和"英雄结"互相杀戮起来了。大街上常有死尸横陈,城门上悬挂人头。后来有一个姓刘的人从兴义县带来一枝人马,(姓刘的就是为贵州省的军阀行"奠基礼"的人物),于是那些秘密结社的"龙头"(又叫作"大爷")就逃散了。"英雄结"也渐从大家的额头上隐灭了。

贵州省的辛亥革命的意义就是"英雄结"。

自己年近四十,然而"叩齿三十六通"还没有临得像样。因此觉得辛亥革命和现在并没有什么了不起的差异。

别的不说,如果以"文坛"喻"擂台"(借用茅盾先生的说法),也就少不了老少英雄和草寇。所异者就是"英雄结"没有实际树立在额头上,然而是无形地刻画在那里的。正如用明矾水在白纸上写了字,晾干了什么也没有,等到放进水里就有字迹出现了。无形的"英雄结"就是象征"自尊心"和"地位欲"的。如果微风吹动那无形的"英雄结"之时,"英雄"就要勃然大怒,挥拳"打擂"了。

1933 年 9 月 2 日

原载《中学生》,1933 年第 38 期。署名:宏徒

从未对人说过的话
——新年发笔

今天并非元旦,然已有了新年的情意。以一种新年的情意,写些和新年有关系的文章,亦人生乐事之一。所以一年四季,只要个人的心里发生新年的情意时,便可提笔写些有新年风味的文章。如必候至元旦日才肯试笔,则文稿经过编辑排印诸君之手,入读者之目时,元旦早已过去。印在杂志或新闻上的应景文章,绝对非"现在"的东西,不是写未来,便是写过去。虽然,要以能够最近于"现在"者为佳。今天并非元旦,天气已经酷寒,耶诞近在目前,牧师来信催送年捐。校中师生,纷纷探询大考日期,新年有几天假好放。此皆新年将临的预兆,"好事"近了。

不佞有奇癖二,从未对人说过,今天于此暴露,也许将来要懊丧,但也管不了许多,新年的情意过于浓厚,大有非说出来不可之概。其一为新年前一日必购新日记本一册,费值甚巨。但此日记并不想逐日记载,也不希望记至一年或一月,只以新年三日为限,其余三百多日,只缩为一日记了完事,无非刻板文章,索性让它空白。把过去元旦日的行为举动,于非元旦日翻检之,觉得有无穷的快乐。三四年来,世事愈非,这是大众所知的。翻开新年日记一看,个人亦复如是。我在新购日记的第一页,必大笔特书"1934年之计划……"一年过去,个人的计划几等于零。翻开过去的日记,更有令人怏怏者,为友人的分散。三年以前,每逢新岁,三四好友,必在东宝兴路C君的那所俱乐部式的住宅聚会。C君欧游回来,生活大为改变,颇有欧陆"尖头鳗"之风。入C君寓居之门,中为过道,旁有扶梯,可以登楼,右为会客室,洋气盎然。左为书斋,"邺架"甚富,将室范作数区,从未登堂入室的,必将误为八阵图无疑。C君坐在室中一隅,全神贯注于搜求而来的珍本。桌上已铺好空白稿纸,虽一字未写,但纸角已标明页码。又有信封若干枚,其上早写好收信人姓名住所,贴好邮票,但信瓤尚为空白,大约在新年以后,稿必写,信必发了。友人来迟,即命阿二去催,齐集以后,(外界不察,常误为我们将有"胜负"之事)或乱翻C君书橱,探觅他的秘本,或欣赏C君自愿示人的宝藏。既而谈正经大事,或讲节制生育,以至夜半,始各散归。所以必须如此聚集者,实因三天连续的假期,甚不易得。平时忙于生计,讲不愿讲之话,看不愿看之书。新年临头,乐乃无艺。斯时也,洗尽指上的粉笔灰(或为墨痕),教本可以高搁。C君的稿纸,也只须写一二页码便行了。学生时代,离开课室,还要担心明日的算草,玩得很不开心。教师生活,并无差异,平时虽常看书,但所看之书,总拘束于一狭小范围,学校虽令我等"薄利多卖",自问尚无"偷工减料"之意,因此颇以为苦。所以在教员室中,于饮白开水之余,便互询新年能有几天休息。新年既临,日无牵挂,始可看平时无法阅读之书。此时看书,心安理得,滋味无穷。每逢岁暮,我必买进许多书籍,有时C君遣阿二持信来叫,我正在看得起劲。如遇天忽降雨,不免失约。隔日遇见,C君必嘲我已被"严加管束",我只笑而不答,C君脸上,满露得意之色。自C君北上,讲学成府以后,顿失重心,朋辈极少欢集的机会。虽同居一地,却懒于来往,有事时只用一二分邮票,借通消息。"一·二八"前的新年,为了某学校风潮,竟每天在四达里F君的家中开会,闹得乌烟瘴气,把一位F夫人吵得头痛,连声叫苦。自然我连看书的余裕也没有了。翻检这二三年来的新年日记,觉得一年不如一年,颇为扫兴。

其二,每逢新年,我必搜购中外各杂志的新年号。我的意思,并不想"参透一些作文的方法",只是想参透一些编辑者的"头脑"而已。大抵新年号杂志,编辑人一定特别出力,四面拉稿,使内容翻陈出新,应有尽有。我出少许代价,读遍别人精心撰著的文章,甚是值得。况在新岁,读新年号杂志,俨如小孩穿着新衣得压岁钱。新年情意,于此表露。这几年来,搜藏的已经不少,尤以日本的杂志为多。再过几年,我可以开一次"Journalists的技术展览会"了。

新年发笔,暴露自己;不吉不利,意中事耳。

1933 耶诞前八日

原载《中学生》,1934年第41期。署名:宏徒

广东奇俗的"不落家"和"自梳头"

广东有几处地方,流行一种奇特的风俗,这便叫"不落家"和"自梳"。据说前者盛行于高明、顺德二县,后者顺德有之。在这里我预备先说前一种风俗——不落家。所谓"不落家"者,简单地说:就是指女子结婚以后不肯住在夫家之谓。就一般而言:高明、顺德的婚姻制度完全是旧式的。那里的婚姻的撮合,和别的许多地方一样,也须有父母之命,媒妁之言,并须送年庚,合八字,随后方才成议。结婚的时候,也有男家用"红花大轿"往女家去迎接,和别处没有什么不同。

但是在有"不落家"风俗的地方,结婚的三朝之后,女子往往便回家省亲,省亲后再回夫家一次,遂即又回到母家。自此以后,只遇年终或节上的时候回夫家,居住一夜、二夜后,便又回到母家去。听说高明县的风俗,"不落家"的女子年边节上在夫家的几天里,整天地戴着一顶竹制的连面孔也遮没的帽子,使人不能看见她的面孔,她却可以从里面望出来看见外面的东西。她不特见别人如此,便是对于丈夫也是这样。因此听说有结婚几年,而丈夫还没有看清楚她的面貌的。

不但如此，并且不落家的女子在夫家的几天决不肯吃夫家的饭的。有的是东去吃一餐，西去吃一餐，以避免在家吃饭，或者包了饭来吃的也有。但我们不免要疑问，她们真的就这样过一世吗？究竟到什么时候为止呢？据那边的本地人说，做过若干年这样的腔调以后，多半是落家的了，迟的八年、十年以后，早的结婚后五年或六年，或者待有身孕之后落家的也有。

近来虽然听说也有在结婚一年或二年之后便落家的了，然而习惯造成了这种信念，便认早落家是不名誉的事，往往竟有女子愿意早些落家，又恐被同辈的女子们耻笑，甚至"自寻短见"的。在几年前，有几个女子在高明的蛇塘村投水自尽，她们的原因，听说就是落家不得。

说到这里，我们免不得要发生第二个疑问，这种风俗是怎样起来的呢？不幸得很，这种风俗的历史来源，一般人竟毫不知道，一时也无从考查。但据一位顺德人说，就他所见，顺德女子的"不落家"实有以下的两个要素很重要：一个原因是婚姻制度不良，他说有的女子，因见盲目婚姻制度下之丈夫不合她的理想，以致一入夫家便生憎恨，因此不但把同居生活看得很淡泊，甚至决绝地不愿营同居生活者有之。别一个原因是因为女子有了"腻友"的缘故。对于后一项事情，一位本地的调查者说：

> 一则顺邑的闺女有一种最不良的风习——好结腻友，俗谓之相知，朝夕偕同居处，同宿食，俨如夫妇，此种恶习实为女界羞！而顺人视此恬然不以为怪，当结合之始，对众宣

言,择日拜契。日子既择妥,亲戚姊妹们有送礼物以相贺者,礼品之物,以白糖糕粉为之,上有杏仁、瓜子等砌成花样,受者亦当砌回盒答之,彼此以竞工巧。盒面之瓜子常排成一首半首的蝇头诗,读之令人肉麻,闻此种女子结契时皆有秘密的盟誓,盟后不得中道弃友而从夫,故交有腻友的女子,必生出归宁不返的怪事。

我们可以知道"不落家"的所以发生,不良的婚姻是一个原因,女子结同性的腻友又是一个原因,这等原因,既造成习惯之后,于是纵使有人愿意早落家的,也每受梗阻,甚至因此而自杀了!

我们既述过"不落家"的大要,现在再把所谓"自梳头"说一说。在广东顺德县听说有一种"自梳头"的风俗,其定义,据一位顺德人说:"自梳头者,是女子自将辫发梳梳为髻,籍此以表明不复有嫁人之意。"但这种风俗,也为当地的一般人所认为正当,故表明自梳的时候,常有一种仪式,姊妹们多送礼物祝贺之。至于发生自梳的原因,和自梳后的情形,我把他们本地人所说的话陈述出来,比较外方人代为解释,更可靠些。据一位顺德人的说明:

……女子如有自梳的主张,不管父母许否,父母亦不得过问,常有等婚议将成,探知消息,或有先行自梳以为之拒者,此种事固亦惯见。有的父母,恐其自梳,早为之议婚,以为预防,是以盲婚之害亦愈烈,而积弊亦愈深。大抵亦由于自梳之风气太盛,对于自己终身的婚事,亦多羞而不敢自行商决,反酿成此根深蒂固不拔的积习,诚然可叹！但其自梳之后不得不想法以谋自立。自立的方法,有出外佣工,上则能为妇女梳头,能作趋时装,礼节词令娴善,随侍富家妇女出入;下者事粗做,司烹饪,此类雇工,能结互相的小团体,或同赁屋共处,以便退居。失业则互推荐,其家居工作,也有数种,或业缫丝,或织兰绸,其余或助理家中养鱼、育虫、豢猪、裁缝等,亦足以自给,这样讲起来又可见自梳的风气,当以盛行于平民的人家为多了。

原载《华安》,1933年第1卷第1期。署名:逸

新春读书记

新年有三天假，借来几种日本杂志的新年号，翻阅解闷。我所希望看到的是日本的学者文士们的持平的言论，当他们的军阀、泛击党……猖狂的时候，看他们的态度是怎么样的。

我一共看了四种杂志的新年号，《新潮》《文艺春秋》《改造》《中央公论》。其他的"左"倾杂志和思想之类，都不及到手，所以恕不提及。

先看《新潮》，该杂志是日本纯文艺杂志中资格最老的，现在的主编人是通俗长篇作家中村武罗夫和新兴艺术派作家楢崎勤。中村专为妇女杂志、通俗文艺杂志写长篇小说，已经是一位富翁了。编辑的事务全由楢崎勤处理。平时揭载的，大半是新兴艺术派的作品，但也有左翼作家的作品。

今年的新年号是第三十年的第一期。向来日本各杂志社对于新年号的编辑必大卖力气，花样翻新，该志的新年号是创作特辑号，一共收了十二篇小说，较之平时多一倍。

装饰在卷首的文章是什么呢？总题目是"当非常之时上要人们的公开信"，下面便是三篇文章：丸木砂土的《呈陆相荒木书》、高田保的《给藤诏警视总监》、浅原六郎的《与高桥大藏大臣书》。只看那"总题目"，便知道江湖气味的充分。这三篇文章值得注意的是第一篇。荒木是日本帝国主义的刽子手。丸木砂土是泰丰吉的笔名，平时喜欢翻译或是做点关于"异国情调"、Erotic、Grotesque 的文章，原是某保险公司的职员，他的文章本无什么价值，现在既然翻开封面就是他的文章，而且内容是写给荒木的公开信，也只得见识一下。他的文章的要点，就是劝荒木把所有日本的陆军全部开到"满洲国"去，不留一个在日本，让他们在"满洲国"吃高粱。此外又要皇帝到"满洲国"去访溥仪，要皇族们也到"满洲"去，并引从前北白川宫死在台湾，日俄之役，闲院宫率骑兵参战为例。我想看的文章从学者文士们的持平之论，结果只有这种文章，令我大失所望。其他关于文艺的论文只有一篇得洛贝尔奖金的《高尔士华绥》。创作栏内的十二篇小说，又是新兴艺术派的阵营——如楢崎勤、井伏鳟二之流。值得一看的只有林芙美子的《空的喇叭》，原作借两个女佣的对话，描绘下层妇女的心理。但也并非有力之作。

《新潮》这几年来完全堕落了，虽号称纯文艺杂志，编者为了迎合低级趣味，替资本家赚钱，不惜模拟通俗的无聊刊物，这就是日本文艺衰落的明证。

在"御大"（大好老）菊池宽指导编辑下的《文艺春秋》，早已变成一只不折不扣的"垃圾桶"。菊池本人在"发财"以后所写的长篇，和他从前的作品如《父归》《藤十郎之恋》《复仇的话》等作对照起来，殊有"龙、虎、狗"的比例。

《文艺春秋》新年号的印刷数目是248000，菊池自己声明最近该社的经济状况不差。由这点看来，日本的民众（公子哥儿、公司职员、看护妇、女职员、女学生、大学生、小官吏、退伍兵、薪俸生活者、自由职业者即日本民众的代表）是很爱好这只"垃圾桶"的。所以这一期里糊闹的文章特为增多。例如《新春风流座谈会》《强硬日本与松冈意识》《满洲杂囊》，等等，不外是麻醉人民和为虎作伥的文字，看了令我生气。最近该社又派了名叫平野岭夫的家伙到"满洲"去做特派通信员，已经放了起身炮——发表一篇《到吹雪的兴安岭去》的文章。

《文艺春秋》从创刊到现在已是十个年头了，当初的编辑方针是以随笔文学和作品为主的。靠了随笔文学的力量，菊池早年的文名，所以能够腾达。现在虽有随笔若干装饰在卷头，有几编文艺作品拖在卷尾，如将它抽去，则与什么《文艺俱乐部》一类的下等杂志并无二致了。

祝福为日本军阀张目的《文艺春秋》！

《改造》杂志是日本集纳主义（Journalism）的代表，它的编制足供我国办杂志的人参考。当改造社没有出版别的书籍时，只办这一种杂志，用全部财力和人力经营，所以内容颇有可观。但在近年，却渐渐退步了。"左"倾的文章不敢登载，如河上肇博士等人的著作，早已看不见了。最近虽有长谷川如是闲等人的文章，但常被检查员涂抹勾销，一篇好好的文章，加上许多涂抹的符号××××××，正像患癫病似的,看去令人不快。新年号里有长谷川氏的一篇《万叶集里的自然主义》,确是一篇妙文,或许被认为冒犯"皇室尊严""紊乱风俗"之故,检查员又钩去了不少,精华全失。这当然是看杂志的人的损失了。

这一期里有中西悟堂的《候鸟礼赞》,藏原惟人在狱中用书翰体写成的《苏俄旅行记》,尾崎行雄的《代替墓标》,都是值得一读的文字。《候鸟礼赞》那样的文字在国内的刊物里,我从来没有见过,也许是我国的作家没有那样的闲逸吧。

令我不愉快的,是看见直木三十五的名字。他在这一期里写了一篇杂感文,题目是《一年十年及其他》。直木是泛击党作家(他本人当然不肯承认),在去年的一·二八之役,他曾经来到上海,收集资料,回去以后就写了《日本的战栗》《肉弹三勇士》一类的小说。听说他受了军阀的指使,一方面也因为需要金钱去嫖艺妓(日本文艺界中喜欢"嫖"的还有一个三上于菟吉,他们的作品常在妓院中写成),所以不能不写作那样的作品了。直木从前的名字叫作三十三,因为那年他发表作品的年龄是三十三岁,故用三十三为名。后来改名为三十五,名字可以随年龄变更。如有人问他的年龄,他便以三十五岁为单位,例如"我今年是三十五岁另八十三个月"云云,此亦泛击党作家特有的风趣耳。

《中央公论》是日本现存的老资格的杂志,今年是第四十八年了。新年号里有"满洲国太上皇"驹井德三的《马占山会见记》,这篇文字的作用不过是表演一折"丑表功"。文中有一张"满洲国"略图,已经把热河列为"四省"之一——热河省了。驹井这家伙还著有一本书叫作《大满洲国建设录》。在此书的目录里面，有一篇是《大支那建设记》。大约驹井建设"满洲国"以后，就要来"建设"整个的中国了。我想这本书倒有译述的必要，拿它来献给我国的青年。（只有青年们肯看这类的书，要人是不管这些闲事的。）文艺方面有谷崎润一郎氏的《幼年琐事》，文字仍是那样的富丽。大前年谷崎氏曾寄我一本《各有所爱》（原名《蓼餐虫》），沪变，书籍损失过半，惟此书仍在。去腊读谷崎氏的《倚松庵随笔》《盲目物语》，见此二书的装帧，新奇可爱。从近作里知道谷崎氏又转向纯粹日本趣味去了。几年没有能信，但知氏与丁夫子夫人婚后，"家庭圆满"，时人播为美谈。氏目睹日本国内"汎击"的披猖，亦为之蹙额否？

创作栏内有岛崎藤村氏的长篇《破晓前》，此作每季发表一部分，一年共载四次。横光利一有《春》一作，他的作风，已有变化。其他诸篇，则不及细读了。

1933 正月，初雪之夜

原载《读书与出版》，1933 年 3 月（创刊号）。署名：谢六逸

介绍《中国文学史》

《中国文学史》的写作是一种伟业，写起来是颇繁重的。国内向无此种专著，论者以为可惜，我则以为此种著作的诞生，越迟越好，不足感叹。一般文学史的写作，必须有几个条件：1. 对于时代的背景能够明了；2. 认识文学的整个历史的过程；3. 代表一时代一流派一运动一倾向的作家、作者，不能稍有忽略；4. 散失的资料，必须搜求。其次，写中国文学史的人必应具备这几个条件：1. 懂得文学史的方法，能以欧西文学史的名著为借镜；2. 本国文化演进的理解；3. 各种作品必须浏览；4. 罗掘散佚的资料；5. 真实名著的估价。

这些条件具备以后始可以提笔写中国文学史，前人写作的中国文学史，成绩不佳，就是条件不完备的原故。日本人写的《中国文学史》在质与量上都比较国人写得进步，因为他们懂得文学史的方法。西洋文学知识的介绍也较我国为早。不过我们对于日本人写的《中国文学史》也难认为满意。

郑振铎君的插图本《中国文学史》出，国内始有一部"足以表现出中国文学整个真实的面目与进展的历史"的书。

我以为郑氏的著作有几种特点。

(一)文学史方法的正确

原书《绪论》里有下面的叙述:

> 文学史的任务,因此,便不仅仅成为一般大作的传记的集合体,也不仅仅是对于许多"文艺作品"的评判的集合体了。

> 文学史的主要目的,便在于将这个人类最崇高的创造物文学在某一个环境、时代、人种之下的一切变异与进展表示出来。并表示出:人类的最崇高的精神与情绪的表现,原是无古今中外的隔膜的;其外形虽时时不同,其内在的情绪却是永永的不朽的在感动着一切时代与一切地域与一切民族的人类的。

> 一部世界的文学史,是记载人类各族的文学的成就之总簿,而一部某国的文学史,便是表达这一国的民族的精神上最崇高的成就的总簿,读了某一国的文学史,较之读了某一国的百十部的一般历史书,当更容易于明了他们。

（二）文艺观念的正确

没有正确的文艺观念，便不能写出正确的文学史。例如材料的取舍、范围的确定，等等，若不以正确的文艺观念做基点，便不能控制几千年来的繁杂的资料。作者说：

> 这个疆界的土质是情绪，这个疆界的土色是美。文学是艺术的一种，不美，当然不是文学。文学是产生于人类情绪之中的，无情绪当然更不是文学。

> 因了历来对于文学观念的混淆不清，中国文学史的范围，似乎更难确定。至今日还有许多文学史的作者，将许多与文学莫不相干的东西写入文学史之中去，同时还将许多文学史上应该讲述的东西，反而撇开不谈。

> 我们第一件事，便要廓清许多非文学的著作，而使之离开文学史的范围之内，回到经学史、哲学史或学术思想史的他们自己的领土中去。同时更重要的却是要把文学史中所应述的纯文学的范围放大，于诗歌中不仅包罗五七言古律诗，更要包罗着中世纪文学的精华——词与散曲；于散文中，不仅包罗着古文与骈文等等，也还要包罗着被骂为"野狐禅"等等的政论文学、策士文学与新闻文学之类；更重要

的是,于诗歌、散文二大文体之外更要包罗着文学中的最崇高的三大成就——戏剧、小说与"变文"(即后来之弹词实卷)。这几种文体,在中国文坛的遭际最为不幸。他们被压伏在正统派的作品之下,久不为人所重视,甚至为人所忘记,所蔑视,直到了最近数十年来方才有人在谈着。我们现在是要给他们以历来所未有的重视与详细地讲述的了!

(三)在资料方面有新的发现

日本人写的《中国文学史》,大多能应用文学史的方法,可是在资料方面,就不免贫弱。从前国人自著的书更不用说了。郑书中值得大声赞许的,就是他所罗致的若干的新资料,异常丰富。

作者说:

> 但这种新的资料,自小说、戏剧以至实卷、弹词、民歌,等等,因为实在被遗忘得太久了的原故,对于他们的有系统的研究与讲述,便成了异常困难的工作。我们常常感觉到,如今在编述着《中国文学史》,不仅仅是在编述,却当常是在发现。我们时时发现了不少的已被亡失的重要的史料,例如敦煌的变文、《元刊平话五种》、《永乐大典戏文三种》之类,这种发现,其重要实在不下于古代史上的特洛伊以及克里底诸古址的发掘。

(四)注意本国文学所受外来文学的影响

外来文学(印度文学是其例)对于中国文学的影响很大,向来少人注意。中国的民间文学的发展,实有赖于外来文学。文学上的新形式也是由外来文学促进的,写《中国文学史》的人如何能把它忽略了呢?所以作者说:

> 我们的诗人们与散文家大部分都是在拟古的风气中生活的;然而另一方面,却有许多不为人知的先驱者在筚路蓝缕地开辟荆荒,或勇敢地接受了外来文学的影响,或毫不迟疑地采用了民间作物的新式样,虽时时受到迫害,他们却是不馁不悔的。这使我们的文学乃时时地在进展,时时有光荣的新巨作、新文件的产生……

上面的五项是原书最显著的优胜之所。如再要举出来,也还有下面的几项:

1. 对于史料的辨证;
2. 珍籍善本搜罗至勤;
3. 插图的珍异;
4. 范围扩张到"文学革命的前夜"。

全书的体系共分三部,即古代文学、中世文学、现代文学。(篇首为《绪论》)

古代文学：

古代文学鸟瞰

最古的记载

先秦的散文

辞赋时代

汉代历史家与哲学家

魏与西晋的诗人

文学的制作

诗经与楚辞

秦与汉初文学

五言诗的产生

建安时代

玄谈与其反响

中世文学：

中世文学鸟瞰

佛教文学的输入

齐梁诗人

故事集与笑谈集

六朝的散文

隋与唐初文学

开元天宝时代

韩愈与白居易

传奇文的兴起

词的起来

变文的出现

北宋词人

北宋散文

话本的产生

南渡文人

新乐府辞

批评文学的发端

六朝的辞赋

北朝文学

律诗的起来

杜甫

古文运动

温庭筠与李义山

五代文学

西昆体及其反动

江西诗派

鼓子词与诸宫调

戏文的起来

南宋词人

批评文学的复活

辽金文学

戏文的进展

散曲作家们

元及明初的散文

散曲的进展

伪拟古运动的发生

南宋诗人

南宋散文与语录

杂剧的鼎盛

讲史与英雄传奇

元及明初的诗词

弘正间的戏曲作家们

批评文学的进展

近代文学：

近代文学鸟瞰

沈璟与汤显祖

长篇小说的进展

公安派与竟陵派

阮大铖与李渔

佳人才子书

实卷弹词与鼓词

昆腔的起来

南杂剧的出现

伪拟古运动第二期

嘉靖后的散曲作家们

话本拟作者[①]的隆起

由李贽到金喟

由《红楼梦》到《儿女英雄传》

短剧作家们

传奇文的再生

诸种诗派的隆起

批评文学的发达

民歌的搜辑与拟作

欧美文学的输入

文学革命的前夜

洪昇与蒋士铨

词与散曲作家们

古文运动及其反响

皮影戏及其他地方剧

清末的谴责小说

新闻文学的起来

---

① 此处应为拟话本。

卷末有《新文坛的鸟瞰》

在原书的体系方面,我们可以看出作者对于中世文学与近代文学两部分很下了一番苦心,这两部分的资料,可以代表全卷的精英。

末了,我们对于作者的写作的魅力,不能不致敬意。比如作者其他的著作——《文学大纲》、《希腊罗马的英雄传说》、《中国文学史》(商务版,中世卷第三篇第一册),都非有毅力、有恒心的人不办。

原载《读书与出版》,1933年3月(创刊号)。署名:宏徒

日本人的幽默

不景气

我家的隔壁住着一位年轻的西洋画家。

这几年来,日本的出名的画家也感到生活的困难,这位青年画家不用说正和贫穷争斗,有时他和"生活"战斗较之画版的战斗更其激烈。

生活困难当然是酸辛的。妻子留下两个孩子私下逃走了,画家雇用一个女仆来照顾孩子,他每天到外面张罗银钱。

有一天,画家的孩子到我家里来和孩子们玩,画家的孩子说:

"我不想回家去,还是住在这里好些。"

我的妻子就问他什么原故。

孩子流着泪答道:

"我的家里没有饭吃。"

妻子不胜感慨，就留他吃了夜饭。

第二天，画家的女仆向男人告退了。打听情形，原来是这样。

昨天，从早上起家里连一粒米也没有了。画家对女仆说，我去叫米店送米来，他自己没有吃早饭就出外去了。

画家出外时，自然叫米店送米的，可是米店认为主顾不好，始终没有送来。

女仆在家里老是等着米，然而不见米来，只得把家里所有鸡卵干菜吃下。

画家到晚上回来，听女仆说明原委，他不责怪米店不送米来，反而斥骂女仆不该让他的孩子挨饿，他说：

"你们不吃一两顿饭算得什么呢？"

女仆不能忍受，就决意告退。

校长先生

这一所小学校里除了天下雨而外，每天总得集合在空场里举行朝会。

朝会时，校长先生照例有一场训话，训话全是无聊的言辞，不是骂人，就是不合时宜的古老话。

小学生们没有一个愿意听的，可是不能够不装作听教训的样子。

这一天，在一群静肃无声的小学生们头上，有一只蜻蜓飞来飞去。他们觉得有趣极了，大家的眼光都朝上偷看蜻蜓。

蜻蜓悠悠然飞去停在校长先生的头上，校长先生的头光油油地发亮。

小学生们咕咕地笑起来。

"笑什么?"

校长先生睨着发笑的儿童大声作骂。蜻蜓被他的声音惊骇,飞开了,一会儿又飞回校长的头上。

小学生们没有一个不哈哈大笑起来,在旁的别的教师也忍不住了。

只有校长先生一个人,始终没有笑。

金鱼的雌雄

父亲看着庭里的金鱼缸,九岁的孩子跑到身旁来,孩子看见金鱼在水里游泳,向父亲问道:

"父亲辨得清楚金鱼的雌雄吗?"

父亲听了小孩的问题,一时觉得不容易回答。

"你为什么要问他呢? 金鱼的雌雄,谁也不懂得的。"

"爸爸不懂得吗? 这么大一个人也不懂得,真可笑哪! 我完全懂得,哈,这个和那个是雌的,其余都是雄的。"

"咦呀,你真懂得呢,学校里的先生教你的吗?"

"我看见金鱼的 Love scene 了,它们的追逐真好玩。咦,爸爸! 人们扮演 Love scene 的时候,逃的是女的,追的是男的呀。"

"瞎说,谁说的?"

"隔壁的哥哥说过的,不对吗?"

"……………"

赏月

一对年轻夫妇,结婚以来,已有五个年头,他们的和睦,邻近的人无有一个不羡慕。小孩子还没有,不免是缺憾,因此有时感到无趣。

丈夫日里到公司去,夜间多暇,只是耽读杂志。妻子在旁早就打呵欠,乏味得很。她向丈夫撒娇道:"喂,做点什么玩玩吧!"

丈夫也打起呵欠来了:"是呀,玩点什么呢,有没有什么好玩的?"

如果想不出什么好玩的,夫妻二人就说笑话,做脸嘴,嘻笑一番。

今晚上也是这么过去了,一会儿就到了就眠的时刻。丈夫的嘴里哼着歌,引逗他的妻子发笑——

"电灯费贵,早些睡觉;米价贵了,还要养儿子。"

丈夫唱毕,说道:

"我们睡得早,孩子仍旧没有来。"

"孩子来了,就不会冷清,我去向地藏菩萨许愿。"

"什么?"

妻子没有回答他的问话,改过话头说道:"有人送一个孩子给我们多好!"

可是丈夫以为讨来的孩子没有什么兴味。

丈夫吸着卷烟时,妻子就去铺床。

"我想小便。"妻子望着丈夫说。

丈夫惊讶地说:"为什么不去小便呢?"他知道她一个人到厕所

去,向来并不害怕的。

妻子撒娇了,发出一种柔媚的声音:"亲爱的,我还是一个孩子呢。爸爸,你抱起我嘘嘘嘘地小便好不好?"

"胡闹!"丈夫说时,忍不住大笑。

"说不,我就不高兴呢。"妻子又撒娇。

丈夫无法推却,只得说道:"啊,来吧。"他如同抱小孩似的把妻子抱在怀里,推开纸门。

在户外,好一片月色!

"外面没有狗狗……呀,好月亮……宝宝,那是什么东西?"

妻子听丈夫说时就抬起头看月亮。

"那是月亮光光……"

正在戏弄得起劲的时候,邻家的屋子里,有噗噗哧的笑声,从黑暗中发出来。

青年夫妇吃了一惊。于是这一时小市民阶级的家庭喜剧遽尔中止。

这时丈夫抱不住妻子了,正在逃进屋内,不料两手一滑,妻子的身体就堕在地上。

——译日本报知新闻社编《幽默百种》

原载《文学》(上海1933),1933年7月1日第1卷第1号。署名:宏徒译

坪内逍遥博士

从前在东京时我听到一个故事。有一次某大学文科的入学试验，有"说明左列诸语"的题目。其中一语是"坪内逍遥"，有几本卷子的答案写着"在草坪内逍遥散步"，在那时大家尊之为"珍奇答案"，传为笑话。不过这个珍奇答案对于异国人士倒颇有帮助，因为便于记忆。例如由"草坪内逍遥散步"，可以想起日本有坪内逍遥其人，又由坪内逍遥想起日本明治维新以后该国文艺的革兴以及《莎士比亚全集》在东方的译本，等等。所以那几位落第的"秀才"，在现今看来，还不能遽称之为"饭桶"。

我无意于捧赞偶像，应用"辩证法"呢，诚未免"小题大做"了。本文写点关于坪内逍遥的事，让亲近"文学"的人知道有这样一个人物，值得大家的注意。区区之意，如斯而已。

坪内博士将《莎士比亚全集》译完之年，他已达七十岁的高龄了（今年七十五岁）。前几年英国皇储游日，日本皇族将博士所译的莎氏全集赠送那位"王子"，同时叫坪内氏去"陛见"，而坪内氏加以拒绝。年龄虽高,肯不断地努力;身为"博士",却厌恶"攀龙附凤",此所以值得世人的注意也。

他在文学方面的贡献,首应举出者为他对于小说、戏剧的旧势力的突击。

德川时代过去了,日本历史上大笔特书的明治维新运动继起。这时日本文学正在青黄不接的时候。坪内博士于1885年(明治十八年,清德宗十一年)刊行《小说神髓》两卷。这是一部很早的"小说论",对传统的旧势力迎头痛击。书中理论以"写实主义""心理描写""人生的艺术""性格描写"为主。在绪言里,作者曾说出他的主旨:

> ……近来刊行的小说,以马琴的糟粕,一九、春水(按,均德川时代作家)的膺物为多。他们以为小说的主脑在于劝善惩恶,制造道德的模型,以作品中的"主人"供此种模型的牺牲。纵非强人尝故人的糟粕,取材的范围也不免窄狭,无非是做成千篇一律的小说罢了。这种罪自然是属于作者的,可是一半还得归之没有眼识的读者负担。自昔以来,日本的习惯,视小说为教育的方便法门,一面高唱用"劝善惩恶"为主眼,实际又以杀伐惨酷或猥亵的故事迎合读者。作者本无见识,或为舆论的奴隶,或为流行的牛马,制造迎合时尚的残忍的稗史,写作猥陋的情史,借劝惩为名,强立主旨,结果悖于人情,情节常不合理。这样的拙劣的趋向愈增

加其拙劣。在识者看来,真是愚蠢,不值一读,其主要原因,就是作者不了解小说的主眼,徒谨守旧来的错误观念……

在原书上卷第三节里,作者讲到"小说的主眼",他说:

> ……小说的职务,只在穿透人情的微妙与奥底。要描写贤人君子、老幼男女、善恶正邪的心的内幕,使周到精密的人情灼然可见,所以小说家又须是一个心理学家。凡创造人物应该妥帖地根据心理学原理,倘若一任自己的意匠而与人情悖背,或创造与心理学相反的人物,则任其结构如何巧妙,或叙事如何奇特,都不能称为好小说。所以凡小说必深写人心的内面而使它如现在眼前一样。能够如此,才能写出各时代的人情世态,才能说小说的是人生批评……

坪内氏为实现他的理论更作《当世书生气质》,描写当时一部分的学生。后来又作《妻房》《一圆纸币的话》等篇,为当时写实小说的范本。自此二作发表以后,长谷川四迷、砚友社、民友社一般作家都受了作者的影响。[注]

[注]参看北新书局出版《日本文学史》五四至六四页。

日本旧剧(歌舞伎)的革兴,坪内氏实为一个最努力的先驱者。传统的旧剧在那时已濒于死亡,他写作向来日本人所未曾见过的性格剧，一面却又取用歌舞伎的长处。内容取材于史事而使之有新的生命，故称为新史剧。作品可分为两个时期：第一期依然应用歌舞伎的技巧，例如《孤城落月》；第二期脱离歌舞伎的技巧，具备近代剧的手法与风格，例如《星月夜》《法难》等作。最使人难忘的是《行者》（原名《役之行者》），此剧取材于日本的传说，共分三幕六场。构想的雄大、情感的奔放、措辞的洗炼、舞台技巧的精致，即在今日，仍居日本剧坛的高峰。

坪内氏又为野外剧（Pageant）和儿童剧的首创者。野外剧是一种"民众的"戏剧，在欧美视为教育的手段，以表演历史上的事实为主，借以教化民众。其功用甚广，如安慰劳动者、社会改革运动等都可供利用。坪内氏于1920年（即大正九年）在东京早稻田大学文学部创设"文化事业研究会"，此会的组织分"国民演艺""文艺教育"二部。他在"国民演艺部"的宣言里说：

> 文化事业研究会以提倡野外剧为主要工作的一部分，其目的有二——第一，以野外剧为当前的社会的文化运动的一个重要工具。第二，借以引起国剧向上发展，兼以创始适于新文化的新国民艺术。

他的目的在使"社会的艺术化""艺术的社会化"的理论能够实现。他的野外剧并非抄袭他人的，纯为适合日本国民的创作。

他又说：

我们所提倡的野外剧是未来的自治的民众的休养所，同时又是未来的国剧的基础和砥砺。老早就标榜这两重主旨。我们自有和外国不同的特殊立场。我们相信，如果不依从这两重主旨做去的民众演艺运动，其自然的趋势，必使之成为社会政策的便利。不仅对于艺术的向上甚少裨益，甚且使其品位低下。反之，即使在艺术上有多少的贡献，如作为教化或经世的要具，不见得发生怎样有利的作用，甚至成为一种障害。

坪内氏在早大的文化事业研究会里对会员讲演野外剧的理论，同时又自作剧本，自己导演。他自作的剧本，著名者有"为热海町（地名）写的野外剧"，此剧本包含六种样式：1. 假面歌剧；2. 以民谣为主的田舍剧；3. 活的史剧（例如剧中表演战败的实在情形）；4. 行列式的默剧；5. 写实剧；6. 终场曲，全体同舞。原作纯取材于日本的历史，充分地应用日本固有的戏剧音乐的长所，并加上新技巧。他为大阪市民众编制的《圣德太子与恶魔》，一半采用日本的歌舞伎，一半取用欧美的新形式。此剧原为纪念圣德太子的一千三百年纪念而作（时为1921年），由大阪每日新闻社赞助，惜以出场者的问题未能实演。

"文化事业研究会"本以文学部的学生为主要会员，故每年的会员多所更异。过了两年便解散了。

坪内氏又提倡"家庭用儿童剧"，以引起儿童自己的创造力为目的，注重"自由""自发""儿童自己的爱好"，摒斥"干涉""注入"与

"大人的命令"。他的作品以"单纯（Simplicity）""纯朴（Naivete）""天真（Innocence）"为纲领。表演时舞台装置力求简单。假面都由儿童自制，一切用暗示的方法，例如舞台上的树子，是用硬纸剪成，在上面涂以颜色做成的。三个儿童戴上麻雀的假面，站在椅子上吱吱吱地叫，就是暗示麻雀在树上。户外或海外的背景用青色的幕，野外或山中用绿色的幕，晚上用黑色的幕，屋内则用白色而有图案的幕。此外如剧中人物的衣裳，也是由儿童自制的；至于说白、表情等都由儿童自动地练习。所以他的儿童剧有涵养家庭趣味、薰陶艺术、达到自发的儿童教育的功用，又是一种清新快乐的家庭娱乐方法。

他的儿童剧于1922年11月在东京有乐座做第一次的公演，此后公演多次。大震灾后，由他率领演员做关西四大都市的巡回公演。至于日本的学校和家庭，表演他的儿童剧的，则不胜屈指了。

这里附带说明坪内氏培养演剧的人材。

1909年，坪内氏创设文艺协会，会中附设"演剧研究所"与"自由剧场"。演剧研究所的课程，有坪内氏自己担任的莎士比亚研究、科白研究，伊原青青园的演剧史，金子筑水的艺术哲学，岛材抱月的近代剧研究，藤间勘八的舞踊，小早川精太郎的狂言，土肥春曙的科白研究，松居松翁的发声法、实演研究等科目。学生的修业年限为两年。特出的学生有上山草人（常在美国的影戏里扮演中国人）、森英治郎，女学生有松井须磨子、林千岁诸人。

早稻田大学内附设的"演剧博物馆"为坪内氏心血的结晶，馆内搜藏之丰富在东方首屈一指。该馆设立的旨趣，详见校友会给各校友的通告：

　　……早稻田大学名誉教授坪内雄藏博士为振兴国剧的殊勋者，国人当无异议。明年（按，即1928年）为博士七十大庆，同时博士半生努力的结晶品《莎士比亚全集》四十卷亦已完成。际此时机，为纪念博士的功业，珍藏日本演剧史料起见，爰有建设"演剧博物馆"的计划……

关于该馆的构造、内容等在通告书内也有详细的说明，译载如下：

　　一、演剧博物馆的地基，于早稻田大学内择定，虽作为校内的附属建筑，但不必认为一校的专有物。应作为演剧的研究机关广泛地公开，以供给一般的利用为目的。

　　二、演剧博物馆的建筑式样，系依据博士的考案，全部以莎士比亚时代的剧场（以福条因剧场为主）为准则。

　　三、演剧博物馆内除搜罗关于戏剧的国内外图书物品之外，并用有组织的方法，陈列关于演剧的绘画、模型标本以供随时展览，期于斯道的研究有助。关于日本舞台艺术的古今图书，远者如舞乐田乐、猿乐、"能"等的绘画版画，近者如浮世绘中的芝居绘（演剧绘）、锦绘等，悉依年代的顺序陈列，表示国剧的变迁，兼使舞台构造的进化一目了然。又衣裳、假发(鬘)、小道具、乐器等以及历来未向一般研究者公开的资料均搜罗陈列。对于国内外的演剧资料作有意义的整理、保存、研究。并开特殊展览会、演讲会、研究会，或作实演的研究。将来演剧博物馆的使命甚多。

演剧博物馆的实现是坪内氏多年的宿愿，他将《逍遥选集》十二卷(春阳堂出版)的版税全部捐赠，作为建筑经费。日本关东、关西两地的早大校友捐助亦多。除金钱的捐助外，馆内陈设各物，如关于舞乐、能、神乐、木偶剧、舞蹈的图画、书籍、各种记录、剧本、说白摘录之类，以及假面、木偶、衣裳、假发，等等，校内外的收藏家均有捐赠，但以坪内氏捐赠者独多。创办时，该馆搜集的材料，已有下列各种，近数年来，当已增加不少——

一、芝居(剧)绘(锦绘)约三万张。
(内一万张为坪内博士捐赠)
(按，"锦绘"为贴于木板上的彩色画。——逸注)
一、关于舞台艺术的图画，约二千五百册。
一、歌舞伎台帐，五百余部约二千册。
(按，台帐又称台本、脚本，为记录情节结构之用者。——逸注)
一、评判记(自元录年代至元治年代)二百八十八册。
(按，评判记又称评判本，列诸演者姓名，将世人的批评

记入,以观演者技艺之高下。——逸注)

一、狂言及颜见世、番附(自享保年代至明治年代)约四千张。

(按,"狂言"通指中世纪的喜剧、杂剧而言,这里的意义为"伶人的技艺"。"颜见世"略与我国剧界"漏脸"之意相近。全体演员同立舞台上与观客晤面,叫作"颜见世"。"番附"记载出演伶人之姓名及戏剧之次序。——逸注)

一、狂言绘本(时代同前)约一千五百册。

(按,绘本即画册。——逸注)

一、役割、番附(时代同前)约四百册。

(按,"役割"即伶人所表演之角色,"番附"之意同前。——逸注)

一、剧场绘看板(坪内博士捐赠)二十八种五十七枚。

(按,"绘看板"为一种招贴,绘有剧中人物,贴于木板上,置于剧场外,以吸引观客。——逸注)

一、逍遥文库(坪内博士捐赠)共五千六百五十七册。

(内西洋书一千九百八十一册)

此外尚有坪内氏捐赠的"实演舞台面"与伶人的照相、绘图明信片、明治时代以后的"芝居番附"(按,即今之 Programme)、剧情说明书、演剧杂志、报纸拔萃、舞台模型等。

演剧博物馆的建立在欧美当不致缺乏,惟完备者少。在东方则只有坪内氏建立的一所,在日本不用说,对于东方的文化,也有莫大的贡献。

坪内氏又是日本的莎士比亚研究的权威。他在1884年(是年氏为二十六岁)即翻译莎氏的《凯撒》(Julius Caesar),1890年(三十二岁)在大久保余丁町的新居为学生讲授莎士比亚。到了1928年(七十岁),莎士比亚的全译本完成。(共四十卷,内诗篇两卷,《莎士比亚研究指南》一卷,由早稻田大学出版部印行)他将莎士比亚的研究法分为四种:1. Textual study;2. Literary study;3. Biographical study;4. Theatrical study。第一种以莎氏剧本中的语言的意义、出处,内容的史事的研究为主,注重训诂注释。第二种从文学方面研究剧本的内容与表现。第三种研究莎氏的传记,于此安置基础,以进窥莎氏的戏剧。第四种研究,他认莎氏剧非诵读的剧,应视为观览舞剧、台上的综合艺术而加以研究。世之研究莎氏者以第一、第二、第三种人为多,属于第四种者极少。如托尔斯泰之误解莎氏,不惜非难攻击,就是不理解第四种研究法的原故。坪内氏上述四种研究都已具备,他的长处即在第四种研究。所以坪内氏不但是日本的莎氏研究的权威,在全世界里也自有他的位置。读他的《莎氏比亚研究指南》我们就可以知道他研究莎氏的苦心。此书共分十六章(绪言在外):(一)研究莎氏的参考书应读些什么,依怎样的次序去读,(二)(三)训诂本位的研究,(四)文学本位的研究,(五)(六)(七)传记本位的研究,(八)(九)莎士比亚即培根的问题,(十)"十四行诗集"问题,(十一)莎士比亚与其竞敌,(十二)(十三)实演本位的研究,(十四)余谈,

(十五)莎士比亚剧的翻译,(十六)关于自己的翻译。在第十六章里作者说明翻译的态度——

> ……在学生时代翻译《凯撒》是我最初的尝试,从那时到现在,我翻译莎士比亚的态度至少经过五度的变更……

他说的"五度变更"是这样——

第一期　文体用七五调,全用意译(1882—1884)。

第二期　逐语对译,用散文,但不能传达原文辞句的风调情味(1895—1896)。

第三期　以实演为目的,着手翻译,作改革旧剧的参考(1908—1909)。

第四期　译《麦克伯》时尚为文言的形式所拘束,后来译成数卷,用"莎士比亚杰作集"的题名出版,仍不能舍弃文语的调子。《哈蒙雷特》《罗米欧与朱丽叶》《阿塞罗》均为此时所译,所用文字为文言白话的混合体(1910—1911)。

第五期　因原作本为律语、散文的诗语、白话三者错综而成,自忖翻译时如用这种办法当可传达原作的情调。结果,成绩不佳,后来减少文言。用近于现代的白话翻译《利亚王》。又增加白话的分量重新翻译《凯撒》。此时所译诸作,一半为供给"文艺协会"试演之用,故注意舞台效果与原作有特别用意的地方,例如辞令的贵贱、语句的繁简、调子的缓急等。这个时期的翻译可称为用现代白话为本位的时期。《威尼斯商人》《安东尼与克勒巴德拉》《风暴》《中夏夜的梦》《麦尼伯》都是用这态度译成的(1914以后)。

坪内氏译莎氏剧的特色之一,是他极注意剧中人物的动作(Action)。此外如译者对于剧中人物的性格、心理、思想,当时的人间、社会、时代相都有深切的了解,也是少见的。坪内氏的译文常于说白前增补人物的"动作",此为原文所无者,例为——

King John, What follows, if we disallow of this?

他的译文在约翰王一字之后加上"听后神色自若",指示约翰王说白时的动作。又如——

Eli. Out on thee, rude man! thou dost shame thy mother.
And wound her honour with this diffidence.

译文在说白之前加上"蹙额",用以表示依利莎伯女王的心理和表情。

这种例在坪内氏的译文里很多,可知他的译文于原文中人物的性格、心理、动作等力求正确,这样不仅传出原文的情调,就Theatrical Study的地位来说,又证明他的译文时刻注意"莎氏剧是上演的剧,是以动作为根底的舞台艺术"。

日本小学校所用的国语教科书,坪内氏为最早的编著者。他的教科书编著事业可以分为两个时期：第一期为编著《国语读本》（富山房出版）时代。第二期为编著《初小新读本》《高等新读本》（帝国书籍株式会社出版）时代。第一期为1897年前后，第二期为1900年前后。教科书的内容全部由坪内氏自著，以"产业"的资料为主，出版后各书的销路均为十余万部。后来日本的文部省（教育部）包办教科书的编纂事业，坪内氏所著的教科书始行绝版。可是他对于国民教育的功绩永远不会埋没。用白话著小学教科书也推坪内氏为第一人。

坪内氏最近以古稀之年，犹不时发表戏剧的创作和"歌舞伎"的研究，真令后生小子不胜其感佩。我相信爱好文学的人（即使是日本的新兴普洛列塔利亚作家），对于这位在文学上立有殊勋的耆宿，都会摒除民族、语言，或自私自利的观念，向他表示敬意的。

有人说中国介绍西洋文学较之日本为早，可是中国的坪内逍遥是什么人呢？

（附记一）

坪内逍遥博士以1859年（日本安政六年，清文宗九年）生于美浓国（省）加茂郡太田村，幼名勇（雄）藏。父名平之进，为当时一小吏，母名道，生博士时年三十九岁。十一岁时入塾攻读，此时尚从旧俗，男子均束发佩刀。十四岁时入私立白水学校习汉籍，是年八月入爱知洋学校读英语。十八岁入东京开成学校，十九岁时开成学校改名为东京大学。二十一岁入文学部本科，此时滥读英国小说（如司各特的著作）。二十三岁时与高田半峰合译司各特的《湖畔美人》，是年在私立进文学社教英语。二十五岁时毕业，得文学士学位，同年9月任东京专门学校的讲师,教授外国历史、宪法论等科。二十六岁译英国作家尼顿的《李燕吉》,同年印行《春窗绮话》(即《湖畔美人》)、《自由太刀余波锐锋》(按此为"歌舞伎"式的题名,即莎士比亚的《凯撒》一剧)。二十七岁,修订整理《小说神髓》的旧稿,同年四月《当世书生气质》起稿,作《英文小学读本》、《慨世士传》(即尼顿的《李燕尼》)、《当世书生气质》印行公世。二十八岁出版创作《妹与脊镜》,译《罗兰夫人传》,在《读卖新闻》《中央学术杂志》投稿。三十岁刊行创作《松之家》《使膺用金》。三十三岁时创刊《早稻田文学》,三十六岁时在住宅为学生讲授莎士比亚。三十八岁作史剧《桐一叶》。四十三岁刊行《英文学史》。四十六岁移住热海町,创作《新曲浦岛》公世。四十八岁创立"文艺协会",在歌舞伎座第一次公演,上演剧本有《桐一叶》《威尼斯商人》,歌剧《常闇》等作。五十一岁时文艺协会移至东京余丁町。五十二岁《罗米欧与朱丽叶》出版。五十三岁《阿塞罗》出版。五十四岁由文部省赠以"功劳金"二千二百圆,以一千元捐赠文艺协会,其余分赠长谷川四迷、国木田独步的遗族。五十四岁《利亚王》出版。五十五岁《华伦夫人的职业》《凯撒武器与人》出版。五十六岁《威尼斯商人》出版。五十七岁《风暴》《安东尼与克勒巴德拉》《中夏夜的梦》出版。五十八岁作《星月夜》《孤城落月》公世。五十九岁《星月夜》脱稿,《行者》公世。六十岁《星月夜》《义时的最后》《以尺报尺》《李却王第三》公世。六十一岁《逍遥剧谈》,《亨利王第四》的第一、第二部等公世。六十二岁《法难》《随汝所》《爱驯悍》公世。六十三岁《圣德太子与恶魔》《第十二夜》《我的野外剧》公世。六十四岁作《大笑的淀君》(淀君为人名),改作《行者》,努力于新儿童剧的提倡。六十五岁专心创作野外剧与家庭儿童剧,莎氏剧《辛伯林》公世。六十六岁在早稻田大学担任莎士比亚讲座与歌舞伎史讲座,每周二次,共四小时。六十七岁应书店春阳堂之请,整理《逍遥选集》。是年七月至九月专心翻译莎氏剧。六十八岁仍继续译莎氏剧,同时任早大讲座;同年莎氏剧八种译成公世。六十九岁为《逍遥选集》的校正与莎氏剧的翻译,甚为忙碌;同年莎氏剧译成六种,诗篇译成一卷公世;12月在早稻田大学的大讲堂做最末一次的莎士比亚的公开演讲。七十岁莎氏剧两种,诗篇第二卷,《莎士比亚研究指南》一卷公世。七十一岁作舞蹈剧《良宽与子守》。七十二岁至七十五岁隐居热海。

(附记二)

介绍坪内博士,我久宿此志,最近知道东京将有庆祝日译本《莎士比亚全集》的盛举,想来纪念论文,必有可观。乘此机会,写了这篇短文也当作庆祝的微意吧。

(1933年8月病后作)

原载《文学》(上海1933),1933年9月1日第1卷第3号。署名:谢六逸

日本的随笔

[日本] 相马御风 作

随笔并不是普通所称的作品,然而是最自由最流通的文学。它是没有型式的文学的一种形体。

即令是日记的片断、一通书翰,随其内容与表现之不同,可以成为优美的随笔文学。例如良宽和尚以"地震,真不了"开始的书翰,虽非现在的东西,但使我尝着"非诗的诗""哲理以上的哲理"的滋味。尤其是书翰中的最后一节——

> 可是遇着灾难时任他遇着灾难便好,死的时节死了便好,此乃逃避灾难的妙法也。

有时想起,便口诵之,使我感动。

下面是青年时代的国木田独步,于明治二十九年住在镰仓时的一段日记,也是我所爱读的名文之一。

二十三日与今日,于日没前出室赴海滨徘徊,见夕阳越过箱根山脉,将入彼方,横卧枯草上目送之。

余愿感受天地的奇异,故以此心对落日。隔相模湾、伊豆连峰、箱根诸山,以至富士山,悉横于眼前。

黄金色的云掩盖诸峰之上,水光天色相辉映。桃红的阳光,镶着紫色的岚气。近处有白浪白砂。仰视则无涯的蓝色天空、淡然如梦幻的月夜。落日渐渐隐入山背,定睛静视,日如动又如不动,地如未动又如动,觉大地载山海转动。余见天地之色,又见其运动。幽幽地感到自然之美与力。但余依然处于烦恼与幻影之中,未置身于吞吐吾身的天地奇异之内也。

生为何?死为何?自然为何?我为何?人生之意义为何?这些大疑问,在我的感情上依然无何等力量,可是自然已接近我了。(二十九年二月二十五日夜记)(译注:原文为一种言文合一的文字,译者不得已用此种笔调移植之。)

由此看来,无论在急迫的时候写成的断简尺素,或者悄悄地写下来的一页日记,只要其中有作者本人的生命流过,那就是正当的、优美的随笔文学。

随笔是没有定型的,它的题材也不必一定要文学的材料,谈政治,谈科学或闲话,轻快的见闻均可。如谈话人的心境能扩充于全人生,则他所说的话,必带着文学的价值。

日本清少纳言的《枕草纸》、兼好法师的《徒然草》、鸭长明的《方丈记》、松尾芭蕉的《奥之细道》、卢骚的《忏悔录》、托尔斯泰的《我的忏悔》、梭洛的《森林的生活》、法布耳的《昆虫的生活》、梅特林的《蜂蜜的生活》，都不能称为作品，这些是属于广义的随笔的部门的。可是它们都有辉煌千古的文学的生命。

市岛春城为日本现代随笔界一方之雄，他在《小精卢杂笔》里说：

随笔如百货店，无论何种事项，无不可写作。
随笔如玉屑，因为它是屑，故难舍弃。
写法简单，为随笔的特色，如有意图，人人可写。

这也是一种看法。

春城氏虽说随笔是"如有意图，人人可写"的文学。然所谓"意图"是颇关紧要的。这样的"意图"，并不是普遍意图写些什么的那种"意图"，应该是自然地从作者的生活的深处涌现出来的意图。

在我看来，优美的随笔是偶然产生的。前文也曾说过，有时用书翰的形式产生，又或用日记的形式产生，不必限于有什么计划然后才写作。因此之故，与其说随笔人人可写，不如说在无论谁所写的文章里面，都能发现随笔较为切适。所以与其说优美的随笔是作者呈献的，倒不如说它是被发现的好些。

从此意看来，我不喜欢特意制作一个"随笔家"的名称，随笔并不是专门家的东西，实是万人之所能为的。

窃以为除开本人过目以外,从未经别人看过便葬送了的书翰,如其供之大众,即能成为打动多数人心的优美随笔,也不在少数吧。所以我说随笔不必限于作者呈献而宁可说是被人发现的。

室生犀星氏说:

> 随笔与小说有别,随笔的深处仍应呈现作者的心,充满与小说不同的孤寂,直接入于读者的脑中。善写随笔的人,他的文章永为人所爱读,较之善写小说的人为甚。又当为人求索寻觅,反复浏览。犹如诗与俳句,常为人寻求浏览一样。

> 小说的作者如非较为著名的阔人,后代的人少有从书店里搜寻他的作品重新阅读的。大概时代流行等繁华时期一过,就得凋零了。小说的悲哀就在于此。随笔令人坦白地和它亲近,悠悠然留在眼底,足够玩味。随笔之乐,就在此等地方。

这是颇透彻的说话,尤其是说出"随笔的深处仍应呈现作者的心"一点,不胜同感。又说随笔是坦白地令人亲近的文学,我也充分同意。

最近《中央公论》上载有登张竹风氏题为《明治时代回忆》的文章,所说的都是很有兴味的话。文中竹风氏说起年轻时写了一篇《洗发》的小说与乞得尾崎红叶的序文一节,使我的胸中不时受到打击。

红叶山人写序文时，真是用尽心力，只是自谦说"还写得不成样，写得不成样"，不肯即将序文给我。过了几十天，又顶真地反复说："在校对时再修改吧，把未定稿先给你，校对时务请送到我这里来。"就此一事看，他自己写小说的苦心便可明白了。他将序文的原稿贴在书桌前的纸窗上，聚精会神看了又看的模样，我亲自看见的。我感到浪费他的精力，眼眶有点儿发热了。

不经意地看这节文章，它不过是率直地记述事件的实情，可是文章的深处，就有作者的心在跳动。红叶山人是写出了，而同时竹风本人也出现了。两个人物融合成了一颗心，在文章里跳动。而且此种事件的叙述，越是率直朴素，它的真实味越是深厚。假使预先立好计划，将自己的此种经验取来描写或咏叹，就要成为讨厌的文章。原文如抛出一样的率直，故能使这篇文章生动。红叶在文章上用尽心思，令原作者感佩，原作者在表现他对于红叶的感激之时，反而用了反对的方法，不过如那样毫无粉饰的写法，反使事件真实生动些，这是值得研究的。

市岛春城氏的随笔，他的文章有许多地方，用率直的放胆的写法，很惹动人，他所写的事件的真实也因之生动。而且文章的深处，有作者的明朗的心，在那里活鲜鲜地跳跃。与前面引用的竹风氏的文章相同，春城也有一节回忆尾崎红叶的文章。

我最初与红叶君相知,是在我做《读卖新闻》主笔的时候。红叶君虽然不是每天都来,可是在写作小说时,时时来社,从此我们就相识了。算一算年头,已是四十年前的事了。当时的红叶君,已成了有名的人物。如说到第一次会面的感觉,我看他是一个肤色微黑、身长无须、两眼炯锐、说话爽快,道地的东京人。先前江见君也曾说过,红叶君有一种自负,就是要做一个为男子所亲近的人物,江见君也说他敬爱红叶,我也是敬爱他的一个。红叶虽然年轻,却是有做领袖风度的人物。他虽在帝国大学学法律,可是没有一点法家的气味,他偶一执笔,便写出婉丽的文章。总之他的为人是"男性的",如果在运动会赛跑,第一个起步的准是他。

这是一节红叶山人二十七次忌日纪念讲演的记录,自然后来春城氏多少总修改一下。不过这样率直的说话里面,那被说的人是多么的跃动,而说的人也是极跃动的。

随笔文学的妙处的一面,确实是在于此种率直。

在别一方面,又有岛崎藤村的随笔,他一有写作,便一字一句都不愿苟且,写出那样铿锵的东西。

听说真正的农夫,他们不肯胡乱玩弄泥土。

在不做农夫的人想像起来,总以为玩弄泥土或者抓握泥土，没有人及得上农夫。然而胡乱玩弄泥土的乃是外行人，真正做农夫的人，他们不肯胡乱用手去触。设若如此，他们的手就要粗劣，结局是不堪长久的耕作的。外行人看见泥土，立即用手。农夫看一双手很是贵重，他们用锹锄工作。

只有真正的农夫知道泥土的可怕。(《饭仓消息》)

这是何等深于暗示的文字！这正是从清澄的心里发出来的，在舌头上吟味之后，才说出的哲人的语言。先有感触，其次再加以思考，结果将心里所精炼的内容与形式，在舌头上吟味之后才写在纸上，于是成了那样的文章。

藤村的为人，也于此得到说明。他既不是故意冷静，也不是仅用笔头说出严肃的说话，这是亲近岛崎藤村氏的人，谁也首肯的。

此种藤村氏的文章格调乃是精心撰构的结果，往往令人以为他是矫饰的，然而藤村氏的文章，有他的人格做根底，所以强有力地打动读者的心，是一种不是徒然可以仿效的风格。

吉江乔松氏的随笔，有一种与岛崎藤村氏的文章相似的特色。岛崎氏和吉江氏都是信浓地方的人。

走过晚秋的郊野，缠在足上的蔓草，它将果实飞散开来，附在人的足上、腰际，甚至背上，无论谁人遇着此事，不免要感到一种恐怖。这默默无声，日夜辗转于地球面上扩张到四面八方,非伸展它的生命不可的蔓草的情势,它出现于围绕我们人类的自然环境之中,代表一种暗默的争斗,而我们还在不知不识之间,参加这暗默的争斗。(《蔓草随笔大观》三八八页)

这一节颇能代表吉江氏随笔的特色,这段文章的风格依然和吉江氏本人的风格没有差别。吉江氏受了岛崎藤村的影响,也受了他在青年时代所爱读的屠格涅夫、梅特林等人不少的影响。然而根本仍是从吉江氏的人格出发的。

岛崎与吉江同是爱好自然的人,两者的爱,无论如何是理知的,有时又是冥想的。他们的文章无论如何都是理知的。他们对于自然的情绪,二人的感伤的要素甚少。又在表现上,两人都不是抒情的,这一点二人是同轨的。总之,我以为如果说他们是诗人的,不如说他们是哲人的较好。

和他们比较,虽同是爱好自然,但在表现心意之点,宁说是感伤的、过分抒情的、诗人的作家,则有吉田弦二郎。

我等在少年时代,如遇七月七夕的晚上落雨,不仅为牵牛星织女星打算,更恐自己的七夕祭桌被雨淋湿,觉得悲哀。

我们不让祭桌给雨淋湿,想把它如何处置,两亲就说:"虽是落雨,牵牛织妇女依然看见你们'乞巧'的。"止住了我们的手。

落雨时常吹着大风,击在条叶和桔梗草上的彩笺,都自由地吹散到茄子、玉蜀黍的土里去了。

像那时的素朴的心,已经失掉。

"七夕祭""灌佛会"渐渐被人忘记,自家的心也年复一年地变了复杂和坚硬。(《小鸟来日》)

吉田氏是九州人,生在温暖明朗的土地。他爱好自然界的情绪,以及在表现上的和谐都是来自吉田氏本人所特有的根性。

在看不见人影家屋两旁有大松树的路上走时,是何等地想念人气呀。在牛马践踏的无数的细路之间,迷了路途,我立在山岭袭来的雾中,散之后,不意映入眼中的就是牧童的人影,这使我的心温暖。牧童弯弯曲曲地走了半里山路,领我回转旅舍。为了表示谢意,我从袖中取出剩余的烟卷,赠送于他。牧童抱歉似的答谢,就走进雾里去了。

离开社会,没入"自然"与"自己"之中,我渐渐领悟社会的要求极其迫切。自己远离社会时便渐渐知道联系"社会"与"自己"的细缕似的东西,它对于自己的生活是如何地切要。

在我入山以前,便预想到山岭上等待我的清静的旅舍,棉被、热饭、照夜的灯火、浴身的热水,以及亲热的主人。(《山上的思索》)

读了阿部次郎氏的这一节随笔,我以为他受了夏目漱石的文章的影响,同时也觉得他和岛崎藤村、吉江乔松氏的随笔有相通之点,不过读得多了或仔细读时,阿部氏依然是阿部氏。阿部氏的风格,一方面是感伤的,他方面是思索的,二者一间,融合得巧妙,这样的风格,令我感着深厚的亲密。岛崎藤村氏和吉江乔松氏的随笔,较多暗示。阿部次郎氏的随笔,有时虽是抒情的,可是常为想要理解什么的锐利的推理。前者有时引诱我的心走到冥想的世界,后者领导我趋向思索的路程。

薄田泣堇氏的随笔,既有机智,也有幽默,而且有经过锻炼的"诗人的高雅",材料又极其丰富,常引起我的注意。

> 听说金铃子常是在条叶上叫,不像别的虫藏在杂草里,我便走向竹垣外的竹丛旁边,用提灯的光寻觅,可是生着长须的小小的歌者的姿态全未看见。只见一个个因为天旱、思想、钱财都已涸渴似的蜗牛,它躲在自己的小屋里,倒悬在条叶上面。我用手指一触,它就连屋子一起滚到地上去了。

五十岚力氏的随笔与泣堇氏的有共通之点:

> ……从前都良香写《富士山记》俨然地写出"视山脉之连绵,亘于数千里之间"。《太平记》的作者写《武藏野》时,也俨然地说,"四方亘八百里有余"。本乡的人,对于眼前的有形具体的山野,甚至要这么写,则人们的自负的思想生活,以及无形抽象的精神界的描写等,更有什么可以信赖呢?
>
> 从前既是如此,今后也将如此吧。表现多是夸张的、辩护的、偏护的。"实"与"诚"似乎只有离开言说然后才能得见。

泣菫氏的高雅是诗人的高雅，五十岚力氏的是学者的高雅。可是二者我都敬爱。

只看这五六人所写的文章，我们知道随笔的根底，实以作者的心与生活作为它的生命。只有随笔确能表现作者的个人。

一切事都可用作随笔的材料。随笔是没有型的，随自己的意思写，所以随笔是轻松的，同时欲得佳美的随笔也就困难。谁也能写，谁欲得佳作也不容易。

随笔不是专门家写的，随笔是万人能写的，不过优美的随笔，它的根底必有优美的"人"的心。

（译后记）

介绍公安、竟陵派的小品文字，不能不说是有意味的工作，但在推动中国新文艺一点，始终以为力量微弱。因此我推荐饱受西洋文学洗礼的日本小品文字，这就是我译本文的动机。作者相马御风为日本现存著名散文作家，最近有《人间最后的姿态》《人间》《世间》《自然》《砂上闲话》等作行世。

[民国]二十三年七月

原载《文学》（上海1933），1934年第3卷第3号。署名：谢六逸 译

我的书:小说神髓

我在3月6日看到东京寄来的报纸,知道坪内逍遥博士于2月28日逝世,当即在书斋的一角,寻出了积有灰尘的《小说神髓》,重新翻读。

金子马治在坪内先生的《足迹》(东京《朝日新闻》3月13日)一文里说:

春乃屋主人(按即逍遥的雅号)的《小说神髓》与《书生气质》曾经是明治文学的晓钟,现不必再加说明。那时正是小说是什么、文学是什么全分辨不清的时代。甚至那时流行的政治小说,也不曾自觉是一种真正的文学。当这样的时代,他断然排斥向来的劝善惩恶主义,站在一种写实主义上面,提出真正文艺的指导原理,自己更用《凯撒奇谈》与其他创作示范,在现今看来,该是异常的大业。

市岛春城的《明治文学》《初期的追忆》(载1925年《早稻田文学》二三三号)称赞这部著作道：

> 在那非用汉文(写作)就以为不是文学的时代，戏作者(按指写通俗小说的人)一概受了排斥，当时西洋之所谓文学，还未受世人的理解，阐明此点而启发世间的愚蒙的，就是坪内君的《小说神髓》。现在此书所述，虽是大家知道的，可是在那个时代，是颇得时宜的著作。小说受人重视的动机，始于此著出版之后，并非妄言。坪内君当时的杰作，不是《书生气质》(小说)，而是《小说神髓》。

现在研究小说理论的著作，较之《小说神髓》完美的已经不多。此书到如今还在我的书架上，其理由的一部分，前面引用的金子、市岛两氏的话可以借来说明。此外我重视这部著作的原因，就是因为它排斥当时的日本的封建观念的小说，而提倡新兴市民的写实小说。

此作出版于明治十八年(1885年，清德宗十一年)，著者年方二十七岁。那时日本的文学一方面受传统的支配，例如江户时代的低级趣味的小说颇为盛行；一方面受了明治维新的影响，政治小说忽然得势，而尤以翻译的为多。这两类作品，前者代表封建制度的道德观念，后者代替当时的政治家做宣传品，全不是正确意味的文学。本来在明治初年，日本社会已起了变动，新兴的市民阶级抬起头来，成为其时的社会中心，取得了向来的贵族武士在社会上的地位。这时的市民阶级，看厌了那些江户时代的传奇、故事，当然希冀一种新的文学，逍遥的小说论就是从这种意义里产生出来的。

这部著作，成了日本新旧文学的分水岭。原作的内容分做上下两卷：上卷讨论何为艺术，小说为艺术的理由（总论）；小说与历史的起源；小说与演剧的差别（变迁）；描写人情世态为小说的主眼（题材）；"描写小说"与"劝善惩恶小说"的区别；"历史小说"与"社会小说"（种类）；小说的裨益等问题。下卷讨论小说法则的必要，各种文体的得失（法则总论）；结构的法则；历史小说的结构；人物的设置；叙事法等。其中我认为有意义的，当数到"结构的法则"。作者指摘旧小说的结构（或情节）有十一种弊病，就是：荒唐无稽、无变化、重复、鄙野猥亵、好恶偏颇、特别保护（例如我国的"刀下留人"之类）、矛盾撞着、夸示学识、拖泥带水、缺乏诗趣、用累赘的文字叙述人物的来历。这些弊病，如移赠我国的旧小说，难道不切合吗？

逍遥在写作此书时，他只参考几种美学的书籍，那时西文的小说原理或作法的一类书，不过只有一二种出版。他的见解，较之柏雷的《小说研究》（Perry: *A Study of Prose Fiction*, 1902）、哈密尔顿的《小说法程》（Hamilton: *A Manual of The Art of Fiction*, 1920）更有精到的地方。柏雷等人的书多叙述而少自己的主张，逍遥的书是对于旧势力的"烽火"，所以独多个人的见解。田山花袋（自然主义作家）批评此书说："此书教人写实，倡心理描写，奖励埋没主观的客观态度，将历来小说的一切魔道一语攻破，在这一点，确为逍遥的伟迹。"高山樗牛（散文作家）也说："逍遥既出，著《小说神髓》与《当世书生气质》，痛论劝善惩恶主义的谬误,开写实主义之端,风靡当世,小说界的旗色为之一变,虽为时势之所必至,然当举世昏沉于旧梦之中,一人之力不能脱离旧套之时,独能与浊世相反,为世木铎,却不能不说逍遥其人的识见非凡了。"岩城准太郎(《明治文学史》的作者)对于此书,也有赞词,他说:"《小说神髓》不仅关于小说,也是促进文学全体革新的、文坛上有数的著作。"这些批语都是确当的,不过我之所以钦佩此书,还有别的意义。我以为逍遥和福泽谕吉的功绩是相等的,福泽打破了日本的封建的道德,而逍遥呢,他用此书打倒了日本的封建文艺。

逍遥将他对于小说的新见解,披沥于《小说神髓》,更将自己的主张具体化,同时发表一部小说,名叫"当世书生气质"。那时日本的社会,常看一般小说家为一种"戏作者",加以轻视,受过教育的人士来提笔写小说,尚不多见。逍遥打破社会的传统观念,同时使自己的理论得到证实,所以自进为小说家,作了这部小说。他想对于那时的社会给予一点强烈的激动。用现在的眼光去看这部小说,自然不能令人满意。但在当时,他的作风已算是空前的。原作的内容,以几个新人物的气质为主,描画新旧思想的冲突,纯用客观的写实的方法。

逍遥的一生(逝世时当七十七岁),全为文学革新事业努力,始终不懈,大有日本文学界的"老将黄忠"的气概。他的逝世,我想凡是注意日本文学的人,没有不惋惜的。逝世以后,东京方面纪念他的文章很多,我以为《文艺》四月号柳田泉君的文章较为得体,尤其是他称赞逍遥的伟大的地方,有几句话最能引起我的同感——"逍遥先生的伟大，就是他以独自的立场努力于日本文学的革新，使革新事业得到'理论'与'方向'，这是他伟大的第一点。第二点，他将高唱革新的责任，一身担负，不欲回避；以一身来担当这大事业的前进，养成使此大事业能以前进，继续下去的势力。数十年来，不屈不挠，遂使日本文学进至世界的水平线一事获了成功。简单说，他以一身担当文学革新事业，不避责任，于是乎'成功'。"逍遥在逝世的前几月仍提笔为艺术殿写文章（据土方定一的年谱，《早稻田文学》《坪内博士追悼号》），柳田泉君说他以一身担当文学革新的事业，正是真实不虚的。

关于研究逍遥的专著，除了从前的几种杂志专号之外，(例如《早稻田文学》二百四十四号、《演剧研究》1928年十月号)现在已有了千叶龟雄君的《坪内逍遥传》(改造社《伟人传全集》第二十三卷)，此书讲到逍遥的家系与幼年时代、少年时代、青年时代，《小说神髓》与小说家的逍遥，艺术理论家的逍遥，剧作家的逍遥，教育家的逍遥，新乐剧论、野外剧、儿童剧的提倡者，莎士比亚的翻译者等，共分九项，在逍遥逝世之前出版。可惜千叶君与逍遥的情谊不深，交游也少，所记多为表面之事，仍不脱一般传记作者的弊病，不过当作普通的传记来看时，也是颇有益处的。在我看来，写《逍遥评传》的适任者，还得推到他的老友高田半峰或者市岛春城吧。

(4月10日)

原载《文学》(上海1933)，1935年第4卷第5号。署名：谢六逸

希腊悲剧的发生

——摘译《古典剧大系·希腊剧篇》

希腊悲剧可称为世界一切悲剧的泉源。即如似乎与它无关的近代剧，试一究其本源，也仍是从希腊悲剧发达而来的。希腊悲剧经过罗马，复活于中世纪。在一方面，使意大利和西班牙等处，产生了它的模仿和翻译，以至于完成法兰西的古典剧。在英吉利又由此产生了衣利莎白朝剧和莎士比亚剧，更进，又酿成德意志和法兰西等地的近代剧。在另一方面，希腊剧的上演，在意大利促成了歌剧的发达。后来进化成为瓦格纳（Richard Wagner,1813—[18]83）和德比西（Debussy）那样的现代歌剧。在这个系统的影响之外，近来，也常有人想把希腊剧照原来的形态拿来表演。又在现代作家之中，也有完全取材于古代希腊悲剧而想加以新的解释的。因此之故，希腊悲剧是世界上一切戏剧的源流，和后来的戏剧有不可分离的关系，所以在现代也不曾完全失掉它的价值。

在各国的现代剧里，希腊剧有什么意味呢？这却有种种的解释，其中重要之一，就是东方各国的现代文化，是承受欧罗巴文化的。因此我们便不能缺乏对于欧罗巴文化之根本的理解，戏剧也是这样。由这样的见地看来，现代的戏剧作家不管他自觉与否，即使承受中国剧、印度剧和日本剧的传统，也仍然可以看出他们受了希腊剧的影响。除了这意味之外，把希腊剧作为一个独立的戏剧来看，也是有趣的。古代人的生活和这生活所包含的感情、道德、法律观念和国家观念等，是能使我们发生充分的兴味的。又在观察欧罗巴文化渊源的希腊人的生活上，也很便利。由此看来，研究希腊剧的兴味决不单是在戏剧上。

可是，古代希腊悲剧是世界上最古老的戏剧。说时代已经是二千四五百年的远昔了，关于剧的构造和人物的配置等，如果不加以说明，是不容易了解的。

志阿尼索斯神（酒神）

依据通常的说法，希腊悲剧是开始于巴卡斯（Bacchus）神（酒神）的崇拜。这神在希腊人的神中，是最晚出的，大概是外来的神，不是希腊固有的。依据荷马的诗篇，则在阿林普斯山（Olympus）上也不曾有他的座位。

这神管理草木的发生、成长和繁荣。巴卡斯神传来的当时，希腊人似乎还不知道有所谓酒的一回事。所以这神在最初以草木之神见知于人。后来被人认为木神、无花果神和花神。他的名字本来叫作志阿尼索斯（Dionysos），巴卡斯一名，是从叫唤的声音而来的。

这神作山羊的形貌，住在纽沙山。实为宙斯和塞默勒——德比王多莫斯的女儿——二人所生的儿子。塞默勒怀着志阿尼索斯的时候，要求宙斯把光辉给她看。因此，宙斯便射出了光辉。可是，塞默勒一看见那光便死去了。虽则死了，尚从腹中生出果实，这便是志阿尼索斯。这神的工作是果实和葡萄的栽培。因为这个关系，成为葡萄酒神，又成为陶醉之神了。祭祀这神的时候非常热闹，并不是纯粹希腊人的风俗，或许是和东方的风俗混杂了的。在这里，也可以证明这神是来自东方而不是希腊所固有的。

土耳其的某地方，爱琴海的沿岸，有一种祭典祭祀这酒神，极为热闹。这风俗传入德沙利亚而及于霍基斯、德尔和伊，同时希腊人也知道了栽培葡萄。自从那种祭典由德尔和伊传到德比，便和那关于地神诞生的话相混合，把志阿尼索斯叫为塞默勒的儿子了。这神和这祭祀的风俗，怎样传进亚典加来的呢？关于这点，学者间有种种的意见。不过与其说是越过大海而来的，不如说经过德比传来的较为近似。

土耳其和腓尼基人很所崇拜的神中，有叫作沙巴萧斯的，这是女神们的儿子。希腊人知道沙巴萧斯神的崇拜，是伊阿尼亚人移居赫勒斯滂多斯附近以后的事情。祭这神时，女人们拿着大火把叫嚣，这祭典叫作阿尔基亚，许多人穿着亚细亚式的衣服，头戴布冠，冠上围以葡萄叶，肩上挂着名叫尼布利斯的小鹿皮，手上拿着名叫条尔索斯的手杖，一壁挥动这手杖，一壁喊着"伊阿阿！巴格！爱鸟鸟！巴格！"叩着大鼓，向四山兜圈子。这祭典传入希腊以后，女人成了主要的部分。这女人被人称为欣悦者、狂热者、叫嚣者、喜慰者，或叫作醉于酒的女人——在叫嚣之中，大家饮酒，酒醉时，即深陷于宗教的陶醉里，大家便以为自己的精神和志阿尼索斯的精神一致了。当时也混进了不少的淫猥的风俗。

志阿尼索斯和亚普罗并称为诗歌艺术的保护神，不过二者的性质是很不同的。亚普罗是静的，以竖琴为代表，整齐和调和是他的特征。巴卡斯是以横笛为代表，那特征是自由和不规则。因此，尼采分艺术为这两类，也是当然的事。

这神的伙伴，叫作沙条洛伊的，是住在山林里的，粗野的半人半兽的动物。他的那性质是卑怯的，喜欢肉欲；同时是活泼的，间有些痴呆的处所。在荷马的诗篇里没有这沙条洛伊的名字，但在荷马之前或许就有了。根据希萧多斯所说，沙条洛伊是亚尔哥斯的支配者华洛纽斯的女儿和亚普罗二人所生的五个女儿的儿子，和仞华伊等有手足的关系。又据古塞诺芳等所说，乃是赫尔默斯和伊费帝尔马或内亚德斯的儿子。这沙条洛伊跟着志阿尼索斯一刻不离，志阿尼索斯的精神洗涤沙条洛伊的兽性，使他近于人类。可是，沙条洛伊不能够脱离官能的世界，所以他的工作是跟着志阿尼索斯，在森林中追逐仞华伊和内亚德斯。

志阿尼索斯的祭礼

希腊悲剧是从这神的祭礼而产生出来的。这祭祀有两次，一在春天，恰好是去冬收获的葡萄酿成酒可以饮的时候，又是草木受到志阿尼索斯的恩惠，而将要发芽的时节。一在年终，为庆祝收获而举行的。

这祭典,在别的地方还保存有"亚细亚风"的处所,唯有在亚典加,则完全成为希腊风了。

这样的志阿尼索斯祭,又分为两类。一为乡村祭,一为雅典祭,重要的是后者。雅典祭又分为安特斯特利亚祭,市镇的志阿尼西亚祭和勒那亚祭三种。市镇的志阿尼西亚祭为毕志斯多拉多斯所定,波斯战争后才盛行的。初时的所谓春祭,只是安特斯特利亚祭而已,后来加上市镇的志阿尼西亚祭,后者遂反而成为重要的祭典了。各祭为勒那亚祭,乡村祭——即乡村的志阿尼西亚,则不过是地方的祭礼而已。

市镇的志阿尼西亚,即是"志阿尼西亚·埃柳特柳斯",为一切的志阿尼索斯祭中的最大者。因此,有时也叫作"大志阿尼西亚"。举行的场所,是在雅典的亚克罗波里士之南的埃柳特柳斯祭坛,所以叫作市镇祭。安特斯特利亚祭和勒那亚祭则在市外举行。

祭礼的举行,最少是五日,可能时便增为六日。这月是爱拉费坡利安,约当现在的三月之终或四月之始——春开时候,雅典的同盟国都来缴纳贡物和租税,外国的外交官、商人和游览者,也选了这个时候前来——全希腊人都聚集在这里。

祭式的第一日是大行列。这行列完了,志阿尼索斯的神像便运到竞技场。第二日以后是演剧。演剧分为两种,一是悲剧、喜剧、沙帝罗斯剧的竞争;一是特帝兰坡斯(Dithyrambos)的上演,抒情诗的竞演。

悲剧和志阿尼西亚有很深的关系。在志阿尼西亚祭中,允许悲剧表演,是庇士多拉妥(Peisistratus)就最后王位(纪元前533年或[前]534年)的事。此后,便在年年的祭礼里都上演了。到了纪元前5世纪,在[前]499年出了亚士岂洛斯、戈伊利洛斯、布拉帝那斯等,悲剧的上演遂明白地成为一种制度而显示它的完成。

执行这悲剧的竞演者,在亚典加是执政官的职务,在乡村的志阿尼西亚,则为"德马哥格"的事情。当诗人想把他的作品拿来表演的时候,便对"亚尔冈"(Archon)要求合唱。"亚尔冈"有容纳或拒绝这要求的自由。竞演的诗人,在各祭礼的时候,以三人为限,每人也只许有四本剧,其中三本是悲剧,一本是"沙条洛斯剧"(讽刺)。"沙条洛斯剧"如前文所说,是崇拜志阿尼索斯之另一形式的表现。合唱队便由扮演沙条洛伊的人组成。这四本戏曲,可以用四种不同的题目——这时候便叫作"帝他斯加利亚"。也可以共用一个题目,这时候便叫作"特都拉洛基亚"。这制度在纪元前341年、[前]340年的志阿尼西亚祭中便稍有变更,就是不必限定三位诗人。当时又用三大悲剧诗人——即亚士岂洛斯、梭孚克尔斯、育尼比台斯——的作品替代"沙条洛斯剧"。这大概因为当时既没有优秀的悲剧诗人,无法可以使观众满足,又因为三大诗人成为人人崇拜的偶像的缘故。

在志阿尼西亚祭中有两种合唱的竞技,一是由五个男孩子组成的合唱的竞技,一是成人的竞技。这开始于纪元前509年——[纪元]8年。合唱的竞技是各民族间的竞争,一种族派一合唱队前去比赛。因此,派出去的合唱队的胜利,便成为那种族的胜利。

其次是勒那亚祭,它的起源很早,从纪元前6世纪时,就用国家的名义举行。这是冬祭,所以举行于加默利安月——即一月末。这时候天气恶劣,航海危险,所以"志阿尼西亚"祭是"国际"的祭式,此则为国内的祭式。亚利斯多阀尼斯(Aristophanes,喜剧作家)说:"可以任意诋毁雅典。"在这勒那亚祭里,是以喜剧为重。加入悲剧是在5世纪末。不过这时的悲剧,毋宁说是专为无名作家和外国人而设的。青年诗人先在这里出了名,便可以参加春天的志阿尼西亚祭。梭孚克尔斯(Sophocles)在志阿尼西亚祭曾经得到十八次的胜利,然在勒那亚祭则只得到两次或六次的胜利而已。勒那亚祭中虽则加进了悲剧,并不十分重要,喜剧却被重视。亚利斯多阀尼斯便常常在这里得了胜利。实际上喜剧诗人也以在市镇的志阿尼西亚祭得到胜利为荣,亚利斯多阀尼斯本人也这样说过。他在勒那亚祭得过四次胜利,在市镇的志阿尼西亚祭则只得三次。不过喜剧的渊源却胚胎于此了。

乡村的志阿尼西亚祭,又叫作"小志阿尼西亚",这是在坡斯顿月或在坡斯顿第二的名义下举行的。村人们揭着叫作"福尔洛斯"的标章,围住志阿尼索斯(酒神)的周围。杀了山羊,唱歌、跳舞,玩着种种的游戏,饮酒,闹得沸反盈天。城市里的人,有去参观的,有去参加表演的。这祭典又名"酒囊"祭,因为男子都把一只脚放在盛酒的皮袋上来跳舞的缘故。它的起源,据说是来自伊加利亚,就是志阿尼索斯教伊加利亚人栽种葡萄;伊加利亚人饮了酒,愉快起来,便在酒囊上跳舞,所以成了风习。最初,在这祭典里,没有演剧的比赛,后来模仿城市的祭礼,才把它加进去。甚至于建筑了剧场,剧场中有叫作"比伊拉奥斯"的,是用国库的金钱建筑的,所以很广大。戈利犹多斯也不小,传说亚伊斯基尼斯曾在这里表演过梭孚克尔斯的曲本。在这乡村的志阿尼西亚祭中表演的悲剧,都是旧剧本,没有新作品,因此反而有趣,城市的志阿尼西亚祭只能看到新剧本。想看旧剧本的时候,只好到乡村里去。不过也有例外,例如比拉奥斯就是表演新作品的。

至于安特斯特利亚祭则和悲剧没有怎样深厚的关系,只演喜剧,胜利者获得参加市祭的权利。这祭举行于安特斯特利安月——即二月,所以叫作"安特斯特利亚"祭。这祭式的第一日名为"毕多伊基亚",人们在这天开了酒樽,主人奴隶不分上下,大家聚饮。在这饮宴上,有极纯真的神秘的仪式。把王——亚兰冈——的夫人,和由王选出而经过誓约的洗礼的十四位夫人,作为一种秘密的献物。他们以为这是亚尔冈的夫人和志阿尼索斯结婚了。这是象征志阿尼索斯和亚丽亚多尼在春初结婚的意味。第二日叫作"纠特洛",是为地下界和灵魂而举行的祭式。这时,大家用满盛各种果物的壶,献于地下界的赫尔默斯和死人的灵魂,这是他们以为灵魂会和柏尔塞荷尼一起来到地上的原故。

以上说明志阿尼索斯(酒神)的祭礼。悲剧就是从这祭式里产生出来的。

悲剧之发生

悲剧之成立为戏剧,是后来的事情。但在成形以前,它的精神已经在荷马的诗篇里现出。除了荷马的诗篇而外,悲剧的精神也可以在各种的形式里现出。最初的诗,叙事诗之外,有从贤人所说的教训而成立的教训诗,又有表现人类的感情和哀愁的抒情诗。这三者,是希腊最早的诗的主要部分。把这三者混合起来,所发现的是什么东西呢? 就是:从叙事诗取材,从抒情诗取情感,从教训诗取思想,把这些用音乐和表情显现出来,便是剧诗。最早的剧诗,叫作"帝条兰坡斯"。希腊人组织合唱队,在酒神的坛下,反复地歌舞,那歌声或悲哀,或如诉,或活泼,或如高兴时的一种朗诵歌的内容,以酒神的冒险谈为主,这种歌就叫作"帝条兰坡斯"(Dithyrambos)。舞踊和合唱队的姿态运动合拍,叫作"阿尔格西斯"(即模仿事物的舞蹈)。初期的悲剧,便叫作"阿尔格斯泰"。和踊舞伴奏的歌,歌咏志阿尼索斯的冒险故事。在身体上,演出适合于诗歌内容的姿势和静默的动作。唱歌的人扮着沙条洛伊的样子。"帝条兰坡斯"大概是来自腓尼基吧? 旋律是腓尼基式,伴奏的乐器是横笛。从德比传入戈粦多斯,在那古索斯极受欢迎,流入亚志加后便更为盛行了。

当祭祀的时候,把山羊供在神坛上,作为祭品。悲剧一语(Tragedie)即起源于此。就是山羊(Tragoi)和歌(oida)合成的字,但据别说,则 Tragedia 一语,实由"帝条兰坡斯"的歌者扮作山羊而来的。唱得最好的人,所得的奖品是山羊,此说恐有错误,因为赏品不是山羊而是牛,不是赏给歌者,而是赏给诗人、音乐家、筹备的执事和指挥者。

"帝条兰坡斯"所以能成为艺术,实为都利亚(Doria)人的功劳,即是依赖亚尔克曼(Alcman)和斯特西戈罗斯(Stesichoros)二人完成的。它更和"诺孟""拜扬""鑫宁"等歌结合而产生了新歌。在这"新的帝条兰坡斯"的产生上,有功劳的,是诗人亚利安。赫罗多斯曾经说过关于亚利安的话,"是当时最巧于弹琴的人,又是最初用'帝条兰坡斯'的名字的人"。亚利安生于勒斯坡斯,他的生涯的大部分在戈薪特度过。又据瑞大斯所说,则亚利安是把合唱队排列成为圆形的发明者,不过这种排列在他以前本是有的,所以不能说是他的发明。他把舞者定为五十人,这确是他的功劳,后来也还采用五十人的数目。此外,他是 antistrophe(反复)的发明者,又把那歌词由伤感的腓尼基式变为庄严的都利亚式,用竖琴代替伴奏的横笛。值得特别举出的功绩,就是他把口语诗加进舞蹈歌里。

那时候,"帝条兰坡斯"的指挥者有时走到坛上和合唱队问答,成为应有的举动。随着"帝条兰坡斯"的性质的变迁,志阿尼索斯祭礼的性质也渐渐改变,渐渐变为诗的、浪漫的了,"帝条兰坡斯"便由此变为悲剧。这变迁的主要部分有三:第一是"沙条洛斯"的排除,第二是说话者的俳优化,第三是动作的完成。第一项使悲剧成为真诚的东西,目的在把志阿尼索斯祭里的卑猥不纯的分子除去,这"沙条洛斯"的性质的排除,和"沙条洛斯剧"的发生有关。在雅典则稍有不同,雅典在起初没有"沙条洛斯"的形式,到后来"沙条洛斯剧"的形式产生,才输入这种性质。所以雅典的悲剧,从早便是悲壮的东西。其次,说到优伶的出现,这是戏剧发达上最重要的事,又是当然的事。"优伶"一语,在希腊文里有"答话者"的意味,为使别人把故事看作现实,所以要答复合唱队的问话。其次,有规则的动作之完成,也是戏剧发达上的当然的事。即是,志阿尼索斯(酒神)的冒险有各种形式,把它编为戏剧,必须使剧的动作完成。关于这点,首先要废止的,就是剧中所没有的"即兴"的动作,所以一切动作,从早就决定好了;各个场面,也预先规定明白。

剧中必不可少的是对话。剧中有赞美神的歌、合唱队的歌,合唱队一半问一半答,或者指挥者问,合唱队答,对话就从这里而产生。后来对话被移在动作上了。那对话,在最初叙述过去的事情,等到它叙述现在时,那动作也便成为戏剧的了。从此,"帝条兰坡斯"遂成为"悲剧"了。最初的功臣,要推诗人特斯毕斯(Thespis),使悲剧有一个优伶,因此他被人称为"悲剧之父"。

原载《读书中学》,1933年5月(创刊号)。署名:谢六逸 范小石 译

北欧神话研究

一

我们叫作北欧神话（传说）的东西，是应该包含在广义的条顿民族所共同的神话体系里的。在这意味上的神话，分布于瑞典、挪威、丹麦、英伦、德意志、法兰西等地。然而，这些神话，在这些国家里，碰到了种种不同的命运。

当条顿族尚未分散于四方，仍住在露西亚的东南地域的时代——这大概是纪元前四五百年顷——似乎已有着具备了某程度的体系的神话的样子。然而，到了后代，条顿民族分散而占领了许多不同的国土时，风习信仰、自然的环境、生活经济社会的和政治的制度，等等的特异性，遂各各给与了神话以个性的制约和活动转变等。于是，北欧人、英人、德人所有的神话，在那发生上虽然是同一的东西，而在那内容的细部，却呈现着许多不同的形相。

那么，如果要问哪一个国土的神话，比较能保持着本来的面目时,这只好答是:北欧。又,那主要的理由,我以为该归之于基督教对于异教的压迫——在欧洲的最显著的宗教文化的现象。

基督教战胜条顿族的异教大体上可以看为温和博大的精神教义战胜了肉的粗刚的(Barbarism),使他们舍掉地上的欢乐和祖先的回忆,而给予灵的平和与天国的祈望。跟着,在条顿族里面,也很多由自己灵魂里汹起的内面刺激,自动地接受那新宗教的。但,在别一方面,则对于那为古老和信仰感情所神圣化的自己的宗教和神话,感到异常的可爱,而对于基督教却取了一种执拗的反抗的人也不少。于是,非常嫌恶于"异教的粗野的血腥的供牺和肉感的快乐的追求"的基督教战士们和改宗者们,为防备口头不能说服他们之故,手里不能不握住火和剑。

于是新宗教便成为条顿民族的宗教和神话的顽强的破坏者。跟着耶稣教由东方浸润到西欧来,条顿族的神话便先在法兰西死灭。这大概是5世纪的事,又过了一二世纪,英伦的神话也碰到同样的运命。更后,约八百年顷,撒克逊人在查理曼(Charlemagne)帝下成为基督教化时,德国的异教的神话也明显地陷于窒息的地步。或者这些故事里的主要神们,在内性和形象上给他们说成为丑怪的恶魔、巨人和矮人了。

反之,在北欧——瑞典、挪威、丹麦等处,条顿族的神话,在异端的恩宠之下,比较的安全地存在着。到11世纪(或者12世纪)遂为文献所记录,一直遗留到现在。在这意味上,可以说北欧的神话(及传说)最多而且最能保留着条顿民族的神话的本来的形相。

然而，荷负着有这完全的神话的文献的光荣者，不是瑞典，不是挪威，也不是丹麦，却是浮在北欧之西的大海中的一孤岛——冰兰。

冰兰（或译冰岛）之被发现，在纪元860年。然而，在874年，有燃烧着条顿的精神的一团民众，为逃避基督教的压迫和北欧各国王者的专制，找寻自由的避难所于此岛。又在这里，建立了依据古代条顿的自由精神和原则的政府。

他们是大家所晓得的海之勇者。那Viking（第8世纪乃至第10世纪侵掠欧洲西海岸的海贼）是如八幡船乘着满帆的风，活跃在中国沿岸的倭寇一样，蹴翻北海的波浪，横行于欧洲的西岸。发现格林兰（Greenland）和芬兰（Finland）者，也是他们；先哥仑布而指示了到美洲去的"液体的道路"者也仍然是他们；派出许多行吟诗人（Skald）到瑞典、挪威、丹麦、英伦、德意志的宫廷里，歌唱那赞美海之勇者的诗歌者也是他们。于是，处在当时的文明世界的最偏僻的所在的冰兰，恰如在冰河的冰雪下燃烧着的余灯一样，继续地燃烧着古代条顿民族的精神。

在冰兰，基督教的压伏异教的策略，颇久都不成功，这是有相当的理由的。

第一，是这岛在远离欧洲大陆的海中——这样的地理的事情，使基督教的输入发生困难。第二，基督教会的语言，主要是拉丁语；反之，冰兰的岛民所写所说，都执着于母语，时常和这新语言翻脸。这事实也是使特意来这——海孤岛的基督教的僧侣们的努力归于微弱的原因。僧侣们为迎合岛民的心理起见，常常歌唱他们所爱好的Saga(史诗),并用拉丁语来说;可是,在岛民却如吹过马耳的东风。

既有着这样的事情了,更于古神话之生存有利者,便是冰兰人的性情。他们对于诗和歌谣,有着深而且大的愉悦和爱好。又,歌唱这些的行吟诗人们,又常常取材于古代神话。民众为要听了能了解之故,也有通晓古代故事的必要。他们怎样爱而不舍自己的宗教和神话呢?试看叫作 Hallfred 行吟诗人(Skald)为阿劳夫王(Oalf Tryggvesson)强迫受洗,敢于"我改宗了也决不想说古代神们的坏话,毋宁说当在诗歌上赞美他们不置"这样宣言的事实,便很可以证示。

那么,在冰兰的"条顿的神话",便单由转相传说和歌唱从一代传给一代这样保留下来的吗? 也不。在岛民之间是产生了如荷马的《伊利亚特》和《奥德西》、希萧多斯(Hesiodas)的《神统记》、巴比伦的《其尔迦默修之歌》,日本的《古事记》和《日本书记》那样的文献的神话书。这就是《旧厄达》(*Elder Edda*)和《新厄达》(*Younger Edda*)。

《旧厄达》是由塞门特(Saemund, The Wise, 1056—1133)搜集编成的诗歌集,以北欧的宇宙创成论和以奥定神为中心的 Odinec Noythology 的种种教义;又,关于神、半神、神话的英雄等的生活行动,有着仔细的记述。我们可以从那记叙的性质上,把它分为三个范畴。即是:

1. 纯粹的神话的故事;

2. 神话的教训的故事;

3. 神话的历史的故事。

又,《旧厄达》通过这三样故事,把那关于古代人所抱的神话的世界的广大见解，展开在我们面前；和那荷马的两大叙事诗及希萧多斯的《神统记》，把希腊人所有的"神话的宇宙观"的全面，呈示给吾人，有着同一的关系。所不同者，即是在希腊方面，本来各自产生、各个并存的许多神话，由荷马及希萧多斯才作成为有机的统一的浑然形态。反之，在冰兰这方，却不能找出那熔铸许多诗歌，统合为一个大而又完全的 Lordly Epic。《旧厄达》一编，只遗留下如荷马和希萧多斯不曾出现时，所采集了的《希腊神话》那样的形相。然而，在这里面所包含的思想的深奥、沉痛和激越上看来，很足以和那荷马诗篇的优雅典丽的色调，和圣书的高贵平静的神性成一敌国。在这里潜伏着"以一切近代的情绪，为弱小的被束缚的"那样激情的暴风之力，在这里有着使加赖尔赞叹不置的思想之哲学的深邃。

《新厄达》是斯诺勒·斯都勒逊（Snorre Sturleson，1178—1241）所编。《旧厄达》是诗的，而这却是用散文写的。那内容，可以说是《旧厄达》的续集或注释，两者互相发明，互为补救那遗漏，在把握那条顿神话的全一的观想上，成为一大资材。这两书，就是说相合而构成 Odinic Bible（奥定的圣经）也无不可。《旧厄达》是一种"旧约全书"，《新厄达》则是一种"新约全书"。前者取了诗的形式，在那所说是"预言的"或"谜语的"一点上，很使人想起《旧约》的面影；后者取了散文的形式，在那所说是澄明而有光泽一点上，颇有仿佛是《新约》的面目的地方。

关于《厄达》（*Edda*）的意味，在从来的学者间，有不少的异说：

1. 以为是那被推测为《旧厄达》的编纂者的塞门特的家乡阿德

(Odde)的变形。

2. 认"厄达"和梵语的"吠陀"(Veda)间有着血缘,与吠陀同为智识的意味。

3. 以"厄达"为 Great Grand Mother 或 Ancestres 之义。等皆是。

第一个解释过于"个人的";第二个的见解,稍过于"哲学的"。在我,则毋宁采取第三说。那理由是:

1. 实际,在《旧厄达》中,edda 一语,是被用作 Great Grand Mother 之义。

2. 一部族的年长者,把那集团社会的圣神传承和其中所包含的智虑教训传受给儿孙,是低文化阶层所常有的实际的风习。

3. 就把实际的风习除外,诗地或习惯地把"母"的名字冠在这样的书册上的时候也并不少。像古童谣集的 *Mother goose*,便是好例。

二

关于北欧神话的解释,有种种的学说。

第一,照马丽·荷威女史(Mary Howitt)的解释,则以为北欧神话是一个真正宗教的堕废了或迷离了的形相。人类在文化的太古期,因着天启,而习知了真正的宗教。又,用那纯真无垢的形态传下来的,是希伯来民族的圣书;把这扭歪,用那不纯而颓废的形态传下来的,便是北欧神话。

那么,这所谓真正的宗教,又产生在什么地方呢?荷威女史一派,是主张求那发生地于中央亚细亚,波斯、印度、希腊及北欧的宗教神话，是发生于同地的宗教，到后代才分散传播于各个邦土的。于是，北欧神话的洛基神（Loki）便和希腊神语的冥王普露多为（Pluto）、波斯神话的黑暗神亚利曼（Ahriman）、印度神话的西阀（Siva）等，同为圣书中的恶魔，把那名字、形象和性格变为种种的不同而出现。北欧神话的三个三：

1. 奥定（Odin）、威利（Vile）、葳（Ve）；
2. 奥定、吓尼尔（Hoenre）、劳德尔（Hoder）；
3. 奥定、妥尔（Thor）、巴尔德尔（Balder）。

便是出现在圣书上的三位一体（父神、子神及圣灵）的变形，世界树便是伊甸园中的生命树。人类的始祖亚斯克（Ask）和莽布拉（Embla）便是亚丹（Adam）和夏娃（Eve）的别名。由巨人伊半尔（Ymir）的血而起的洪水，是诺亚洪水。叫作中园（Midgard）的地方，是巴比耳（Babel）的塔。荷德尔（荷都，Hoder or Hodur）为洛基所骗而杀掉阳春之神巴尔德尔的故事，是犹大为恶魔所唆使而使基督上十字架的悲剧。

别一派，即斯诺勒·斯都勒逊、沙梭·克蓝马特古斯（Saxo Grammaticus）、沁（Suhm）、拉斯克（Rosk）等，则以为北欧神话是历史事实的变态。出现在北欧神话上的种种神们，是生存在太古时代的北欧人中的伟大的王者和僧侣。因着时间的距离所"给与"的魔力，这些人物便高贵化、尊严化而至于为神明了。照这些学者所说，神话里的世界也是地图上所能指出来的真实国土。又，神之王者奥定，是曾经统治北欧，给予挪威、瑞典和丹麦的政治风雷和宗教以一大变革的一位人杰。——这原是罗马的庞培(Pompey)使本都(Pontus)和那同盟军的蛮族屈服的时候,怕罗马人的复仇这才逃到挪威来的。

第三的学者,又可以称为伦理学派。他们以为:神话不过是人类为满足那精神的道德的欲求而创造的"虚构的故事"。跟着出现在这里面的神们,也不外是人间的道德和罪恶,心性和体力的人格化。于是,奥定是智虑,巴尔德尔是善,妥尔是力,亨达尔是优雅的人格之显现,巨人则是迟钝和傲慢之具象化。妥尔和巨人战争之神话,则表示潜在人心里的德性和兽性的不断的毂辀。这一派对于北欧神话如何不惮烦地好用伦理的解释,试举一个解释善良的巴尔德之死的神话,便可见一斑。恶作剧的洛基神,骗盲目神荷德尔去杀害善良的巴尔德,阀里因此忿怒而屠杀荷德尔,巴尔德的妻子南娜悲痛之余,也闷死了。其他的神也非常悲叹。可是,冥府的女王却把巴尔德留住在死界,无论如何也不肯使他生还。伦理派对于这神话是这样解释的:

> 和盲目的俗世的欲望相连结的肉体的力(Hoder),为罪恶(Lok)所引诱,无意识地杀掉了天真(Balder),爱(Nanna)因悲痛这而凋萎。既而,反有(Vale)觉醒了,压服了肉体的力。然而,天真早已离开了这世界,在世界未新生之前,不能不留在死之国里。

又,第四学派,则努力于自然现象的解释。照他们所见,出现在神话里的超人间的灵格,都是自然力和自然现象的人格化。跟着,所谓神话不外是把这些自然力和自然现象的常常的显现,作为人格的灵格之行动,用故事的体裁叙述下来的东西。

对于一般神话而抱着这样的见解的人,当然认自己的学说也适用于北欧神话。英国的文豪汤姆士·查礼(Thomas Carlyle)在他的名著《英雄崇拜论》(*Heroes and Hero Worship*)的第一章里。

这样叙述着的,该是这般的自然现象的解释的最好的标本。

> 古代的《北欧神话》的本原的特质,存在于自然之可见的作用之人格化里。是根据真挚而且单纯的认识,把自然的作用作为幽妙的神性的东西。于是,自然的阴暗激烈之力,便叫为育东(Jotun)作为巨大多毛而且有魔的性情的存在。像霜、火和暴风,则拟之为巨人。像夏时的热气和太阳光,在人类是一种亲和的自然力,便以这为神们。电也不单是积极清极的电气,而是作为神的,那就是妥尔神。雷霆的鼓荡是他的愤怒;黑云之群则是他在颦眉;从天空爆出的电光,是他掌中挥动的挝;雷鸣是他在驱战车。

那么,在这些各种各样的解释中,哪一种最正当、最中肯呢? 近来的神话学研究,对于这四者解释的全部,都感觉到不满。

第一的真正宗教堕落说,已成为一个滑稽的梦话。因为现存的野蛮人,完全和那所谓"正真宗教"没有交涉,却仍产出着无数的话的神话,以波斯、希腊、北欧等的神话为从那正形的故事——圣书——

堕落而成的东西——这种想法连根柢也给今日的科学倾覆了。

第二的历史的解释,也颇缺乏"盖然性"。自然民族的确以为在宇宙的万物里有神秘的灵能之存在,又为由这想法而发生的万物皆有和人相同的感觉——这样的观念所支配。因此,遂相信自然物素和自然现象的本身,为具有人类的感情和活动的"活的灵格"。明白地在述说这些灵格的活动上存在着神话发生的原因。文化民族里的神话,也一定是当他们尚在低等的文化阶段时,为这种观想所迫,因而产出的东西。实在的人物高贵化为神灵的事情,也往往发生于集文化期的现象。可是,在有这现象之前,人类已被强制为万有人感主义者了。这在今日的进步的人类学和民族心理学的研究上,已十分明白了的。因此,从神话的整个上看来,实在不能承认那历史的解释。但在神话是反映某文化期的实际的风习信仰——这意味上说来,则历史的解释却又大有容纳的余地。因为某时代的民俗是这样相信着,俨然是一个心理的事实。然而,这里所谓"历史的"和那认神话上的神为实在的人类的"历史的"是有着完全不同的意味。

第三的"伦理的譬喻"的解释,在今日也差不多已为"科学的"称呼剥夺净尽。如果采取这解释时,我们将不能不碰到种种的矛盾。为正义和理性之人格化的神们,在神话中也拼命在干一切不道德的行为。若果神话是这样的"德性之活动"的伦理的譬喻的记述,那么,这些不道德的行为的存在,将怎样去说明呢?而且所谓譬喻谭(寓言)这东西,就在民族产生出的种种文艺里,也是较后发生的。这必须民族的心性发达到某程度,智力敏锐了,思想正确了,对于抽象的东西有强度的把握力时才发生的。因此,在发生论上看来,Allegory(寓言)决不是原始的文学形态。一切的民族,在为这种心性的主人之前,已为承认 Anthropomorphic(神人同形说)的神们的实在的心性的主人。近来的人类学和民族心理学告示我们:相信神们为有血有肉而存在,非仅仅抽象的概念而给予譬喻的形的文化期,是比较出现的早一点。议论不如证据,连梦也不曾想到那所谓渗进了抽象的概念的譬喻(寓言)的荷登特族和布秀曼族间,不是也在产生着无数的神话吗?

第四的自然现象的解释,这,如果不陷于马克斯·苗拉一派那样顽固而又人格化的意味的错误见解时,是有着不少的可能性。因为,如先前说的那样,自然民族对于一切自然物素和自然现象,是承认而且相信为有着人类的感情的活的灵格。只是当我们采用这种解释而不能不特别注意者,便是彻头彻尾用自然现象来解释神话的一切,则是误谬的。要而言之,神话是一个故事。故事中人物的原体,即使是自然物素或自然现象,但把那行动剧一般地叙述着时,则混进了和"自然"毫无关系的"人事"也是当然的事。又,神话也不是死物,却和一切的文化现象一样,不绝地流动、变化和发达的东西,又在发达的过程中,种种的文化现象也给摄取在那里面。就从这意味上说来,只守着自然现象的解释法,决不能把握到神话的真义的缘故,也便明白了。

要之,想到神话的真正的解释,我以为必须注意下列各点:

1. 要知道神话是以文化一切要素——生活、经济、制度、信仰、风习等为背景的东西,应该努力从这方面把握住它的真义。

2. 要记住神话是不绝地发达和变化的东西,努力于动的文化史的解释。

3. 为神话中心的神的内性及职能,常是分化而且复杂的缘故,不宜只认为是一种自然要素,宜穷究它变化的诸相。

4. 神话是由"自然的"流动为"人文的",因此,有着不绝吸收历史的、道德的、故事的要素的倾向,宜领会这,同时努力于阐明这些的意义。

三

18世纪以后,北欧的神话文学给英国人翻译了不少。然而,多数是归于失败。像马勒特和达布刘·希尔巴特等的翻译,实在是对于北欧神话的大冒渎。赫尔和特在他的《英诗里的北欧神话》(*Norse Myth in English Poetry*)里,如喝破似的说:

> 因着他们的翻译北国的英雄们的雄大味,给灭削了气力,陷在成为滑稽的危险里;曾经使人悚然的阀哈拉的宴会——从敌人的髑髅拜领酒的宴会,也成为不断的笑柄。

就到了19世纪,北欧神话的精髓,也仍然不能透彻在英国人的心里。当马秀·亚诺德站在北欧的海边而想到《厄达》的神们的时候,仍然是想起了他自身的神们而已。他的 *Balder Dead* 的确是一篇高贵的诗；但，这是荷马的高贵，而不是《厄达》的高贵。亚诺德是通过了希腊的神们来看北欧的神们的。跟着，豪宏而阴暗的《厄达》的神们，给他弄成为典雅光明的荷马的神们的表象了。更布哈曼(Buchaman)则把《厄达》的神们弄成过于近代的了，他的 Balder the Beautiful 不过是盛在古革袋里的新酒。这奥定的美丽的儿子——阳春之神——的悲痛之死的神话，给他变成为"受难的基督"的叙事诗了。然而，他却得意洋洋地说出这样"我一点对不起那《厄达》的野俗神话也没有"的充满着虚伪的言辞。亚诺德因为是固执的希腊主义者(Hellenist)，布哈曼(Buchaman)则为傲慢的新神学者(Neo-Theologian)，所以，都没有了解北欧神话的本质。

这些事实，是明示着在北欧神话之底里流着的精神，和英人者、希腊人的精神大有不同。那么，北欧神话的特质，又在哪里呢？这可以说：是 Elemental Grandeur，是刚健的 Heroism，是有力的凝结的简朴，是可怕的阴暗。

这样的北欧人的国民性，明白的是条顿族生来的特质。同时，受他们所住的地方的影响更加强固，是不可争的事实。

在《地上乐园》的诗集里表示着对于北欧的神话传说有甚深的兴味的威廉·莫里斯 William Morris，1871 年遂为产生新旧《厄达》的冰兰所吸引前去时，他叫这岛为"天尽头的荒野"，并且这样说："像这样可怕的地方，完全给自己的心情以新的转向。"（参照 Journal of Travel in Iceland）要知道这岛给予他一个怎样阴暗凄其的印象，看他的诗，便可以明白地窥见。

Where over a wall of mountains is a mighty water hurled,

Whose hidden head none knoweth, nor where it meeteth the sea,

And behind the green arch of the waterfall as it leaps sheer from the cliff,

The hush of the desert is felt amid the water's roar,

And the bleak sun lighteth the wave-vault, and tells of the fruitless plain, and the showers that nourish nothing, and the summer come in vain。

这样阴郁的风光,决不止于冰兰一岛。北欧一带的自然,都充满着南欧的希腊和意大利所没有的阴暗和峻刻。从巴尔特克海到达纽布,展开在古代北欧人面前的大地,是覆盖着郁葱的大森林和满是瘴气的沼泽。加之,北方是风涛险恶的北海,空中有怪云、深雾、雨雪不时这样袭击着人类。于是,那住民便不能不在那永远的阴郁和自然力的不绝的破坏之下,过着他们的沉痛而且阴暗的生活。

生活在这有着阴暗、破坏的,又男性的、庄严的地理的环境里的北欧人,不难想像出他们是成为怎样的性情和怎样的思想感情的。

他们的性情、思想和哲学,消极地说来,则南欧人所有的一切,他们都没有。轻快而华丽的明朗、芬芳如梦的欢悦、光辉的创造——像这一类的东西,他们是完全不知道的,

> Cale tunda, Frigre taethra
>
> Simul innaatatchoreis
>
> Amathusiu mrenidens,
>
> Salis arbitraet vaporis
>
> Flos siderum, Dione.

这样歌啼着的轻飘飘的愉悦,和

> Deus, creator omnnim
>
> Polique rector vestiens
>
> Diem decore lumine
>
> Noetem sopora gratia——

用那和婉而华美的心情,来赞美那照耀天地的神的平和的美的慈光——这样的感情,是南欧人的特色,北欧人所完全不曾受到这恩惠的地方。

积极地来说时,则北欧人的性情的特色,是有忍耐力,富于冒险的战斗的精神,很有不屈的勇气和刚健的气象。他们又和那天空的悲惨的气氛一样而是沉痛的严肃,这些又成为粗刚、刚愎、阴暗或凄惨,有时又成为可贵的 Heroism 或 Grandeur。

于是,我们可以看出,北欧人的民族性的特征,差不多无论在哪一点,都和南欧人——特别是希腊人的民族性的特征,完全站在正反对的关系上;跟着考察北欧人的宗教和神话究和那民族性有着何等的关系,而常取希腊人和他们的宗教神话为对照的标的时,更为明白。

希腊神话和北欧神话之有兴味的对立,是以宇宙创成论为序曲。

希萧多斯的诗篇——《神统记》所说,太初是混沌;其次产生了广阔的大地——楷亚;又其次产生了阴暗的泰达罗斯;又其次,在种种的不死的存在中,产了美丽的爱洛斯。爱洛斯一生,创造之气便弥漫于八方;混沌产生了爱勒坡斯和夜,爱勒坡斯和夜相拥抱而产生了昼和大气。大地楷亚更生了天空乌拉诺斯,而大地和乌拉诺斯相拥抱,乃产生了天地间的神们、巨魔和其他。

在希腊神话的宇宙创成论上,宇宙和宇宙间的一切的发生,皆在和平里完成,其间看不出一点反对势力的辔輵。为创造和活动的爱(爱洛斯)之力(Generating Force)所刺激,作为 Famale Principle 的楷亚和作为 Male Principle 的乌拉诺斯相拥抱,在冲淡和平里产生了山岳、海洋,种种媚神们和巨魔。于是,宇宙的体系便完成了。这其间,看不出一点妨害秩序的确立的动乱。(至于宙斯和西旦族的战争,则有别种的意义。)

而且,给与神们和巨魔以存在的楷亚和乌拉诺斯,同是善之原则的缘故。在希腊,恶之原则不过是从善之原则抽出的第二次的存在态。回过头来看北欧人所想像的宇宙创成论时,冰兰的神话诗篇《厄达》所说,

> It was Time's morning
>
> When there was nothing
>
> Nor sand, nor sea,
>
> Nor cooling billows.
>
> Earth there was not,
>
> No heaven above
>
> The ginnungagap was
>
> But grass nowhere.

即是，照北欧的宇宙观，则在太初，是连值得叫作"存在"的东西都没有。这不能说是印度吠陀的宇宙观，也不是"非存在"，而是和希腊的宇宙观所说的"太初是混沌"同趣。然而，这非存在的状态不是绝对的，因为《厄达》诗篇又告诉我们，太初即有两个 Primordial 的世界的存在。

所谓两个 Primordial 的世界，是尼夫尔亨和牧师贝尔亨。前者是极寒世界，在北端；后者为极热世界，在南端。在两者中间，是诗篇里歌咏着的金农加·甲（Ginnungagap）此语，Yawning Gap 的意味，是没有一切的存在的茫渺无限的"无"的展开。

极寒世界里有一股泉水，那毒气凝为绝大的冰山。这冰山为极热世界吹来的热风所融解，便有一位叫作伊米尔的巨人出现。伊米尔是恶之原则。而他的后裔鄙耳，娶恶魔的巨人褒尔敦的女儿，生了三位男子。这便是奥定、威利和葳。这三者是作为善之原则，而荷负着统治以后应该产生的世界的命运。

这三位神,屠杀了巨魔伊米尔,用那遗骸的各部创成宇宙的各物——肉为大地,血为发泡的海洋,骨殖为山岳,发为树木,头颅为天空,脑髓为暴风之云,睫毛则为人类栖息的美丽的中园。

读北欧的宇宙创成论的神话的人,大概会注意到很多地方是和希腊的成为显著的对照吧。

希腊人在和平里完成了宇宙生成的事业,北欧人却以这生成为热和寒两个反对势力的轇轕的结果,这是第一个差异。伊米尔是恶之原则,而同时为善之原则的远祖,最初出现的三位神,是以他的后裔为母亲。因此,北欧人在那宇宙创成论的思索上,是从恶之原则上出善之原则。不以神们为第一原理,认为这以前有着先行原理,而把这为巨魔。这和那以恶之原则为从善之原则的旁系的发出物的希腊人的观想,恰好站在正相反对的关系,这是第二个差异。更,在希腊是以为天地山海都是神之所生,希腊的一切存在,皆是善之原则的恩惠;然在北欧,则宇宙的一切,皆不外是恶之原则伊米尔的化生。人类把围着自己的一切存在,都认为是受了巨魔的恩惠,这是第三个差异。(印度神话和中国的盘古神话,在把宇宙的一切存在都归之于一个原始的巨人上,是和北欧神话相近。然而,在印度和中国的巨人,决不是恶之原则。)

在宇宙形体论上,北欧和希腊的神话也鲜明地对立着。

照荷马和希萧多斯所说,世界是一个空洞的球体,因着人类居住的大地的扁平板,分世界为两个相等的部分。有种种的发光体,从上半球的内侧放射出光辉,遍照神们和人类的世界;而在下半球,那充满永远的黑暗和阴郁的大气,是死寂不动的。

像这样,希腊人对于神和人类是规定各有一个"自己的世界",却不曾把"独自的世界"给予恶魔之群。在希腊人看来,恶和破坏之原则是值不得占领一个自己的世界,形成与善和秩序之原则为一个均等关系的存在态。恶魔之群有时住在神之世界,有时则住在人类的世界里的一种"同居人"而已。

回过头来看北欧人所想像的宇宙形态论,照《厄达》诗篇所歌咏,则宇宙区分为九个世界,恶魔也和神们及人类一样,有着自己的世界。神们的世界叫作亚沙亨,人类的世界叫作马那亨,巨魔的世界叫作育东亨。

许多的民族,使善之原则住在天界或光明世界;使恶之原则则盘据在大地之下或暗黑世界里,这关系是从善恶二元的思想,发生的漠然的对立,并非两者保有着同一价值的各别的世界的意味。暗黑世界乃是光明世界一部分的汗蚀,而站在内存的关系上。希腊民族的观想,就是在这关系上没有明确地思考,所以对于恶之原则是无关心的。

然而,在北欧人的观想,恶魔对于神们在严密的意味上是有着同一价值的独立的自己的世界。他们的世界,决不是包含在光明世界中的汗蚀的一部,而是和光明世界对立,互相排斥而并列着的别个的世界。在这点,我们不能不承认北欧人对于恶之原则是给予了善之原则那样的同一程度的重要性。切实地说,则在北欧的宗教神话里,恶魔之群是和神们相拮抗,平分世界,悠然和神们争那全宇宙的最后的统治权——这样有力的存在。

希腊人把神们放在恶魔上,无论在肉体上或精神上。于是,恶魔之群一次和神们战争,失败了,便永远给监禁在泰达罗斯的暗黑世界里了。北欧人却不这样想,他们给神们以灵的优越,同时,给与了恶魔以肉的优越。两者各以在某一点上优越于他人的关系,保持那均势。在北欧,宇宙创成的大事业上,生成的动力是消费了"不当的比例"(Undue Proportion)。于是,巨魔族便是无限的肉体之力的显现,但没有精神的美。反之,在神族的发生上,生成的动力却用了颇正当的比例。于是,只有神们才达到了灵和肉完全平衡的领域。然而,不要忘记了将来的悲剧——恶魔对于神们的压迫的胚胎便已潜伏在这里。因为有着正当的灵肉的比例的神们,是有着五分肉体的力和五分精神的美;而有着灵肉的不当的比例的恶魔,是有着七分肉体的力和三分的精神的美。因此,在单是力的抗争上,神们不能不常常为恶魔所击败。

据《北欧神话》所说,在肉体的勇力上,能和恶魔抗衡者,只有妥尔神而已,其他的神们则常常为恶魔所玩弄。不,就是妥尔神也曾误认巨人的手套为洞穴,在那里过了一夜。又用那巨槌掷在恶魔额上时,不是给恶魔冷嘲为木叶的下坠吗?

由这样的看法的不同,在希腊和北欧,要使神们对于"恶"的态度发生差异,也是当然的事。

在许多民族之间的神们,觉得恶魔是一种威胁,但在终局,是有能彻底征服恶魔的自信。所以,常常取积极的态度向恶魔挑战。着着灭杀他们的威势,特别在希腊,神们最容易而且最早压服了恶魔,把来监禁在暗黑世界里。

反之,北欧的神们却承认恶魔有自己以上的肉体的力,常取一种消极的态度,努力使恶之原则的势力不要侵犯到自己的世界里来。一个神话里说,在神们的世界和巨魔的世界中间,有一条叫作伊芬的河,永远隔断这两个世界。在别的神话里说,在这河面的桥上,四时都燃烧着猛火,神们通过的时候是不蒙到危害的。巨魔如果想渡这桥面走近神之世界来,便会给这火遮断而无法前进。更根据别的神话,洛基神从侏儒之国拿回种种宝物,要神们品定那优劣时,听说一个铁槌有把巨魔打成粉碎的力量,便推赞那铁槌为第一等的宝物。又照别的神话,一位巨魔扮作人类说要为神们建筑宫殿时,神们都不许可他。但听到他说"我所建筑的宫殿,能使巨魔不能侵入"时,便又马上答应他了。我们由这些神话里可以窥见神们是如何努力地用种种障壁来避免巨魔的危害。而且,北欧的神们虽则在这样周密的思虑之下和恶魔对抗着,终于也无法避开那恶魔族所放射出来的强烈的破坏力,后面的拉格那劳(Ragnarok)的神话,便是歌咏那作为巨魔的破坏力的牺牲——神们的悲痛的末日的一个 Trauerspil。

在希腊神话里,有价值的和高贵的文化经验,都是阿林普斯的神们所产生,或此是他们所掌管。恶魔不得参预这些,或者对于这些,只是一群无和的蛮族。他们——恶魔——不仅是肉体上劣于神们,就是精神上也属于神们的下位而为第二义的存在。譬如诗歌音乐,是亚普罗所掌管；实用艺术则握在亚德尼手里；赫尔默斯发明七弦琴；九位苗斯为亚普罗所统率，掌管叙事诗、悲喜剧和历史；航海术在玻斯顿手中；御马术则归于亚德尼；都市城堡的建筑则为亚普罗所教。于是，文化上的善者和高者，尽为神们所掌握，恶魔们对于这些，完全是门外汉。

然而，在北欧的神话里，在文化上有高贵的价值和意义的东西，差不多都在巨魔的手中。他们是占着知识的源泉和那保护者的荣位。神们时常经由他们才把那些有价值的东西诱导到自己的世界里来。

据传说，在世界树的根下，是涌出一股灵泉，那水是包含着智虑和急智。巨魔米米尔为这守护者，因为每天都在饮那水的缘故，所以他通晓天地间的一切。神之王者奥定一天来到这里求饮那水，赔了一只眼球，好容易才得到他的答应。又，古代条顿族作为神圣文字，用来书写神秘的歌谣教义的"泷"文字，也不是神之世界里本来的东西，而是巨魔世界里的一个珠宝。奥定神想把这弄到神之世界里来的缘故，曾往访巨魔的世界，九日间倒吊在世界树上，断食、伤驱，去学习这"泷"文字。更，在北欧，是以为有一种灵感的醴浆，饮了这醴浆的人，诗思便自然而然涌出，而这灵液，又本来是巨魔世界里的东西。他们把这藏在三个壶里，秘置在洞中，使女巨人守护着。奥定买得了那女巨人的欢心，才把那灵液偷归来。

我们在这些上面，又北欧人的恶魔观上，可以看出和希腊的这些，恰好站在对立的地位。在希腊，神们的能力是为他是善之原则的必然的属性。跟着，他们自然而然产出善的和高贵的东西。他们是有价值的东西究极的源泉，所以，恶魔对于"有价值的世界"，差不多完全是门外汉。恶魔们即使要享乐这世界，也只得模仿神们，或者向神们恳求。然而在北欧，善的东西的究极的源泉，是不曾假定在神的世界里，都常常有在恶魔的世界里之概。神们的能力，对于这些，便无法可以完成，往往藉赖巨魔的活动来补足。这有价值的东西的所有者的光荣，常不在神的头上，都在巨魔的头上发亮。神们既不是善的高的创造者，只能为那传达者、诱导者，更下，竟甘为那盗窃者。

在希腊和北欧的这种差异，应该怎样解释呢？希腊的宗教和神话，在神和恶魔间是没有均势的关系。希腊人不愿把神来和恶魔比较，却给他们比这更大的重要性。善的高贵的东西，不从恶魔流出，却从神们流出者，作为这种思想的论理的归趋，是极妥当的，照北欧的宗教神话，作为宇宙的灵物的 Uralt 者，不是善之原则，而是恶之原则。又，Uralt 的灵物，在时间上是最长远的存在。跟着，对于世界上发生的种种事象，该有最多的体验。因此，他们便自然而然成为智识的源泉。

前面也既经说过，希腊人和北欧人都有叙述宇宙创的神话。（他民族也是这样）然而，在真正地意味上的宇宙终局的神话，希腊却没有，要北欧才有。假如以宇宙观为一个戏曲，则希腊人有那第一幕，而没有第五幕。然而，北欧人却以第一幕开始，真正地以第五幕告终。

照着北欧人的观想，恶魔是给与神们的真正的威胁。他们盘踞在育东亨,看不起神族,并且骂神们为矮人;更傲然说,什时总要把神打成粉碎。神们也用种种的障壁来避免恶魔的压迫。然而,很长时间的两者的斗争,日益剧烈,善恶两原则,遂不能不拼一个你死我活的恶斗。给北欧神话以特征的拉格那罗便降临了。

宇宙创成论是世界观的第一幕,这拉格那罗便是第五幕的宇宙破灭论。喊出"亚尔阀"的北欧人是比希腊人来得彻底的。他们虽则颤抖在那阴惨之前,但也毫不踌躇地喊出"阿默加"的。(亚尔阀 Alpha 是希腊字母的第一字,有"最初"的意味。阿默加 Omega 是希腊字母的最后一字,有"最后"之意。)

北欧神话里的宇宙破灭,决不是偶然突发的事象,那诱因老早就存在着,而且那诱因是潜伏在神之世界的内外。

内的破坏因子是洛基。洛基是北欧人所创出的最有兴趣的神话人物。在他身上是并存着善和恶、秩序和混沌、建设力和破坏力。他实在有"从天堂到地狱"那样复杂的心理。神们得到种种有价值的东西,是洛基的功劳。为奥定而产下不跨越山海的八脚骏马者、也是他;为妥尔神而使侏儒铸了一柄击必中的铁槌者,也仍然是他。然而,这不过是洛基的一面。在别一面,他是多智的恶作剧者,无比的破坏者,常常使神们困惑。剪断妥尔的妻子的头发,欺骗盲目神荷德尔去杀害阳春之神巴尔德,都是他捣的鬼。

在这意味上,他虽则是神族之一,实际却存在于神族和恶魔族的中间。说是纯真的神,而恶的色彩又非常浓厚。说他是纯乎恶魔,却又很有良善的地方。他是作两重性格的所有者,把两脚踏在北欧的神性文艺和恶魔文艺上。毕竟他是混在神之世界里,从内面来破坏神们的世界,又私下和神界外的一切恶魔相呼应的一位 spy(侦探)。

外的破坏因子颇多。而那首领可以总括为三个人物,就是:怪狼和长蛇和冥府女王。三者都盘踞在巨魔的世界,作为恶和破坏的巨魁,怀藏着在未来要破灭宇宙的运命的祸水。神们由占卜而知道了这。为防患未然计,从巨魔之世界里把这三者叫得来,然而,因为不能杀害它们,只得想法加以一种限制,尽量减少它们的为非作恶。

神们先捉了大蛇,投进在深海里。而大蛇在海中,急速地成长,遂由自己的嘴巴衔住自己的尾巴,用那蜿蜒的长躯围住大地。于是,这祸水之一,便作为 Midgard 而盘踞在海底里了。

其次是捉冥府女王赫尔,投落到大宇宙的最下层的冰寒世界。然而,她把身体纵分为二,一半苍一半红的她,在冷阴的世界里冥冥中把那阴妖的魔力展开到全宇宙,将那因年老或疾病而死的人放在自己的支配下。又忍耐地剥下这些死鬼的爪甲,在建造一艘魔船。这是准备有机会时,便好把冥府的魔群载在这船上,而参加那宇宙破坏的大战。于是,在这里又潜伏一个大灾害。

最后,神们用铁锁把怪狼贲利斯缚住。可是,狼站起来一摇动那身体,铁锁便即时断裂。神们也困惑了,乃遣使到侏儒之国,叫侏儒造一根魔锁。魔锁是混合猫的足音、女人的胡须、山的脚、熊的渴念、鱼的声和鸟的唾液而造成的绢丝一般细软的东西。神们用这缚住狼,便无论如何也弄不断了。可是,狼却拼命在叫喊,在大地之下等待着可以发挥自己的能力的时机。这不能不是大灾害之三。

而北欧人却把这三个外的破坏因子,都作为洛基的子女,给内外破坏力以统一。于是,在神之世界里的洛基和那在神界之外的大蛇、冥府女王和怪狼等,用那妖幻无极的眼睛,窥视着任意妄为机会。

机会终于到来了。宇宙破坏之幕,在叫作 Fimbul Winter 的异常的冬期出现时揭开了。雪从世界的四隅落将下来,霜也很大,风和剑一般锐利,太阳也阴惨地失了光明。又这可怕的冬,一日的夏天也不到来和解那寒气,足足就这样延长了三个冬季。漫漫长冬,同时使人类也充满着斗争和罪恶。北欧的古诗篇《厄达》描写这状态:

> Brothers slay brothers,
> Sisters, children
> Shed each other's blood.
> Hard is the world;
> Sensual sins grows huge
> ...
> Till the world falls dead,
> And men no longer spare
> Or pity one another.

在世界上这样的人类的堕落,便是宣言当来的宇宙破灭的一个序曲。因着这机会,恶、混沌和破坏的原动力都得到了解放,开始威胁那善和秩序和创造的原动力。怪狼断了魔锁,巨蛇离了海底,冥府女王把魔群载在那用死人的爪甲造成的魔船上,从幽暗的世界里出来。于是,怪狼张开大口吞掉了太阳,巨蛇吐出濛濛的毒气污浊了大气和水,数千万的星都从天空荡落,世界完全成了黑暗,大地激震,把山岳连根底也震倒了。既而天空裂而为二,极热世界的巨魔苏耳特耳从那间隙里冲出,手提火焰之剑,前后跟着燃烧着的几团火焰。那足之所至,横在天空的虹桥也碎为微尘,洛基也从神之世界里偷出来,加进在这班恶魔里面。看守虹桥,又作为 Heavenly-Watch。占着中世传说的圣彼得的地位的亨达尔拼命吹那角笛,警告神们。神们也起来迎击这一群妖魔。

善恶的两原则,苦斗了不少的时间。妥尔神屠戮了大蛇,可是,自己也为那毒气弄得窒息而死。奥定神为巨狼食掉,而巨狼也为别一位神明裂开了两颚而倒掉了。特尔神则和怪犬相杀,亨达尔则和洛基拼命,弗赖神和苏耳特耳激战,因此而失掉了性命。神族和恶魔群互相屠杀之后,只残下那为 Uraltes Wesen 的苏耳特耳等而已。苏耳特耳为要烧掉遍地的神们和恶魔的尸体,全世界都投下火焰,浓烟包住那支持全宇宙的世界树,世界树便成为绝大的火把,烧尽天空,大地也烧烂而沉在海底去了。于是,宇宙和它的一切存在,尽归坏灭了。

尽激越沉痛,暗惨之极的像这样的宇宙终局论,无论在什么民族的神话里,也难于找出和这相类似的东西。只有北欧的环境和为这环境所育成的北欧人的性情思想,才有着产生这无比的故事的命运。然北欧人也是人类,所以对于绝对的宇宙终局论,也不敢迫视。因为举一切永远归空,想到这里也过于可怕。于是,北欧人也不能不从这样的宇宙破灭里抽出新的世界。那么,神们和万物之死,便如加拉尔所道破的一样,是一个 Phoenix Firedeath,是从这余灰中新生出更伟大更高贵的东西的机缘。照这样说来,则宇宙破灭是葬送旧世界的暗黑和挽歌,同时也就是迎接新世界的曙光和颂诗。然而,一旦要这样阴惨的光景下来正视这宇宙的破坏,也毕竟所以成其为"北欧的"地方。盖在北欧人看来,"自然"是破坏力的不绝的展开场。他们不能不正视那自然的"平静"和"动乱"的不绝地激烈地相克的。于是,北欧人不能不觉得。

1. "恶和破坏的原则"保持着能够和"善和秩序的原则"相拮抗的力。

2. 一切事物破坏自己,一切事象都包含着那穷极破坏的潜力,这是自然的根本法则。

又,这观想强固而且不断地占领住他们的心头的缘故,他们的神话,便成为单色的。《希腊神话》在神和人的多样关系之下,光怪陆离地灿烂着。而《北欧神话》却以神和恶魔的轇轕为终始,这是何等的单调。然而这单调,是在那思想的沉痛、激越和深奥里,烧毒那无用的复杂的单调。所以,与其说是感到那单调的不快,毋宁说感到充实在那内面的力之美。《希腊神话》在 Separate Groups 的微妙的交涉上有着它的美,《北欧神话》的美则在她的 Whole System 的集约上。一个是丰富缭乱之美,一个是集中紧张的美。又,前者的美,差不多完全无待于恶魔的活跃;后者的美,却是恶魔诱导神们而共奏的悲壮的音乐之美。在这里我们可以看出地理的环境所影响于国民的性情的鲜明的烙印。

又,北欧人的传说,也是他们的民族性的很好的反映。在这里,我们可以看出北欧人的蛮勇、刚愎、忍耐力和英雄主义在那里回旋而且涡卷着。

看北欧传说上的运命女神诺伦吧!虽则是她们的数目为三人,又用机织织出人类的命运,很和希腊神话上的运命女神相像,但也充满着希腊人所没有的粗刚和蛮暴的庄严,看运命女神自己所唱的,便明白。

> This web we are weaving of human entrails,
> And the warp is weighted with the heads of men;
> Blood be sprinkled spears be the shafts,
> Iron-bound the stays, and arrows the shuttles;
> With swords we'll thrust this web of victory。

北欧人的刚愎,在 The Weking of Angenty 的传说里,用可怕的场面表现着。

少女赫尔和把亡父安根特尔从死眠中叫醒来,向他讨那埋藏在地下的宝剑,单身来冰兰。被恳求去做向导的牧羊者,听到那丘墓的名字便已战栗。那丘墓燃烧着阴火,拒绝人类的走近来。然而,少女决然要走前去,通过怪火叫父亲。看见父亲不答时,便念动"死骨腐朽,让灵魂无所栖止"的咒语去胁迫父亲。父亲遂从长眠里醒来,这样说"这剑要使你全族破灭",少女却昂然。

Little I reck how my sons may quarrel, the daughter of king's is of high heart。

这样叫着,冲过阴火,把住那剑。

宝剑是侏儒族冶成的魔剑。有着这剑的人的子孙,将被给与可怕的灾祸的一个"妖险的相续品"。而少女尚且执拗地去讨求。求得了时,她便如 Ladg Macheth 一般,痛感到 Crisis 的恐怖。然而,这恐怖也不能使她弃掉那魔剑。于此,便可以看出北欧人的大刚愎性来。

复仇心更屡屡出现在传说上。

一个传说,萨克兰的女王阿劳夫有美色而倨傲。她是堂堂的一位 Warrior Queen,身穿甲胄,带剑,手持住盾。赫尔基王爱慕她,把兵船载了军队,从海路直冲向阿劳夫的宫殿来。阿劳夫的兵太少,打不过他们。女王不得已开宴会请赫尔基。晚了,赫尔基王便强奸了她。阿劳夫含恨,等待他睡了,便剃掉他的头发,头上尽涂以 Tar 放进大袋,投落在船里。(*Hrolfssaga*, C7—9, 13)

更据 *Saxo Gramatiens* 的记录,赫尔基王袭击多劳岛,掠夺了一位叫作多拉的少女,相好以后,便生了一位叫作伊尔沙的女子。多拉胸中燃烧着复仇之念。待到女孩长大了,便使她出到海边去挑拨赫尔基王。王因为不知这是自己的女儿,便演了和她奸通的惨剧。多拉的复仇心这才满足了。

忍耐心也取了种种的形式,渗透在传说里。就中 Saxo Gramatieus 所记录的北欧之传说。某时,丹麦的夫劳尔往访瑞典王恶特斯宴会,一开始,人们便问他:怎样的德行才算最可贵?他说是:忍耐。于是,他给放在燃烧着的火的面前。热气几乎要灼烂他的身体,而他却仍然站在那里不动。炉边坐着一位少女,哀怜他,拔了麦酒的发酵桶的塞子,酒便迸在火中,灭低了那火力。满座的人一齐赞叹夫劳尔的忍耐。

出现在传说上的德多里·芬·比仑那样的坚忍也很有名。长时间在放逐中,不屈不挠,永远是那样勇敢,终于回复了自己的王位。这,实在是忍耐力的化身。

想起来,各国民都无意识地或意识地,把他们自身的许多特质,投进在他们所最崇拜的光荣的英雄里。亚基柳斯明明是显示希腊人对于"青春所富有的伟力"的赞美,罗兰则包含着法兰西人对于"名誉"的感性,伊利亚是露西亚人尊重"土之力"的具象化,比勒条尔则是爱尔兰土人的微妙纤细的感情的具象化。那么,条顿民族的显著的传说的英雄,两者都以隐忍和坚忍为他俩的个性者,不能说不是在告诉我们这是国民性和故事的相关的交涉。就中,关于产生夫劳尔的丹麦人的性情的特征,同国的亚勒格、阿尔力格有过这样的话。

> 我们——丹麦人当比较别的各国民的特质而意识到自己的特质的时候,这可以说我们是很能忍耐的国民。我们

通读历史，很可以发现这特征一直遗留到近世。今日也仍然像夫劳尔王那样，忍耐着灼身的火热，在忍耐的长期试炼里，以坚决的意志，等待着那消火的水的丹麦国民，尚存在着。

又，看那1864年以来在普鲁士的羁绊下，发挥那可惊的忍耐力的修勒斯威克的丹麦人时，便不能不首肯阿尔力格氏的所说：晓得了这样的事实然后来看夫劳尔的传说时，便马上可以理会国民性和故事之间是有着如何微妙的交涉。

威廉·莫里士在北欧的许多传说后面这样喊：

> 这些故事，都是赞仰勇力的结果吧！

盘结在北欧人胸中的思想之一，是勇气和英雄主义，在宇宙的生命上的Vital。只有这两者，才是保持世界的构成，又从坏落里把它救出来的支柱。

> And the way of the sun is tangled, it is wrought of the dastard's tack,
> But the day when the fair earth blossoms, and the sun is bright above,
> Of the daring deeds is fashioned and the eager heart so for love。

莫里士使北欧传说上的一位女性普隆希尔吐出这样的话，便是古代北欧人的真实的声音。

为北欧人的性情之一特征的这"勇力崇拜"，渗透了他们的传说，形成为主调音之一。看那英雄儿西古，当普隆希尔警戒他"我们的爱，便是我们的破灭"时，昂然地这样答：

死，就作为我的运命，而我也不打算逃避。我不要生活在退怯里。我所要的一切，当我还有命时，只是爱你。

这样的故事，在北欧传说 Saga 中，实在是多到不可胜数。亲身翻译 Saga 的，无论谁都要吃惊于屡屡取材于北欧人的蛮勇、刚愎、复仇心、忍耐力和英雄主义上面吧？不错，描写这样的性情的传说，在别民族间也不时可以看见。但决没有北欧那样的常见。在这一点，岂不是古代北欧人的性情，和这在传说上的反映吗？

当写本书时，自己曾参考下面的典籍。

1. Saemund, *Elder Edda*

2. Snorri Sturluson, *Younger Edda*

3. H. M. Chadwick, *The Cult of Othin*

4. B. Thorpe, *Northern Mythology*

5. G. Pigott, *Scandinavian Mythology*

6. W. A. Craigie, *Scandinavian Folk-lore*

7. *The Saga Library*

8. A. Fage, *Norske Folkesagan*

9. H. A. Guerber, *Myths of the Norsemen*

10. L. Ubland, *Der Mythus ven Thor*

11. R. S. Anderson, *Norse Mythologie*

12. Grimm, *Deutsche Mythologie*

13. W. Golther, *Germanische Mythologie*

14. H. Paul, *Grundriss der Germanischen Philologie*

就中尤为主要的蓝本者,是枯比尔民的《北欧人的神话》和安徒生氏的《北欧神话学》,在自己看来,两书都编辑了很多有趣的神话传说。特别是基督传入北欧以后,对于这些,差不多已无可着手,所以只得根据上面的许多典籍来补充他不足的处所。原来不能说已经是完璧,然而,作为通俗的北欧神话传说集,想必可以得到阅者的满足了吧。

原载《文艺月刊》,1933年第3卷第9期。署名:谢六逸 译

"奥定"的神话

一、序说

奥定是北欧人所崇拜的最高神,是亚斯加特神们的王者。他的名字或叫作 Othin,或叫作 Woden,又或叫作 Wuotan。而这名字的意义也有种种的解释:最普通的,以为是出自 Vada(步行)的称呼,无非是"走遍宇宙的精灵"的意思。

实际奥定是支配宇宙之神。创造天地制造人类,给侏儒和妖精以形貌者,都是他。赉诗歌和文字给世间,把可贵的智虑放在人们身上者,也是他。北欧人又相信平和、战争等一切世界上的事件,都为奥定的意志所左右。他为一切神之祖,而有"一切的东西之父"的绰号。在亚斯加特是最老的神,占着最高的王座。这王座名叫弗利斯基亚耳(Hlidskialf)。坐在这上面时,可以俯视全世界,周知神们、巨人、妖精、侏儒和人间所发生的一切事情。

奥定体格高大、满身活力,微带上了年纪的形貌。秃头只眼,生着微黑而散乱的头发和灰色的长髯。身穿附着青头巾的灰色衣服,加上有灰色斑点的青外套。这是苍空流着羊毛似的云时的标征。手里时常握着一根名叫恭尼尔(Gungnir)的投枪。这是极神圣的武器,指着这枪尖而立下的誓约,无论怎样也不能破弃的。又在指或腕上带着名叫都牢尼尔(Draupnir、Draupner)的戒指,这是"丰饶"的标征。

坐在王座上和出去战争的时候,是戴着鹫胄;扮作人类而步行于大地上时,便戴着大边的帽子。而且不给人看破自己是只眼缘故,又把帽子拉低到眉下来。他也颇常冲着风在空中跑着,这样的时候,照例是骑着名叫斯赖布尼(Sleipnir、Sleipner)而有八只脚的怪马。

在奥定的肩上,照例站着两匹大鸦。一匹名叫祜金(Hugin),一匹叫作媖宁(Munin)。所谓"祜金",是"思想"或者"省察"之义;而"媖宁"则是"记忆"的意思。每天一到天亮时,奥定便把这两匹鸦放出去。它俩在飞遍了天下之后,傍晚便归到奥定的肩上来,把所见所闻的事件,无隐藏地偷偷学给神之王者。因此,奥定便知道宇宙间所发生的一切事情。它俩有着拉夫那固(Rafnagud)的绰号者就是为此。所谓"拉夫那固"者,盖即"神鸦"之义。

又在奥定的足下蹲着两匹狼,一匹叫作喀里(Geri、Gere),一匹叫作弗勒基(Freki、Freke)。"喀里"是"贪欲者"之义,而"弗勒基"则是"贪食者"的意思。奥定亲自抓了放在自己面前桌上的肉,给两匹狼食。而奥定自己却不需要食物,有饮酒而已,——酒是他的饮物同时也便是食物。因此,以前的北欧人相信狼是奥定的神圣的动物,出门碰见了它,便喜悦,以为是吉兆的。

在别一面,奥定是以军神著名。他跨着八脚怪马,手拿着发亮的白盾,降临战场。人之子,便以奥定投出魔枪恭尼尔飞向自己的头上时,为开始战争的信号。

战争一开始,奥定便驱着怪马走进战士们的中间。

"奥定来保护你们全体。"这样叫着,又拉开魔弓,一次射出十枝箭去的。

军神的奥定,为勇敢的战士所最欢迎;所以然者,是因为很常给他们以剑、投枪和马匹等,又授他们以魔力,能使敌人看不见自己的形影。或赤身空拳,为任何猛势的敌人所袭击,也不受到一点微伤。在《兴都拉之歌》(*Lay of Hyndla*)里,"他曾把胄和胸甲给与赫尔末,他也曾把剑授给西门"这样歌唱着者,便是指这样的时节。因此,奥定不能把曾经勇敢地战斗过来的死者置之不顾。他有着自己居住的宏大宫殿格拉斯亨(Glads-heim)。在宫殿里,有十二座席位,每想开会议的时候,便把神们叫到他这儿来。在这宫殿之外,他又建筑有惊人大的大宫殿。军神的他,便在战场上死了的人们中,选了那特别勇敢的人,接到亚斯加特来。

大宫殿名叫阀哈拉(Valhalla, Valhal),有五百四十口大门。每口大门阔到八百位战士可以并排而入。这惊人的建筑物,是以能反映日光的黄金盾为屋顶,大厅便以磨成光亮的无数投枪为墙壁。战士们所坐的椅子,是用美铠装饰起来的。又在正面的大门上张挂着野猪的头和一匹眼光四射的鹫。宫殿外,有名叫格拉施(Glasir)的森林,森林里的树木,是赤亮的黄金叶。

奥定为把战士迎到这宫殿来之故,每逢人间发生了战争,便派了很多少女到大地上去。这些少女们,名叫阀尔基尔(Valkyr),在战场上跑来跑去,从死在那里的战士们中,挑选那曾经出色地战斗过来者,抱到自己的马上。被选的战士如果到了射死者的一半时,便驱着骏马,踏过虹桥归到阀哈拉来。

当勇士们被迎进阀哈拉,刚坐下在大厅里排列着无数的桌子旁边时;阀尔基尔们已不知在甚时,脱去了铠,换过了纯白的衣服,走出来了。又活泼地在大厅里走动,挥着云一般的白腕,或搬运那大片野猪肉,或把酒斟满在角杯里。战士们满面春风,任意啖饮。

宫殿里有名叫安弗林尼尔(Andhrimnir)的厨人,每日屠杀名叫塞弗林尼尔(Saehrimnir)的野猪,切了,放在名叫埃耳弗林尼尔(Eldhrimnir)的大釜里去煮。又无论战士们怎样大食,这肉也不会尽的。因为塞弗林尼尔是不可思议的野猪,杀了,仍然会再生的。也无须过虑酒会饮尽,因为有一匹叫作赫都隆(Heidrun)的牝山羊,食了世界树的嫩芽和叶,便有无限量的酒,从大乳房进出。

战士们酒醉肉饱以后,便穿上甲胄,取了武器,骑马出到广大的中庭,开始激烈的战斗,如在大地上战斗着时那样。一有受到重伤的人时,阀尔基尔便走前去,用灵药转眼间把他医好来。不久,角笛声在高叫时,战士们便以此为信号,即时禁止战争,欢然地驰回阀哈拉再开华华的酒宴。美女阀尔基尔们,打散着长头发,挨次为战士们斟酒。奥定在自己席上,眺望着这情景,露出欢悦的微笑。

这样的生活,是古昔北欧人的理想。死而被迎到阀哈拉,在他们,是无上的希望,无上的憧憬。死于疾病或衰老,他们叫作"藁死",衷心就嫌恶这种死法。他们是一向都希冀着华华地死在战场上。因病或衰老而将要死亡时,也不少拿了剑或枪,自己杀死自己的。

又在别一面,奥定是作为风神,而干着显著的职事。风神的奥定,跨着八脚怪马,发出噪杂而且可怕的声响,驰过大空。古昔,北欧有着"到会议去的两人是谁? 三只眼、十只脚、一根尾巴,两人就这样从空中驰过"这样的一个谜语。因为奥定是只眼,和马合起来便成为三只眼。斯赖布尼是八只脚加上奥定的,便是十只。所谓一根尾巴,无消说是斯赖布尼的。于是这奇怪的谜话,便是指那骑着怪马而驰空中的奥定。

风神的奥定,又为引导死人的灵魂之神。因为他们相信,人的灵魂是飘浮在空中的东西。北欧人叫死人之神的奥定为"野猎人"(Wild Huntsman),野猎人骑着赖布尼走在前头——在空中——无数的死人,把跨下马,鞭得高嘶着跟在后面。更有凶猛的犬群,吠着、叫唤着追在他们的后头。北欧人忽而听见空中有怪风在呼唤,常以为这是野猎人。

野猎人的出现,人们都恐惧,以为这是什么不吉或讨厌的灾祸要发生的前兆。在赫曼斯夫人的《野猎人》一歌里:

莱茵河闪耀地流着,
可是,过些时,那水便

要听到战伐的声音,
山间满是投枪的回响,
从远处吹来喇叭声,
勇士们要倒在血腥的草地上,
这是野猎人走过了的缘故。

这样歌咏着,可以说很能表现北欧人的心情。

行夜路者,如听见空中有人马的声响和犬吠声时,便即刻卧倒在地上,俯伏着,停止呼吸,一直等到那声音听不见时为止。在这样的时候,如果呆然站着,或发出大声,则奥定便从空中落来,把那人抓去了——他们都这样相信。

基督教进到北欧的各国来了以后,人们也还相信和害怕那"野猎人"的存在。可是,那主人公已由奥定变为一位王者了。据某一个传说,以前,有一位名央斯(Jons)的王者,以喜欢打猎和嫌恶基督教著名。一天带了一群犬出去狩猎,群犬追着一匹野兔,那野兔竟闯进某教堂,而且走到祭坛前来了。这时,一位牧师正在那里说教,可是,央斯王却毫不客气,把马直驰进教堂里了。牧师非常生气,便诘责他:妨害神圣的勤行者,是重大的罪恶。于是,王嘲笑地"无论在这世上,或者死了,我只要能够狩猎,别的事任凭怎样都兴"这样说着,抓住野兔便走了。不久,王真的离开了人世,而且,哪里也找不着安息的世界,不能不永远在狩猎着。

我们在这传说里,可以窥见基督教徒对于旧异教之嫌恶和憎恨。

据盛行于欧洲中世纪的"月男"的传说，则有一位男子，因为在神圣的安息日出去打柴来，触犯了神怒，便背负着柴束，永远站在月亮里面了。同样，央斯王则以侮辱基督的"教"的缘故，给负着永远在空中狩猎的运命。可是，这里所谓央斯王，实不外是奥定。在央斯王，有各种各样的名，如翁斯（Uns）、云斯（Juns）、猖恩斯（Wojens）等皆是。然而，Wojens 不外是 Wcden 的变形，Uns 和 Juns，是与 Ons 同一的语言；又在北欧的乡村里，一向也把奥定叫成 Ons 的。

最后，关于奥定和妥尔在北欧的宗教神话上显明地对立着的事实，也有一说的必要。崇拜奥定神者，主要是贵族和战士们——上流阶级的人们；反之，妥尔神却为平民以及其他下层阶级所信奉。在古记录上，有着这样的话："奥定以战死的贵族为自己的人，妥尔则以农奴们为自己的所有物。"又看沙梭·克蓝马特古斯说的，"布尔特（奥定的意味）和他握手的人，不是卑贱而不知名的种族，也不是平民的死灰，或无价的灵魂。他所领有者，是贵人强者的运命"，也可以明白其中的消息。本书所收的"给授与运命的男子"的故事，能注意到那奥定和妥尔是这样地对立着时，便很可以领会这意味。

二、智慧之泉

世界树的大根之一，伸展到巨人的世界育东亨里。在那根下，沸腾似的涌出一股清可见底的泉水。泉水里包含着一切智慧和机才。

神之王者奥定想得到大智慧，遥远地从亚斯加特降临到育东亨。沿着世界树根，走近那奇异的泉侧，看守泉水的巨人米米尔这样讯问：

"谁？来这里的。"

"神之王者奥定。"奥定答。

"来这里有何贵干？"米米尔怀疑似的说。

"是来饮泉水的,请给我喝一口吧!"

奥定这样说时,米米尔便怒睁着两眼:"不兴,随便可以把有着世界无比的不可思议的力的泉水给你饮吗?"这样严厉拒绝了他。

"喂,并不想白喝你的泉水。只要真的给我喝一口,随便你说要什么代价都给你。"奥定诚心恳求他。

巨人听了,在那可怕的面上浮起一种怪笑:"什么说是要什么都给我吗？不是谎话吧?"这样问。

"我说的话决没有虚伪。"奥定用坚决的口调答。

米米尔莞尔而笑,"好,请把你一只眼睛给我!"并且这样说。

"兴,眼睛算得什么。"

奥定一壁这样说,一壁挖出了一只眼睛交给巨人。巨人凝视了那眼睛一下,便把来投到泉水里去了。眼睛沉到泉底,如宝玉似的,通过澄澈的水,放着一种柔光。米米尔看着,"它将永远在那里夺取这不可思议的泉水的气质。"一壁在嘲笑似的这样说。奥定马上坐在泉边,张开胸脯尽量喝那智慧之水。又当他静静地站起的当儿,抓住在泉上的世界树枝,把它拉断了。又将树枝造成一根投枪。

"那么,我也成为大智慧者了。从来不曾有过这样高兴。想起来,用世界树枝造成了投枪也不算得什么奇怪吧。"独自在这样说,又那造出来的,便是奥定的魔枪恭尼尔(Gungnir or Gungner)。

三、奥定和巨人比赛智慧

饮过米米尔的泉水,成为伟大的智慧者了的奥定,总想试一试自己的聪明。

在巨人世界育东亨里,住有一位叫作阀特尔尼尔(Vafthrudnir or Vafthrudner),是巨人中的第一位智慧者,以识透过去的秘密著名。奥定一向就听到这传说,这次便打定了这样的决心。

"好,决意和那巨人比赛一下智慧!"

"我想到巨人世界里去,和那阀特尔尼尔比赛一下智慧。"

一天对妻子弗利加这样说。

弗利加吃了一惊,"请你不要去! 不是说阀特尼尔是巨人界的第一位智慧者吗? 到他那里去,如果比输了,那怎么办呢? 不是要丢脸吗?"总想劝止他。可是想比赛了的奥定无论如何也不听她的话。因此弗利加也终于不谏了,只得这样说。"那么,变为一位漂泊者的形貌来吧。又,虽则碰见了阀特尔尼尔,也要很安定样子,千万不要慌忙!"

于是,奥定便变做人间的浮浪者,落到巨人世界育东亨,往访那阀特尔尼尔的府第,坐下在大厅里。既而,非常聪明的面貌的巨人,静静地进来。奥定恭敬地和他寒暄。

"我叫作坎格拉(Gangrad or Gangrader),是从人类的世界马那亨来的。听说你是巨人界的第一位智慧者,特意来和你比一比智慧的!"

这样说时,阀特尔尼尔默然望着奥定的面孔,既而,用轻蔑的调子说。

"这不如不比得好。"

奥定却更进一步"为什么?为什么不如不比得好?你怕和我比赛智慧吗?"这样去迫他。

巨人喀喀地大笑,这样答:"不要胡说。以智慧者著名的我,也会怕你那样的人类吗?实在是为你,才说不如不比的好的。因为比输了的,马上便要失掉性命。和我比智慧,照例是以首级为赌注的。"

可是,奥定一点也不退缩,这样说:"好,就以首级为赌注吧。"然而,阀特尔尼尔仍然不当是正式的比赛,只发了真的是试试而已的两三个问题。而对手却毫不费力答出来了,因此,巨人在肚里也不禁吃了一惊:"唔,这不是易与的家伙。虽则说是人类,却也并不怎样蠢。"

又指着一张椅子,这样说:"请在那里坐下来!这才来开始正式的比赛吧。我这边先发问,好吗?"

"兴。喂,请你不拘什么都可以问。"奥定快然答。

于是,阀特尔尼尔出了三个问题,一个是运行"昼"和"夜"的马名,第二是隔住神们的世界亚斯加特和巨人世界育东亨间的河名〔叫作伊芬河(Ifing)〕,第三是世界破灭时的战场的名〔叫作灰格里(Vigrid)〕。

奥定毫不辛苦答出了三个问题。阀特尔尼尔在心中非常吃惊,外面却故意装作无事样子,这样说:

"唔,都答对了。喂,这次轮到你发问了,尽量出你所可能的难题吧!"

装作是人类了的奥定,出了六个问题。天和地的起原,此其一;神们的创造,此其二;亚沙族和华那族的斗争,此其三;在阀哈拉的英雄们的工作,此其四;运命女神诺伦们的任务,此其五;神和世界一齐破灭,谁代之而为宇宙的支配者,此其六。

巨人对于这六个问题,也毫不迟疑便解答了。奥定莞尔而笑,并且这样说:"你也真的聪明。那么,让我再发一问,作为这比赛的结局好吗?"

阀特尔尼尔做着一种矜夸的表情,即时这样答:

"好,快点出吧!"

于是,奥定走前阀特尔尼尔旁边,用很低的声音,这样问:"当巴尔德尔躺在火葬的柴堆上时,他的父亲,奥定在他耳边,低声说了什么。"阀特尔尼尔听了,宛如给雷火一击,变了颜色,跳起来了。在这送到冥府去的阳春之神巴尔德尔耳边低诉了什么,就是神也不晓得,晓得的唯有奥定神自己而已。阀特尔尼尔这才注意到比赛智慧的不是人类而是神之王者。用颤动着的手,按住颈筋,"呀,赌出意外来了!"用嘎声,独自在说话似的,这样叨念。

真的,他是赌出意外来了,失掉了只有一个的头颅。

四、"泷"字的由来

以前的北欧人,有着叫作"泷"(Runes)的文字。是最北国人所使用的最老的文字。所谓 Runes 的本来意味,是"秘密"的意思。北欧人并不以这"泷"文字为通常的文字。把这文字用来记事者,是后来的事情。其初,是用为表示卜占和预言的言辞。又相信泷是表示神秘之歌、神秘的教义、神秘的书物和神秘的言语的东西。

创出这不可思议的文字者,是神之王者奥定。

饮过米米尔的泉水,成为伟大的智慧者的奥定,决心要想出一种有神秘之力的文字来。可是,如不苦思便不能得到智慧一样;没有牺牲,是想不出神秘的文字来的。

"对啦!自己为得到智慧,是牺牲了一只眼。要想出神秘的文字,也得尝到辛苦的经验。"奥定这样想着,离开了亚斯加特,来到世界树旁边。又把身体挂在那枝上,倒吊在宇宙间。

顷刻间,全身的血都集中在头上,满面如燃烧似的发热,耳朵里像晨钟似的当当在响。然而,奥定决不退屈。用那满是血筋的赤眼,注视着冰寒世界尼尔亨的深测里,想了九昼和九夜。不饮酒、不食东西、不绝用枪尖刺伤自己的身体,在深思着。于是,第十日,神秘的文字忽而电光似的在奥定的脑海里掠过。奥定不觉发出欢悦的喊声:"呵呵,我终于想出了神秘的文字。这是智慧的胜利,伟大的智慧的胜利!"

奥定欢悦之余,便把"泷"文字雕在种种的东西上。如自己的盾上、拉太阳车的马的耳朵上,又那马的蹄上、自己的车轮上、八脚怪马的笼头上、熊的前脚上、诗神布拉基的舌上、狼的爪上、鹫的嘴上、虹桥上、玻璃上、黄金上、酒面上、药草上、威利神的心脏上、自己的枪尖上、骏马格拉尼(Grane)的胸前、运命女神诺伦的爪甲上、枭的嘴上,都雕上这"泷"文字去。又把这通通削落来,混在神圣的酒里,送到世界的一切地方去。于是,亚斯加特的神们、亚尔亨的妖精们、马那亨的人们,都有了这神秘的文字。

此外,奥定又为被吊颈者的保护神,因为他自己有过倒吊九日九夜的苦经验。

五、诗的起原

住在亚斯加特的神们(即亚沙族)和住在华那亨的神们(即华那族)经过长久的战争之后,厌倦了,于是,彼此互谋和好。

两方的神们集合在一处,大家都把口水吐在一壶里。彼此都立下永没有想伤害对方的意图——这样的誓约。

神们又把壶里的口水造成一位男子,同时,吹进所有的智慧去。这造成的男子,名字就叫作克阀士尔(Kvasir or Kvaser)。

克阀士尔是非常聪明的男子,无论你问他什么事情,从没有不知道的。于是,神们对着他,这样说:"我们创造你出来,是作为和平的印证的。因此,你得出巡普天之下,授大家以智慧。"

克阀士尔听从神们的命令,出发他世界巡历之旅。

侏儒们听到了这事情,便起了酷烈的妒忌心。决意把吹进克阀士尔身上的一切智慧,设法抢过来。

一天,有叫作腓亚拉(Fialal or Fjalar)和加拉(Galar)的两位侏儒,散步林中时,无端碰见了克阀士尔。两人在心中这样高兴着:"这还跑得了,不曾想到如愿的时节,这样快到来!"可是,外面却装作毫无恶意的样子,这样问:

"喂,克阀士尔君,到那儿去?"

"奉神们的命令,到全世界去传播智慧。"克阀士尔答。

"那么辛苦呢。喂,到我们家里休息一下,怎样?"两位侏儒这样说着,便把克阀士尔骗到家里来了。又拼命劝他喝酒,克阀士尔因此喝醉了,当场睡倒在那里。腓亚拉和拉加看清楚了这情形,便轻轻走前去,把他打死了。

"办得妥当!"

"唔,办得妥当。喂,不快点把身体中的智慧绞出来吗?"两位侏儒这样说了,便抱起克阀士尔,把创口上滴出的血,一滴也不剩余地,放进三个壶里。那壶的名字,一个叫作奥都勒利尔(Odhraerir or Odroerer),一个叫尚(Son),一个叫作波腾(Boden or Bodn)。

两人又把蜂蜜混进克阀士尔的血里,酿成一种酒。这酒,有着不可思议的力,只要尝了一口,便马上成为优秀的诗人;自然而然,那能使一切东西恍惚的微妙之歌,便会从那口中迸出。

这两位侏儒把灵妙之酒,藏在深奥的地方。又飘飘然出到外面找寻恶作剧的种子。于是,给奥定碰见了,而且这样讯问他俩:

"喂,克阀士尔是给你俩怎样收拾了的?"

两人故意做着吃惊的样子,这样答:"哪里话!我们叫了克阀士尔来只请他喝酒而已。"

"不能这样说,克阀士尔无论如何也像死了的样子。"奥定这样说。

"是,死了是的确的。可是,这却和我俩无关。那人有着太多的智慧了，大家又不去问他，可怜他的身体更给智慧涨破而死掉了。"两位侏儒这样说着，便悠然地走过去了，又来到一位名叫吉粦（Gilling）的巨人家里，这样说：

"喂，这样好的天气，也老关在家里，不是无聊至极吗？到海里玩玩去吧？"

吉粦高兴地离开了家。侏儒们便拉吉粦坐在船上，向洋面摇去。既而，故意把船碰在岩石上，船忽而嘶的一声，翻过来了。巨人因为不谙游泳，转瞬间便给波浪卷去，淹杀了。恶作剧的侏儒们，又翻起了船，坐进去，悠悠地归到岸边来。再来到吉粦的家里，对他的妻子说："伯母，碰到意外的事情了。船一倾侧，吉粦伯便掉在海里溺死了。"

吉粦的妻子听了，用破钟似的声音在哭泣。侏儒们从侧旁凝视着她的样子，既而，这样说：

"这样的哭泣也是无用的。假如你愿意，我带你到吉粦伯溺死的地方去吧！这么一来，也许会安心一点。"

吉粦的妻子，哭泣着，这样答：

"是是，请带我去！"

于是，腓亚拉咬住加拉的耳朵，这样低声吩咐他：

"喂，你即刻爬到门上去藏着。又看见这女人从家里出来的时候，你便把石臼打在她头上。因为老让她这样喊着，是讨厌的。"

加拉点了点头，偷偷爬到门上去。又当吉粦的妻子出门的当儿，翻下大石臼，把女人的头颅打成粉碎了。

吉桦的儿子苏东(Suttung)从别处回来,看见两亲都死在别人手里了,裂胸似的悲叹。"哪个家伙杀死我两亲的呢?得快点报此仇!"苏东这样说了,便日夜都去查探,既而,知道了这是腓亚拉和加拉干的勾当。他跑到两人家里来,用巨大的手抓住两位侏儒,——完全像猫子倒挂在空中一样——来到海中的小洲。把侏儒们投在那里,"慢慢地玩吧!等下潮来时,便把你们吞下去!"说了,便想走。侏儒们面色惨白了,这样叫唤:

"是我们不对了,请饶我们一条狗命吧!"

但是巨人却这样说着:

"不行!既然收拾了他人的性命,当然要丧失自己的性命的。"便开始回去了,侏儒们慌忙地喊住他,这样在哭泣似的叫。

"不要这样说,请救救我们吧!我们将用那神秘的酒来赎这罪过。"

好容易,苏东才答应了侏儒们。作为饶他们一命的代价,拿了他们三壶灵酒,回到家里来。又把这交给女儿箜侣(Gunlod、Gan-lad),并且说:"珍重地把这收藏起来!因为这里向有灵异的酒。"

于是,箜侣便把三壶酒藏在一间石室里,无昼无夜在那里看守着。可是,这灵酒的声名,不久竟传到了亚斯加特。神之王者奥定,总想得到这酒来。

"我,以前饮了米米尔泉,得到伟大的智慧,而至于想出了神秘的'泷'文字。能使人自然涌出诗歌来的酒,连看也不曾看过。是非饮它一口不可。"

这样想着,便穿上云色衣服,戴上大边的帽子,离开了亚斯加特。

变为人类的形貌了的奥定,落到巨人的世界育东亨,匆忙地在赶他的路。通过一座牧场时,看见了九位丑陋的奴隶,拼命在刈草。奥定便走前去,这样问:

"这样用功!可是,镰刀大概不快了吧?我替你们磨一磨,怎样?"

奴隶们欢喜地把镰刀交给他。奥定便从怀里取出一块刀石,把九把镰刀真的在那上面只磨了一下,便交回给他们,这样说:

"喂,磨好了!"

奴隶们接了镰刀,看见刀口已非常的快,很为惊怪。又,大家都这样叫:

"求求你,请把那刀石赐给我吧!"

"给你们也兴,然而,刀石止有一块,你们却有九位。好,我把这刀石抛到空中去,谁先接到便给谁。"奥定这样说着,便把刀石高高地抛上空中。奴隶们争先走出,拼命在那里挤来拥去,想夺到那砥石来,就在这当儿,锐利的镰刀,弄伤了彼此的身体,于是,他们生气了。

"喂,割伤我的手的是你吧?"

"胡说,你不曾割伤我手?"

这样相骂着,遂挥动那镰刀,在互相斩杀;终于,九人一齐倒掉了。

奥定又赶他的路,来到了苏东的弟弟包基(Baugi or Bauge)家里,又这样恳求他:"我是旅人,求你给我住一晚吧!"

包基快然答应,拾他到炉火旁边来。一边烤着火,一边在闲谈,后来,包基这样说着:"实在是有点麻烦了。我家里的奴隶,不知什么缘故,今天,九人都死掉了。在这样的农忙时期,实在使人困惑。"叹了一口气。

奥定若无其事地说:

"这真是有点麻烦!那么我来替你做工怎样?"

包基听了,"这就真是可感!可是,只有你一个人……"这样答,仍然做着失望似的颜色。

"不,一人尽够。我叫作坡尔威克(Bolwerk or Bolverk,干恶事者),是很做得工的人。九人做的工,不算得什么。可是,如果一头一尾把你的事情做好了时,请你给我饮下你哥哥家里藏着的名酒。"

奥定这样说时,包基对不起似的在摇头。"这是不可能的,因为他,就是一滴也不肯给别人饮。"而且这样说。

"但是,如果是做弟弟的你恳求了,一定会给我饮一下吧!无论如何,就以这为条件替你做工。"奥定说。

于是,奥定便开始为包基做工。因为要做九人名下的工,所以只得无昼无夜拼命地在做。终于秋雨尚未到来之前,一切谷物的收获都弄清楚了。

"喂,照着当初订下的条件,给我饮那酒吧!"奥定这样说。包基无话可说,只得带奥定去访哥哥苏东。又说明了原因,求他给饮那灵酒。

苏东忽而怒睁着两眼,"不要瞎说!那不可思议的酒,可以轻易给人饮吗?"这样毫无商量地拒绝了他们。奥定看见了这情形,"这不

兴。到了这田地,只有偷进石室的一法"这样想着,便从怀里取出一把叫作拉特(Rati)的锥子,偷偷交给包基,并叫他:

"用这,替我在石室上钻开一个孔来,因为我要从那孔里爬进去。"

包基便把锥尖向着石室,默默地在钻。不久,这样对奥定说:

"喂,孔穴已钻穿了!"

奥定把嘴巴靠住那孔,吹一口气看时,那石屑不向里面走去,反而向面上射回来。

奥定怒视着包基:"不许说谎,还得再钻!"

这样说时,包基苦笑着,又拼命摇动那锥子,不久,这样说:

"这次,真的是穿了!"

奥定再吹一口气去看时,果然,石屑都向里面飞去了。

"不错,那么,我就爬进石室去了。"说着,忽而变为一匹虫,爬进孔中去了。包基吃了一惊,"什么,他不是平常的人类了吗?真可恶的东西,上了他的当了!……"说时,便用力把锥子向孔里钻去。可是,奥定已爬进孔穴的深处,所以,些微也没有受到伤害。

通过了孔穴,进到石室中的奥定,看见了目前的美丽的少女签侣。于是把自己变成为凛凛的青年,花言巧语去向少女求爱。少女的心也次第为他所感动,终于高兴地在闲谈了。

奥定在三日间,努力求少女的欢心。到第三日时,这样恳求她:

"我非常想饮那不可思议的酒。如果爱我的话,请给我饮一口——真的只要一口。"签侣无法拒绝,只好把放在石室深处的三壶酒拿出来。又这样说：

"那么，真的只喝一口呀！"

奥定便[答]："是，真的一口。"这样答时，便把酒壶放在嘴边，一气便把三壶酒喝干了。当箜侣在吃惊，嘈嘈然的当儿，奥定已变为一匹鹫飞出去了。

苏东也即刻看见了那奥定变成的鹫，"完了，灵酒给亚斯加特的神偷去了！"说着，自己也变为一匹大鹫，蓦地向奥定追去。

盘上高空，急向亚斯加特归去的奥定，一注意到后面有东西追上来时，便拼命鼓动双翼，不呼吸地飞行。

亚斯加特的神们，都群集在堡垒边，等待奥定的归来。那时，对面的空中出现了两匹鹫。凝神看时，一匹鹫为他匹猛烈地追着的样子。

"呵呀，奥定神归来了！"

"追来的恐怕是灵酒的主人苏东呢！"

"不快点怎样干一干时，奥定便要危险了。"

神们就在这样嘈杂着。既而，有一位神把柴堆生了火。刚被追赶着的奥定，已向柴堆上掠过，飞过堡垒中来了。追来的苏东，也想从柴堆上飞过，可是，两翼已为刚刚冲起的火焰烧着，掉进烈火中去了，转眼间，已变成了一块灰。

奥定把偷来的酒，吐出在几壶里，因为刚才飞得太烈了，身体仍在打颤，所以滚滴在壶外。滚出去的酒，落下去，落下去，便迸在大地上了。

神们把这灵酒珍重藏起来,有机会便以玩味这妙味为乐。有时,得到神们的眷爱的人之子,也能够尝到这灵酒。尝了这灵酒的人之子,便忽而能够唱出美妙的诗歌。北欧人中叫作斯加尔特(Skald)的诗人,便是这。又,在世上,产生着很多做无聊的诗歌的诗人者,又是什么缘故呢?这便从亚斯加特溢出到大地上的灵酒,跟着时代的经过,腐化了。饮了这腐化了的灵酒的人,成为拙劣的诗人。

[注]北欧人叫诗为"克阀士尔之血",为"苏东之酒",又为"侏儒的赔偿",都是出自上面的神话。

原载《民众教育季刊》,1933年1月31日第3卷第1号。署名:谢六逸、范小石 合译

英吉利的现实主义文学

[日]太田善男 著

一

如果文艺是取材于自然与人生的,则一切文艺该是现实的吧。研究与古典主义、浪漫主义对立的现实主义,在严重的意味上,是没有理由的。就英国的文艺讲,尤其是如此。英国的文学家,预先定下自己的派别而从事创作的人并不多,即使有此种作家,他们的作品多与作者的自觉的主张不一致。批评家和文学史家,制就各种范畴,将具象的艺术品嵌进那些范畴之中,这事虽然有趣,但从另一方面看,不能不说是绝大错误的根源。因为他们将使初学的人以为此种作品是古典的,所以不是浪漫的;那种作品是现实的,所以既非浪漫的也非古典的。诗歌在英国,就大体上说,古典主义与浪漫主义,虽然互相替换,或者混合,或者并行,但在其间却有现实的要素。我们不能说因为它是古典的,所以多现实的要素;也不能说因为它是浪漫的,所以少现实的要素。坡伯(Pope)的诗,其中有讴歌自然者,他的诗风当然是从古典主义来的，可是因为缺乏对于自然的敏感，所以缺乏现实的要素。但在威士威斯（Wordsworth）的自然诗，现实的要素就很丰富。如果问它是古典的抑是浪漫的，那就先要说它是浪漫的吧。标榜写实主义而使之和浪漫主义对抗，则写实主义是不离现实的，一反浪漫主义之逃避现实，普通都是这样解释，但如莎士比亚剧就不能因它是"浪漫的"的理由而称它为"非现实的"呀。称莎士比亚剧为浪漫的，不外是它的形式、修辞、热情和从前的希腊古典剧或同一时代的蒋生（Ben Jonson）剧的形式、修辞、热情不同之故。蒋生的喜剧是现实的喜剧，形式是古典的，内容是现实的。然而把现实作为现实观察，就是希腊的精神，因为希腊精神即古典主义的精神，所以古典主义就是现实主义。奥斯登（Jane Austen）的小说，是现实的小说中的真纯，所以同时又握住古典主义的神髓。穆尔（George Moore）就是作如此的批评。在18世纪末描写田园真相的诗人克拉伯（Crabbe）因为他的诗歌的形式是模仿坡伯的，所以是古典主义，然而内容则是现实主义，并且此种对于田园的现实主义的态度，因为是那时代的浪漫主义的气运的一面，故能把它包括在广义的浪漫主义之中。总之，在英国，如果我们以为由古典主义变作浪漫主义，由浪漫主义变作现实主义，后来又由现实［主义］变作象征主义，就是绝大的错误。

但是特意将现实的要素丰富的文艺取了出来，加上一个现实主义文学的名号，不得不说是便宜行事。让我们站在此种便宜行事的、实际主义的立场来研究所谓现实主义文学这东西吧。首先要顾到的，就是英国无论在哲学方面或实际生活方面都是极其注重经验的现实的,因此在文艺方面也非极其现实的不可了。英国的思想界,在正统哲学上,以经验为重而厌弃纯理的思索,着重个性与具象,对于宇宙人生的抽象的态度,常抱怀疑之念。这是从中世纪的烦琐哲学(Scholasticism)时代以降的英国的传统思想。称英国思想为物质主义是错误的,应该说是经验主义。但是人间的经验之中,宗教的经验与神秘的经验都包含在内,尤其在富于宗教气氛的英国人的思想之中,我们不可忘记此种超物质的经验也是充分具备的。布克莱(Berkeley)从极端的经验主义认识论出发,建立唯心的形而上学。又,为美利坚的乾姆斯(William James)就是兼有自然科学家的态度与神秘观的态度的人。此种不仅是物质的也不仅是精神的,广大的经验的态度,自然影响于英国的文艺。在古代,有属于神秘的,然而现实的要素颇为显著的兰格南(Langland);在近代,则有威士威斯。他有对于自然的敏感,又有直观自然幽奥处的灵的流动的神秘。那位神秘诗人布莱克,谁能说他不是现实的大诗人呢。近来被人称颂的女流小说家布龙特(Emily Bronte)就是这种现实主义的小说家。可是不能因为她是现实的就说她不是浪漫的,她是属于此种性质的人。

在英国,"常识"一事也被注重,常识丰富是所谓英国绅士必不可缺的一种资格,因此这种风气自然影响于文学,造成一种和神秘浪漫的现实主义迥然不同的现实主义。普通论到英国文艺的人,似乎仅在这一方面去研究。这是合理的,莎士比亚本人就是富有常识的。不过莎士比亚的常识,对于人生没有广泛地捆着,不能使普通人的道德感情得到刺激,此种态度就是他的常识的表现。可是我以为不能说这是他的缺点。然而我们对于他所感觉到的,就是他是世俗的。这是因为莎士比亚一派戏剧是以"兴味本位"为目的而写作的,所以思想的背景,因种种的原故,殊为缺少。这是依利沙伯朝时代戏剧的通病。此种世俗的气味最重的人,就是乔叟(Chaucer)。但同时他较之莎士比亚还算是宽容大度的。说乔叟较之兰格南(Langland)更是"英国的",大可不必,不过从乔叟的读者众多的事实,以及被尊为英国近世诗歌元祖、影响后代文学的事实加以判断,可以说乔叟较之兰格南,他的英国的"代表的诗人"的资格是很老的。此种常识的世俗的态度遗祸于文艺,造成所谓英国式浅薄的特征。它与近世的"清教"的气氛混合,奖励逃避人生的真实。所以虽名为现实主义的文艺,其实是颇非现实的。它与因袭道德相妥协,是很明显的,至少到最近仍是如此。自然主义不能在英国发达就是这个原故。自然主义虽为现实主义的一部分,可是它对于当时的现实主义所轻弃的方面特别注重,以自然科学家的态度观察人生,由此以造成一派。但是英国虽为自然科学发达的国家,自然主义在英国因为"常识的妥协"之故,终未能完全发达。例如哈代(Thomas Hardy)也不能称他为真实的自然主义吧,因为他的作品并未脱离感伤主义。又如穆尔也是同样的,他的《优伶之妻》(*A Mummer's Wife*)等作品,也许是模仿法兰西自然派的小说,在烦琐的环境描写的部分,虽然是所谓自然主义的,但在作品中心的气氛,却是感伤的浪漫的东西。美国人乾姆斯(Henry James)是一个使法兰西自然主义与"清教"的洁癖分离的人,但在贯彻自然主义之时，他唯恐伤害自家的"清教"的感情，只是把琐屑的心理解剖加在人生的皮相之上便以为满足了。

不过此种"皮相的"性质，是英国文艺一般的性质（除开一部分神秘作家），虽然是一种缺点，然而同时它能脱离狭隘的哲学，所以也就是它的长处。自然主义的文艺，因为它的背景——自然科学的人生观之故，它能够深刻，但这又是使它偏狭的原因。英国式的文艺，尤其是所谓现实主义的小说，因为英国人厌恶讲求理论，所以显然缺少思想的背景；不过从另一方面看，它将人生社会的诸相，活鲜鲜地描写出来，虽然是皮相的，然而是具象的，就不能说它缺少思想。就这一点说，乔治·耶略特女士（George Eliot）的小说，其中缺少田园的牧歌的描写，令人不感兴趣，就是因她不能够脱离英国式的平凡，而过于着重思想的背景之故吧。哈代的小说亦复如是，他的发抒哲学的地方，即从一种运命观而来的厌世哲学，是借用作品中的情节结构来支持的，但在今日，却成为欣赏的障碍。反之，他们作品中写到乡村的朴素的人物的生活与对话的地方，就能使人感到那些常是新鲜的，这点才应该称为哈代的特色吧。我以为英国的小说中，也许只有从前的轻松有趣的故事和元气旺盛的幽默杂然并列的小说才富有价值吧。

"幽默"（Humour）一字，已故的森鸥外博士译为"有情的滑稽"，意义与普通的"机智的滑稽"的冷淡有别，是一种有温暖意味的滑稽。所谓"有情滑稽"的人物，就是我们觉得对他有轻淡的轻蔑又有深厚的同情的人物。轻淡的轻蔑是从此种人物不与社会一般的习惯或因袭的感情一致的"非常识"而来的，深厚的同情是因为此种人物的心中潜藏着的纯真而发生的。此种人物,自从18世纪初期的散文大家爱迪生(Addison)用小品文表现柯勿莱(Sir Roger de Coverley)以后,他们就和英国文学——尤其是现实主义的小说有了不能分离的关系。爱迪生描写这一位人物的散文(Essay),称为小说固无不可,尤应视为一种小说的"创作"。近世的小说不单是讲故事,同时又是性格描写,但可视如此种散文的"性格素描"与德孚(Defoe)一流以"情节如主的故事",二者混淆而成的。幽默的性格为菲尔丁(Fielding)与哥尔德斯密(Goldsmith)等18世纪的小说家所常描写,以至于后来19世纪的小说家迭更斯(Dickens)。因此之故,在18世纪与19世纪这两世纪之中,英国的小说家之中,以现实主义的小说家占多数,同时被人视为滑稽作家,这确是事实。这等于说,现实主义者(Realist)就是幽默家(Humourist)。此种事实,虽然使英国近世的小说有深厚的人间气味,但从另一方面看,似乎他们是借滑稽趣味来掩蔽人生苦痛的。在国外的读者容易责难他们取材现实是并不出于真诚的,幽默是潜有感伤的,因此幽默家就是借感伤以规避现实的凝视的人了。对于"有趣的个性"的兴味,就是此种"有情滑稽"(幽默)的根底,可是我们知道这是从英国人的个人主义而来的。

二

英国思想视具体较之抽象为重,视个别的自由较之全体的统一为有价值。与此并行,英国人的道德,或在一般实行的方面,个人的自由、个性的威严颇为注重。他们的所谓个人主义,未必即为利已精神的意味,至少在最高的标准,为拥护各个人的个性,在自由发展之中,以求社会和平、文明进步的一种精神。此种意味的个人主义或个性主义在文艺上所表现出来的就是有兴味、有鲜明轮廓的个性的描写。虽往往现出架空的人物,但亦不得不然。

除幽默的情趣之外,英国的现实主义的小说里面,还表现一种男性的精神。此虽由英国人士喜冒险、嗜运动的精神而来,但亦为传统文学,即"波加式"小说(善用海盗与恶汉为材料的小说)的影响所致。依利沙伯王朝时代的小说家纳喜(Nash)所作的《甲克·维尔登》(*Jack Wilton*)就是此类小祖的始祖,原作为粗劣的冒险故事。此种情趣传于《鲁滨孙漂流记》(*Robinson Crusoe*)的作者迭孚(Defoe),再传之菲尔丁(Fielding),更影响19世纪的施梯芬生(Stephenson)。菲尔丁是一个有力的现实主义者,但是他所擅长的,并非纤细的心理解剖,乃是表露于外的活作之活跃与贯穿全体的生气之横溢。因此他的作品,无论是《约瑟弗·安路特传》,无论是《汤姆·琼斯》(*Tom Jones*),都充满泼辣的元气与勇敢的男性的冒险。就这一点说,菲尔丁是英国现实小说的大成者。19世纪的现实小说,多少总具备菲尔丁式的性质。英国的现实小说不以李佳孙(Richardson)为模范,而以菲尔丁为模范,不外因李佳孙的细微的心理的解剖,不合普通英国人的趣味之故吧。因为有了此种特色,英国的现实主义小说,无论如何,多含大众文学的要素。

英国在过去对于"诗"与"散文"(Essay)虽视为正经,但对于小说则视为女人、小孩的玩物,作者本人也存着此种心理写作。著作时能发挥艺术的良心的,不过开始于比较近代的小说。因此小说为大众文学,乃是当然的了。例如情节有趣、结果团圆(Happy ending)、不与普通的道德冲突,对于这几点,不惜多加注意,就是向来英国现实小说作家的习惯。现代作家哈代(Hardy)理应是脱离此种旧式小说弊病的人,可是他仍旧不忘记使小说的情节有趣。他不曾充分地脱离"大众的"文学的传统。

注重结构为西洋小说"古已有之"的风习。在英国,菲尔丁便制造此种模型。有的批评家对于将结构精巧编排,而将其中事实取舍述选、舍弃琐屑的材料的方法,称之为"知的现实主义"。此"知的现实主义",直到19世纪末叶,尚成为英国小说的传统的形式。反之,批评家视施透(Sterne)的方法为"印象主义"。此种印象主义破坏"知的现实主义",也就是英国小说的异端。此种异端最近仍出现于英国的小说界,不能不说是有趣的现象。

英国人实际上道德的高低乃是另一问题,总之,他们是爱好"道德"的国民。这是自从清教主义发生以来特别显著的事实。清教主义为英国中产阶级的宗教,而近代的英国是受中产阶级支配的,因此在思想感情上,清教主义就成了中心。清教主义对于英国文学的影响甚为重大。以密尔顿(Milton)时代为一区划,其前后时代的文学大不相同,考其原因,就是清教主义的原故。那时的文学,没有依利沙伯时代文艺的灿烂天真,过于"自意识的",而为偏狭的道德观念所束缚,虽有其他的各种原因,但须首推清教主义的影响。可是17世纪以后的文艺,如诗、剧、小说等,与其说它是"道德的"(严重的说是道德的），不如说它是"肉感的"，这也不能不说是清教主义的佳良的影响。不过，因此之故，近世的英文学的确带有一种伪善的空气。

因为清教主义的原故，依利莎伯时代的奔放的自由恋爱的精神，在近世的英文学里面不能得见了。自由恋爱的精神为文学的传统，是从希腊、罗马的异教文艺传来的，助长此种精神的，就是依利莎伯朝代的无行的宫廷风气。小诗人所作的轻靡而不端庄的恋爱游戏诗歌自不用说，例如莎士比亚（Shakespeare）、马格（Marlowe）等大文豪的极轻靡的作品，如 *Venus and Adonis*、*Hero and Leander* 诸作就是自由恋爱精神的最佳的代表，而为有严肃的清教徒精神的人所痛恨者。据某文学史家之说，指"未结婚的恋爱为罪恶者"乃是清教徒，从18世纪至19世纪末，大部分的现实小说，可以说是此种清教精神的应用。但在别一方面，自古以来，中流阶级以上的结婚，以财产结婚为普通，因此就用"没有恋爱的结婚乃是罪恶"来反抗。自李佳孙以来的小说里头，对于"没有恋爱的结婚"的抗议，常常表现出来。文艺对于"未结婚的恋爱"与"无恋爱的结婚"的抗议认为清教主义的影响所致，据作者所知，有格利耶生（Grierson）教授所著的《17世纪英国文学的交流》。

脱离，或想脱离清教的精神，为19世纪末期到现代的英国小说的新倾向。"精神分析学"的应用，风行于今日的英国小说，不外是此种倾向的一种表现。但在英国小说漠视因袭的道德之时，意欲脱离清教精神的态度，很显明地故意表露出来，不失为一种特色。在哈代的《可怜的道德》（*Jude the Obscure*）一作里面，已经是明白的事实，它缺乏乔叟（Chaucer）所有的极天真的坦白。就此点说来，清教主义的影响不能不说是很根深蒂固了。也许新的小说家以一种良心上的负疚在那里写作吧。

英国的读者，似乎不能把"艺术"和"道德"分开。低价的道德主义是妨害真实的艺术的发展的，因此真正意味的自然主义不能够在英国繁盛起来。但我个人的意思，以为文艺并不是科学。科学，在严重的意味上是科学，因此非将对象加以人为的单纯化不可。此种"单纯化"在自然科学比较地可以完全做到，但在人文科学则很困难，反而因为单纯化而使对象成了虚伪的东西。文艺既然不是科学，所以"单纯化"便成为大错的根源。自然主义文艺的缺点就在于此，英国的一般现实主义的文艺，视"道德""宗教"与"一切人事现象"相同，照原样取用，不借何等假定或何等哲学来说明，这宁是它的长处。不过用一定的狭隘的道德观念来歪曲现实，确不免有弊害随之。如果清教主义不能根本动摇，则英国文艺就不能自因袭的道德真正解放。就是说，现实主义的文艺不能够成为正确意味的现实主义。（译自《世界文学讲座第一卷》，太田善男原作）

参考书目

1. Ernest A. Baker. *The History of the English Novel.*
（VolⅣ.）（Intellectual Realism：*From Richardson to Sterne*）
2. Louis Cazamian：*A History of English Literature*(1660—1914).

原载《文学期刊》，1934 年（创刊号）。署名：谢六逸　译

现代德意志戏曲之倾向

序

现代——这意义非常的含混。在这里所说的现代,是指从1910年起到现在为止的意思。那么这其间,为其历史的社会的事实,是世界大战和德意志革命;为其文学上的主义分派,是表现主义(Expressionismus:Ausdruckskunst)和新写实主义(Neue Sachlichkeit)。那么,以这些社会的事实做背景,而来研究关于这些主义的——或者立于其间的——德意志戏曲的诸倾向,是这小论的使命。

一

德意志到1850年才开始形成工业国的国家。

在19世纪初头,德意志还是一个农业国,那时它的人口,百分之八十还是农民。工业完全是初步的,生产方式是属于个人的手工业的,所谓工厂不过是凤毛麟角而已,就是各都市的人口,也还是少得很。一直到因为采用了先进工业国英吉利的机械,聘请了技师之后,德意志的工业才开始勃兴起来。

在1850年还是农产物输出国的德意志,到了[19世纪]60年代已有工业品输出了,1870年以后,完全显示了工业国输出的关系。经过了1866年的普奥战争、1870年—[18]71年的普法大战之后,统一了分裂的德意志诸邦,建设了大德意志帝国。德意志诸邦的统一和德意志帝国的建设,是长远地从拿破仑战争以来德意志人所希望着的。这是由德意志资产阶级亲手确立的资本主义的社会组织,在德意志工业之隆盛上,完成了重大的任务。于是,以绝大的敬意和信赖去信奉工业之基础的自然科学,就在文学的领域内,也给与了重大的影响。1880年代支配了文坛的自然主义学抬头的原因,也就潜伏在这里了。

大工业必须有多数的赁银劳动者(工人)来供给劳动力。于是,多数的劳动者被驱使着集中在大工业区域,工业都市的人口急激地增加了起来。大群的人(农民)离开了农村,集中在都市里了。

据聂司理甫克(Siegfried Nestriepke: *Die Gewerkshaftsbewegung.* 3 Bde. II Anflage, Stnttgart, 1922—[19]23)的统计,1882年德意志的农民人数减少至全德意志人口的40.25%,到1907年更激减到20.86%了。反之,1882年德意志的工业劳动者之人数已经是全德意志人口的30.55%,1907年更激增到了40.28%。马克思(Karl Marx, 1818—[18]83)说:"大工业灭绝了旧社会之屏障的独立农民,而代之以赁银劳动者。"这话一点都不错。

德意志在1876年尚无一块殖民地,可是,在1914年已有多处的殖民地了。本国面积0.5(百万平方启罗米特)、人口64.9(百万)的德意志,而成了殖民地面积2.9(百万平方启罗米特)、人口12.3(百万)的德意志资本帝国。"资本主义是只限于资本主义之本身,资本的过剩部分,因为不能使用去提高大众生活的水准,因而输出到外国(即后进国)去以增加其利润。"(列宁)于是,由获得殖民地而生的财富,是成为将来的大资本家的产业集中和资本蓄积,使一般大众更深一层地普罗化了。

1914年发表了表现主义的最初著作《表现主义》(*Expressionismus*)的巴哈尔(Hermann Bahr,1863—)这样地写着:"……现代,是仅仅把人类做成了器具。人类已经成为其自己本身生活的工具了。人类自从使用机械以来,早已没有了人生的任何意义。机械从人类身上夺去了灵魂(Seele)。而现在灵魂又要再来占有人类了……我们经验之一切,只是为人类之巨大的斗争,与'灵魂之机械'的斗争而已。我们早已不是在为自己生活着。不过是被生活着,我们早已没有了自由……这样的恐怖,像这如死一般恐怖的动摇时代,是再没有更甚的了,世界也没有过一次像这样子沉默着的。我想,人类也没有过一次像这样地显示弱小;也没有过一次像这样地感觉不安;也没有一次像这样和欢乐远离,自由像这样地丧失干净。所以,在这里,现在叫出了求救之声。人们叫着要获得他们自己的灵魂。现代,大众一体地叫出了同一的要求救助之声。艺术也共同地向了深度的黑暗叫喊。艺术叫着要求救助，获得精神了；于是，产生了表现主义。"（S. IIOF.）

在被称为德意志文坛的 Chameleon 的哈巴尔的话语里，找不出那独特的夸张。当考虑 20 世纪的初叶——世界大战前德意志的社会情势时，这不单独是个比喻，而且肯定地表明了一般大众——尤其是小布尔乔亚的知识阶级（Intelligentsiya）之动向。在急激地现出社会的经济的矛盾之下苦恼着的人们，为了不能理解和洞察之矛盾的原因，而否定和诅咒之现实的社会及现实的事象，逃避到灵魂与精神的世界里去，高唱灵魂与精神之绝对的自由。由此，可以看出表现主义文学抬头的原因。

表现主义文学是和自然主义（Naturalismus）及新浪漫主义（Neuromantik）文学对立的。

自然主义文学自 1819 年以来，在德意志隆兴起来了。它是绝对地信赖自然主义的文学。这些作家们，一切的描写都是取材于实在的事情。就是在技巧方面，也是尽可能地努力对现实忠实。真实、现实——是这些作家描写的一切了。这时候，作家们专门重视于"现实的世界"，而对于"理想的世界""未来的世界"却完全拒绝了。对于题材，两全是持着无倾向的立场，把作家的主观性认为是对真实的误解，而被排除了。

新浪漫主义跟着法兰西的象征主义（Symbolismus），以形式之美为文学之最高的标准。所以，唯美主义（Asthetismus），也被包含在里面。他们所取的，以形式美为最重要，情绪比较现实的与社会的事象更被撰为作品的题材。

表现主义反对他们。魏康特（Julius Wiegand：*Geschichte der deutsrhen Dichtung. Koln*，1922）说（S.427）：

> 表现主义是反对自然主义及新浪漫主义——即印象主义（Eindruckunst, Inpresslonismus）的。
>
> 自然主义专心于现实的描写，但表现主义却努力于内心的表白。自然主义的现实是和空想的、非现实的、预言的、夸张的、神怪的（Grotesque），及恍惚的相对立的。自然主义是唯物论的，反之，表现主义是形而上学的。前者主张的是无信仰，后者主张的却是神秘主义。
>
> 新浪漫主义的艺术是倦怠的艺术，但是，表现主义的艺术是以行为、能动主义反对这个的。前者于纤细的神经质的艺术给与高的评价，后者是否定了心理学的而主张普遍的与人类的艺术。前者是个人主义的、享乐的，反之，后者对牺牲与社会的行为，给与了高的评价。前者的贵族主义和唯美主义的主张与后者的"一般大众"的主张相对立。对于前者的"为艺术而艺术"的立场，固执着"美之崇拜"，后者是执着"为目的而艺术"的立场。

表现主义戏曲家的先驱者，当推史特林堡和卫的更。

史特林堡（August Strindberg，1849—1912）——到1890年为止的

史特林堡还是站在自然主义的立场,而像其他一切自然主义作家一样,信奉自然科学和观察一切的事物。当[19世纪]90年代终了的时候,他发生了变化。三度的结婚和离婚,多年的放浪生活,使他离开了不断的斗争和混乱的生活,踏进了和平与休息——"谛念"的境地了。

在1897年写的自传小说《地狱》(Inferno)的卷首,引《旧约》圣书中的话语作为卷头语。

  心,骄慢的巨人哟!俯下你的头,崇敬你已经烧弃了的东西,烧弃你曾经崇敬过的东西哟!

这是应该解释为他对到现在为止作为人生之唯一指南针的"崇敬着"的理性所作的告别辞。就这样,他从不绝地苦恼的现实世界里逃往神秘的世界里去了。在1906年以来写的《蓝色的书》(Blanbucher)里,这种倾向是更加利害了。当1880年代,在Geneve的时候,曾相信共产主义的社会是会到来的史特林堡,在疲于和社会的矛盾作战的时候,便陷于唯心论的神秘主义里了。

信仰自然科学的理知主义者的史特林堡,在[19世纪]90年代的末了时,已经完全变成神秘主义者了。他攻击自然科学为"机械的、多虚伪的",而嫌恶科学的明了,不在一切事物之中发现神秘了。过去从事化学的研究而没有多少发现的他,为了不能阐明从来化学的误谬,现在却专心在中世纪的妖术者中,梦想能够作出黄金来——1897年,他在巴黎写的自传小说《宗教的逸话》(Legenden)的第一部末尾,"我双手奉上给神住的山与家!"这话更能够看出他完全变成宗教的了。

史特林堡在转变成神秘主义者后的第一伟大戏曲是《到Damaskus去》("*Nach Damaskus*" I. 1898, II. 1898, III. 1890)。这戏曲给与德意志的表现主义戏曲很大的影响,成了表现主义的模范戏曲。

这戏曲由三部做成,第一部不分幕(Act),而由十七场(Scene)组成。戏曲被分做许多短场的事,是表现主义特征的倾向,这是因为受了《到 Damaskus 去》的影响。当然,在 Shakespeare(1565—1616)的戏曲里,场的变化也很多。如"*Antony and Cleopanra*"是由三十六场组成,但是,这是因了当时英吉利的舞台构造使然的。在德意志 Stnrm: nnd Drangperiode 时代——由 1771 年起到 1784 年止——的戏曲,也是有许多的短场。例如:歌德(Wolfgang Goethe, 1749—1832)的《偶像的初稿本》(*Gesthichte Gottfriedens von Berlichingen*)有六十场,就是《偶像》(*Got zvon Berlichingen*)也还是由五十八场组成的。歌德的朋友林知(Reinhold Lenz, 1751—[17]92)的《家庭教师》(*Der Hofmeister*, 1774),是三十一场。他的另一戏曲《兵士》(*Die Soldaten*, 1776)是三十五场。但是,这并不是想破坏从来的戏曲的形式,而是基因于对伊利沙伯王朝的舞台构造的无理解和对 Shakespeare 盲目的崇拜。此后,浪漫派的戏曲——例如蒂克(Ludwig Tieck, 1773—1853)的《穿了长靴的牡猫》(*Dergestiefelte Kater*, 1797)——郭拉贝(Christian Grabbe, 1801—36)及布哈捏尔(Georg Buchner, 1813—[18]37)的戏曲,都是有许多场面的变化了的。但是,自然主义的戏曲却没有这种的倾向。

表现主义的戏曲里,插入短的场面、罗列的事很流行,这是受托舞台构造的变化、发达与演出法之机械化的力量,又,受了电影的影响也是很明了的事。许多短的场面急速地转换中生出来的音乐(Temps)是和焦躁而烦恼的客观之要求合致的。

表现主义的戏曲不独分了许多的场面,史特林堡的《到 Damaskus 去》是有许多地方和从来的戏曲相异之点——在这戏曲里的登场人物间之意志斗争是一点也没有描写,关于剧情的发展也是从布幕说明到结束(Catastrophe)都漠视从来的形式。使剧情渐次地发展而达到顶点的中心事件也缺乏着。更且,在每一场面及场面上升起的事件,是离开了现实,甚至非现实的。在这上面,作者是连登场人物的性格、生活,和围绕他的环境等一点也不描写,就是登场人物的特定的名字也是没有的。他们写的只是"无名人""女""乞丐""医师"……连主人公"无名人"的性格、生活也是不明了的。一切的登场人物都是传达作者之思想的工具。作者在这戏曲里专心披露和表白自己内心的世界,并不想对于每个人物给与客观性等。他们(登场的人物)是为表白和披露作者的内心而引出来,所以,每个登场人物用的言语都是同一的,没有差别,没有特异性,也没有个性。这戏曲,是作者抒情的自问自答(Lyrische Selbstgesprache)。

1901 年史特林堡写的《梦幻剧》(*Ein Tranmspiel*)是更发展了《到 Damaskus 去》所表现的这种倾向。后者是不描写个人的和现象的事象,而是描写了好像普遍的人类的运命。前者也是把人类苦恼的姿态及其原因非现实地和普遍地描写了。戏曲的题名既是《梦幻剧》,

则如名一般,这里面所表现的,当然全不是现实的事件。现实的人类的心理和现实的论理,也都完全没有!像梦中事件的进行似的,作者制造了理想的场面,照着作者的理想,使剧情发展下去。连现实的时间和空间之拘束,在这戏曲里面也不存在。夏天下起雪来了,在刚刚落了叶的菩提树上,又挂着了嫩叶。

更值得注意的是,人间的言语,不能表现的内心深处的神秘,都以"动作"代替了。其次就是"呵呵!""啊啊!"的叫声,屡屡地被用着,以不为论理所拘束的音乐代替受论理支配的语言。在《梦幻剧》里,Beethoven 的音乐被采用了。《白鸟姬》(*Schwanenweisz*,1901)里,也插入了 Sibelins 的首乐,《幽灵》(*Gespenstersonate*,1907)里面,音乐也演出了重要的任务。

作者以作品的场面与登场人物的实在性、客观性无要求的结果,也就很少写。在自然主义的戏曲里,人物的年龄、容貌、服装和动作等,详细地写着。表现主义却完全和它相反。处置《到 Damaskus 去》《梦幻剧》两剧的,因为没有特定的现实的事象,而是普遍的、典型的,所以,也没有受特定的时间与空间支配的必要。——自然主义和新浪漫主义——印象主义的戏曲,是由解剖个别的事象而成的,若是将它叫为"分拆的戏曲"(analytischis Drama),则史特林堡的这类由个别的事象抽象而成的戏曲,就应该叫作"综合的戏曲"(Synthetisches Drama)。表现在他戏曲里的事件和人物,都不是特殊的,而是典型的(typisch)。

舞台装置亦是离开了写实,而成为超现实的单纯化了。布景不变更而由背面的壁画更换来表现场面的变化。所以,暂时把舞台黑暗一下,就变更了场面,而安排舞台装置的事,是没有必要的了。

史特林堡在《梦幻剧》里,废除了一切的装置画;在舞台的背面,垂挂了一张赤色天鹅绒(velluda)的幕,由光线之色的变化,而表现了场面的变更。并且,他更进一步地,像中国剧一样,由大贝而显示了海边,由杉木而表现了意大利等,用这种譬喻的方法来说明事物。

卫的更(Frank Wedeking,1864—1918)也和史特林堡一样,是给与了表现主义戏曲巨大影响的先驱者。

他的处女作《春之觉醒》(Fruhlingserwachen)是他从巴黎、英吉利、南法兰西的流浪生活中回到 Munchen 来,暂时逗留在那里的1890年写的。霍甫特曼(Gerhart Hauptmann,1862—)的《日出之前》(Vor Sonnenanfgang)在伯林(Barlin)获得绝大之喝彩而上演了的,是在前一年——1889年,当时是自然主义的隆盛期。但是,卫的更之戏曲,是和自然主义完全不同的东西。

他在1889年写的习作《青春的世界》(Die Junge Welt)里,已经表现了他反对自然主义的全貌。他是由于这一戏曲而开始向自然主义挑战了。

《青春世界》里表现的诗人佛郎兹·鲁拖依·马也驴是自然主义的人物,他在感亲所有的事物之前,观察所有的事物;然后,将其结果记录在笔记簿里。与他定有婚约的亚鲁玛和他不和的原因,如次地说着。(第三幕第七场)

亚鲁玛:这事情是很简单的。他(马也驴)在和我接吻的时候,总是一只手拿着笔记簿,而另一只便在那里写了,写我的面貌是怎样的!我是感觉在嫉妒笔记簿了,我这样地想:他只是因为想知道我的脸色而吻我罢了。于是——于是……(叫喊)我大概在那个时候已经是没有怎样的脸容了。所以,马也驴是在非难我。非难我的态度是故意装作而不自然,非难我是一点也没有独创的地方;说我是没有独创的地方,便使我完全陷于不幸了。于是,我跪了下来,我大声地哭泣,"请相信我,我是个有着独创的哟!"我向着马也驴恳求。但是,代替回答的是——呵呵!我是一生不会忘记了这天吧……代替回答的是,马也驴从衣袋里拿出了笔记簿来,把我这时是怎样面容的事写了进去……"不能给我好好地休息一下吗?"我这样地质问,而他也把来写进笔记簿里去了。孩子被车子轧了,我说的话,他都把来写进笔记簿里去。请大声地回答,要怎样的才好呀!这样恳求他的事,他也把来写进笔记簿里去。于是,毕竟我想起来了。是我?还是笔记簿?这二个之中死了一个吧……

马也驴:我一点也没有非难亚鲁玛。但是,我因为亚鲁玛而研究自然主义,可是,这样一来,亚鲁玛是成为不自然的了。我从别一方面来研究自然主义时,她却又妒嫉了。可是,从我自己本身上来研究自然主义,是没有办法的。这是使我完全没有办法的了!

亚鲁玛结局：我请求马也驴选择，为着能够写出关于自然主义的伟大小说，简单地，请把我杀了吧！不然，我们就分开了吧！

最后，关于马也驴的自然主义的观察癖，友人克鹭鹭说过如次的话。

克鹭鹭：喂，你，你的写实主义是使你忘记了诗！……真实的诗人，不是为着安慰人间而作诗！……诗人只是为着生活、爱情、自己存在的快乐而作诗！……因为对于人间有着了乐趣的欢喜而作诗！……这是第一个条件哟！不要拿着笔记簿吧！

我们应该记得卫的更的这个戏曲《青春世界》是和霍甫特曼的处女作《日出之前》同年写的。他对自然主义的反抗与嘲笑，更明白地在《地灵》(*Erdgeist*,1893)的序词中表现出来了。

你在喜剧和悲剧之中看见的是什么？
这是家畜，好好地行着礼仪，
而静静地守着，为着青白色的菜饵，
在下面的平土间——像其他的一样，
似喜又似悲。
那第一个的主人公是一杯之酒也不能忍耐，
第二个是在怀疑自己是否真实地爱着，

还是怎样,

第三个是对世间绝望了,

听吧,在五幕中说着的悲伤话。

但是,给我想一想那个男子的人,是一个也没有。——

妇人哟! 实在是禽兽,荒唐的、美丽的禽兽,

认识了它的,只有我一个人!

这是他对霍甫特曼的戏曲登场人物的嘲笑和讽刺,同时,是他对自然主义的反抗声。他说看见"真实的禽兽,荒唐的、美丽的禽兽",这是什么? 这不是由于理性与思索的反省,而是由于生来的肉体,由于性的力量,只是由于她自身的存在,而惹动几多的男性,就连女性也惹动了。她是由于她自身无意识的性之力量,惹动了人们的心,而将他们投入了灭亡的深渊里去。

性的冲动! 这是过去卫的更的处女作《春之觉醒》的主题(Thema)。

在人间,怎样也不能由理性御制的,是存在的。这是由于不受因果关系的支配,在人们间本然的存在,自力的活动。性的冲动,极端的利己主义,它是有它自身的活动力,而不能为其他的任何事物所规定的。它是突然地爆发,并同时活动的。

据卫的更所解释的性冲动,是存在于人类中的最根本的、最深刻的本能。他讴歌人类的这本能之力,抓着其中无尽的问题。《地震》和 *Die Bnchsevon Pandora*(1901)同时解决这种问题的作品,其他的许

多作品也都是这样。

他的《春之觉醒》,在形式上也是表示与从来的戏曲不同,由三幕组织的这戏曲,第一幕是五场,第二幕是七场,第三幕是七场,这样的短短的十九场,写得极短的。例如——第一幕第一场,便室;第二场,星期日的晚上;第三场,闻多和马鲁达挽着手走来;第四场,高级中学校前的公园;第五场,晴朗的下午。——美比阿露与闻多在林间会晤,等等。许多的独白,也是这戏曲的特征,如像第二幕第五场,只是由加波儿夫人向着桌子写着的信之文句组成的。登场人物用的言语,无论何时都很简洁,完全离开了写实的文体。

特别是,最后的场面——第三幕第七场——是特别的不同。在那里,现实的事实与超现实的事交错着——美比阿露爬上墙垣而到墓地里去,自杀了的摩理兹从自己埋在的墓里爬了出来。他把自己的身分开着。在上面的这个场面里,"覆面的绅士"成为登场的人物。他不是现实的人,而是生的象征。

卫的更,是不能由理性说明的,而且,不能由理性支配,他发现了人间最根本的本能之力而主张之!很明白的,这是他对自然科学的人生观、世界观的反抗。他的放浪的生活——也是与观察一切的自然主义的生活态度完全不同的。他是要从观察中去享受,从思索中去生活,从反省中去直感——他的生活与作品,是对1900年前后的社会全体的咒诅与反抗及挑战。这样的,他惹动了、鼓舞了1910年代青年男女们的心。

二

表现主义戏曲家的一个先驱者——史特林堡——是因为被现实生活的苦恼所压倒,而成为宗教的、神秘的、回避现实的世界而憧憬彼岸的世界。晚年的作品一切都被描画成朦胧影子似的了。

另一先驱者,卫的更是极力地抓住现实的世界。他主张在人间有不能用理性说明的本能——特别是性之冲动的存在,在许多的戏曲里,他写出了性之冲动的伟力。于是,他把对于这些本能之力无视的,和固执着 $2 \times 2 = 4$ 的生活的人们,当作俗人而嘲笑、揶揄、骂倒、攻击了!

史特林堡和卫的更——一面憧憬彼岸(Jenseits),一面留恋着此岸(Dieseits)——表现主义的戏曲家,就这样彷徨于这两极的世界观、人生观及艺术观之间。有的是史特林堡的——即精神的和神秘的。有的是卫的更的——即物质的和现实的。更有其他的是这两者之间复杂的和混合的。但是,表白反叛资本主义的机械文明,对"人类自由"的压抑和束缚,宣言反对现存一切的事,反对"现实世界",而强烈地憧憬"理想的世界""未来的世界"的事,他们完全是同一的。主观的生命之张扬和精神绝对的自由,是他们的口号(Slogan)。

世界大战的勃发,人人都陷于兴奋和昏迷之中,正视现实的事愈加不可能了。人间主观性之高的评价,更助长了轻视现实的倾向。

以进于史特林堡之倾向的哈逊克利华的初期诸作品做例吧。

对于现实的一切取反抗的态度,这在——社会的狭小范围——

家庭里,作为亲子间的问题,而表现出来父亲是旧时代的代表者,儿子是创造新时代的人。年轻的表现主义戏曲家,在这问题里,站在儿子的立场上而反抗旧时代的代表者——父亲,是当然的事。

哈逊克利华的《儿子》(*Der Sohn*, 1914),是表现主义解决"父子的对立和斗争"的代表戏曲。

这戏曲的主人公是一个二十岁的儿子,他对幸福怀着无际限的憧憬。于是,所谓幸福,他认为是在恍惚之中。"人只是在恍惚中生活着而已。现实是使人困惑的吧。"(第一幕第一场)他说:"我跪在自身的激情之前,我决没有想到这是耻辱事的。"(同上)妨碍他在恍惚中的学校与家庭,他认为是牢狱。父子的斗争,在儿子拿着短铳射杀父亲的一点上,达到了顶点。但是,这斗争,在这戏曲里,不单是表现父子间的斗争,而且含有对古旧的一切斗争的意思。关于儿子反抗父亲、组织子辈同盟的事,在剧中人物"友人"说的话里——"他(儿子)建设了反抗世界的青年男女大同盟"(第三幕第五场)表现得很明白了。又,"友人"说的"破坏中世纪的疮疤——家庭的暴虐",就是"放弃(从来的)法则,而恢复人们最宝贵的自由""和百年前对王侯的复仇一样向父亲斗争!"。(第四幕第二场)

同这戏曲一样取材于父子间的对立与斗争而表示,反对古旧世界的,有下面的诸作。

白郎宁(Arnolt Bronnen, 1895—)的《弑父》(*Vateamord*, 1915),威鲁特甘斯(Antcn Wildgans, 1881—1932)的《发怒的太阳》(*Diesirae*, 1918),魏鲁肥尔(Franz Werfel, 1800—)的《有罪的不是杀害者而是

被害者》(*Nicht der Morder, der Ermordete ist schuldig*, 1020)——最后的是小说(Novelle)。

在哈逊克利华的《儿子》里,"儿子"的第二自我——"友人"登场了。他是完全没有个性的观念的人形。他批评主人公"儿子"的过去,他尽了暗示未来的任务。

在这戏曲里用的语言,是非常抒情的。时候的描写是黄昏和夜,金色的夕阳和皎洁的月亮,都是能使抒情的情绪升起的。于是,一切都是超现实的,好像梦中的事象一般的朦胧,更在表现主人公的最高情绪时,插入了韵文。例如:在第一幕第二场里,"儿子"在被夺去了幸福而对人生绝望,将要自杀的场面,便使用着押韵的抑扬格。——为表现这样最高的情绪而插入韵文的事,成为流行的事了。左儿格(Reinhard Sorge,1892—1916)的《乞丐》(*DerBettler*,1912),威鲁特甘斯的《爱》(*Liebe*,1916),郁司泰(Hanns Johst,1890—)的《孤独者》(*Der Einsame*,1917),戈伦佛耳特(Ponl Kornfeld,1889—)的《天堂与地狱》(*Himmelund Hole*,1918),哈逊克利华的《人们》等,都可为例。

哈逊克利华的《儿子》,很少场面不变化,这是用五幕五场作成的;但是,在他的《人们》(*Die Menschen*,1918)一戏曲里,各幕都是由五场组成,一共有二十个场面。在这里描写的事象,完全是非现实的,我们要想捕捉它,是颇为困难的。主人公亚力山大既然是被杀害了的人,他又能从自己的墓里出来,把自己的头装在袋子里来拿着走。在他的《彼岸》(*Jensertp*,1919)里,神秘的倾向更重了,在这戏曲里，死人的精神因为"彼岸"世界的作用，使生着的人们苦恼。新度同居生活的男与女，被女的先夫的精神苦恼着，两人的生活被恐怖、不安和战栗的暗影遮盖着。两人的生活，因这精神而被破坏了，男的杀死了女的。为强调由彼岸世界而来的精神的作用，门自然关闭的声音，能够悟为敲壁的声响。灯独自地消灭，会感到雷鸣、电光。听见叫喊之声，能够感到何物之影的出现。描画出一切超现实的事象之存在，是表现主义戏曲演出的任务。

在这里可以说，和哈逊克利华的诸作品同一倾向之中的名著有戈伦佛耳特的《诱惑》(*Die Verführung*, 1913)、《天堂与地狱》，威鲁特甘斯的《爱》等。

而属于卫的更一倾向，继续抓住现实，而又批评、揶揄、攻击现实的，当举施德儿恩哈姆(Carl Slernheim, 1881—)[①]、凯锡儿(Georg Kaiser, 1878—)。

施德儿恩哈姆在1918年再版的《裤子》(*Die Hose*, 1911)的序文里，关于他自身说过如次的话：

> 我的《裤子》公演的时候，是次着格鲁哈尔哈、蒲特曼的自然主义之后，那时德意志的剧坛，是重知道假装王与王妃及侍童登场的舞踏。他作各种各样假装的新浪漫主义而登场，穿着美丽的衣裳而述说着离开现实的美丽言词、崇高的事情。但是，在我的作品里，一个市民的女侍连裤子也没

[①] 施特恩海姆出生于1878年，于1942年去世。

有，各人在舞台上，用着不加修饰的德意志语，说着只是并不堕落的话。

在德意志，莱辛（Gotthold Lessing，1729—1781）的《米司撒拉》（*Miss Sara Sampson*，1755）里，市民阶级的女儿最初做了悲剧的主人公而登场了。当时指导的演剧批评家戈蒂适特（Ceristoph Gottsched，1700—1766）这样地说了，"从前属于市民阶级的人物，是不许作为悲剧的主人公而登场的"。莱辛以后，苏托鲁姆·纹托·独兰克时代的悲剧主人公，是属于市民阶级。封建制度崩坏了，市民阶级获得了社会的支配权，于是，悲剧的主人公完全移到市民阶级来了。但是，现在同着表现主义喊着反叛布尔乔亚社会一起，市民阶级转落到为喜剧的可笑的主人公了。于是，在施德儿思哈姆的许多喜剧里，担任可笑的主人公之任务的，是属于市民阶级的人们。他特别是以小资产阶级性为对象，而暴露其正体，嘲笑、揶揄、鞭策其金钱欲和名誉心。

他的戏曲的内容和形式都是表现主义的。

从《裤子》、《手提箱》（*Die Kassette*，1912）、《资产阶级的锄铲》（*Burger Schippel*，1912）等里面可以知道一样的，场面写得非常的简单，登场人物也只是"官吏""其妻""理发师"……地写着，关于彼等的动作写得有很少。

施德儿恩哈姆的戏曲里用的语言，实在是有值得注意的价值。在这里，一点的感情和情绪都不能表现，在最感情的场面里，也能使用同样冷静的话。在这些会话里面，冠词和说明语也屡屡被省略，名词是并列的，动词不定法及过去分词是可随便地抛弃，语的配置法是可完全不顾，文章切成短短的零碎句子。他的文体可说是电报文体，颇为难解。但是，因为这些语的省略和语的配置法之叛逆等，会话的拍子（Tempe）成了显著的急速，是一望而知的特征。——这电报文体与自然主义戏曲的文体是完全的不同，如在哈逊克利华的《儿子》里的抒情文体一样，同是表现主义的戏曲家欢喜用而成为一种流行的东西了。

省略了语的一段一段的短短的这文章——电报文体——在施托拉姆（August Sttamm, 1874—1915）的后期作品里，《叫声》和《姿态》是更进展了。在他的《觉悟》（Erwachen）、《力》（Krafte）、《事件》（Geschehen）中，发现完全的文章甚为困难。在这里，不是文章，而是单语，或者是并列的叫喊。这"叫喊"，也是表现主义戏曲——哥玲克（Reinhard Goering, 1887—），发生了叫唤剧（Schreidramd）的名称。

凯锡儿的《卡烈司的市民》（Burger Von Calais, 1914），1917年1月29日，在Main河畔的Frankurt地方上演得到非常的成功以来，一跃而集戏曲界的视听。在世界大战终结期，德意志的革命时代——1918年—1919年里，伴着他的社会剧的上演，他的文坛的地位也确定了。

很明白的，他是在施德儿恩哈姆的影响下出发了，但是，在他戏曲里所处置的领域，是比施德儿恩哈姆现代的，与当时的社会情势更有密切的关系。

凯锡儿的《从早景到半夜》（Von Morgens bis Mitternachts, 1916），是把读者拉进到现代社会的中间来了。这戏曲，因为以现代社会里演着最重要的角色的金钱之魔力为题材(Thema)的缘故,可以说是凯锡儿的社会剧的前奏曲。

他的社会剧,可举下面六作,但是,这些戏曲,不仅是关于内容,就是在素材里也有关联性。

《珊瑚》(*Die Koralle*,1917)

《瓦斯(第一部)》(*Gas I Teil*,1918)

《地狱·道·大地》(*Holle*,*Weg*,*Erde*,1919)

《瓦斯(第二部)》(*Gas II Teil*,1920)

《并行》(*Nebeneinander*,1923)

Gats,1923

《瓦斯(第一部)》不仅是凯锡儿的杰作,而且表现了表现主义戏曲的最高峰。

这戏曲的舞台,是近代资本主义社会里最可重视的 Konkrrent 建筑的大工场。巨大的烟突林立,烟火正升着。在这里聚集了多数的劳动者,创造着"一切的工业、商业、其他的人间企业"之原动力的瓦斯;在这里有共产主义的工场主(大资本家的儿子)、监督制造瓦斯的教师、男女老幼的多数劳动者。在这戏曲里,瓦斯的生产演着重要的任务;处置了工资、劳动时间、利益的分配等问题;也处理着工场的爆发;劳动者的拒绝工作和罢工说明离开工场而开拓新世界的工场主(大资家的儿子)的劝告;为镇压劳动者的暴动而出动军队,因政府的干涉而工场再筑和瓦斯生产的复活等事件。

第四幕是凯锡儿戏曲中最有效果的。

男女老幼的多数劳动者集合着在爆发了的工场之一隅。他们已经是实行罢工了,罢工的到来也已经波及其他的工场。他们要求解雇工场爆发的责任者技术师。

劳动者(立在坛上):制造瓦斯呀!! 同那个技师一起!!

所有的男和所有的女:制造瓦斯呀!! 和那个技师一起!!

在这骚动的里面,大资本家的儿子——工场主出现了;他提出了他空想的新社会建设案而要求劳动者的同意。即是,他劝告劳动者们,放弃再建爆发了的工场的企图,而移住到远远"绿的牧场"去开始平和的原始农民生活。

于是,技术师出现了,他劝告劳动再建工场,再生产瓦斯。

由于两者的对立与论争,劳动者之间发生了动摇,结果,他们赞成了技术师的话。

一个声(叫喊):我们受技术师的指导吧!

多人的叫声:我们愿受技术师的指导吧!!

所有的男和女:我们受技术师的指导吧!!!

这戏曲在处置的场面、题材、问题上,完全是新的。所以,在这里当作主要的东西而描写出来的,不是关系到工场的每一个人的命运,而实在是——多数劳动者可以工作的工场这东西,从一点儿个性也没有的劳动者的典型,描写出了大工场这东西。这是凯锡儿的独创性,这倾向给与了一般表现主义戏曲以重大的影响。

如狄波儿（Bernhard Diebold：*Der Denkspieler Georg Haiser. Frankfurt am Main*, 1924）说得一样，凯锡儿是个思索的能手。他把《珊瑚》中"大资本家"的话，揭在《瓦斯（第一部）》的卷头而成了 Motto。把最深奥的真理只能由个人发现，对于其他的人的作用是不可能的事暗示在这戏曲里。但是，他在次一戏曲《地狱·道·大地》里面，写出了和前记 Motto 完全相反的事件。即是，人们——社会的变革是受着基于每一全人的"邻人爱"[注1]的话语和行为的影响，因为基于主人公苏柏兹列儿"邻人爱"的话语和行为，辩护士、旅馆的主人、宝石商、狱吏、囚犯等也都受了影响，因而依他们建设了新的社会。但是，他更在《并行》里，又指示了基于"邻人爱"的行为等是没有何等的价值，而只不过使其自己灭亡而已。思索的能手凯锡儿，对于一个问题说用某一种方法解决是可能，同时，即刻又感觉到这解决是不可能。即是，他在这提出的问题和解决之间，缺乏着必然的关联性。——这是回避现实的表现主义作家持着的一般的缺陷。

凯锡儿的戏曲的各个场面，充分地集中了读者（观客）的注意力，而使其神经紧张！每个场面都是式样化的，用几何学构成的。如《瓦斯（第二部）》，便是一个好例。——Konkurrant 建筑的大房间，左右放着三张连着铁制的桌子，前景中央一张长方形的铁制的桌子，上面一盏弓形的灯（Jampe），从高高的天井里垂下的数支电线是系着中央筑的高坛，在这里，电线分开来了，即是系着左右三张连着的铁制的桌子。向着每个桌子，穿着蓝色制服的人物，用不动的姿势立着。

他的戏曲，每个场面都建立在立体的动的上面，由这些场面的结合和安排的戏曲全体,是构成得非常立体的、动的。这个雄伟的戏曲的构成力,在《从早晨到半夜》《并行》、"*Zweimal Oliver*,(1926)"等里,表现得最明白,给与了现代的戏曲以重大的影响。

诉诸视觉的要素(色彩)和诉诸听觉的音响,是在凯锡儿戏曲里演出了重要的任务。

例如:在《瓦斯(第二部)》里,上面的弓形 Lampe 辉煌着,左面桌上连续的电线和桌上的玻璃板是红的,右面桌上的电线和桌上的玻璃板是绿色,前景中央的长方形桌上,红色与绿色的栓各三个。向着每个桌子,穿着蓝色制服的人物是立着。(后来被穿制服黄色的人物代替了)在《珊瑚》里,用着赤色的珊瑚珠,"灰色服的绅士""蓝服的男""黑服的妇人""黑服的姑娘"登场;在《瓦斯(第一部)》里,"白服的绅士"、五个"黑服的绅士"的出现。瓦斯的爆发是被名为"白色恐怖"——阴惨的工场与监狱,同华美的旅馆(Hotel)、舞场、Cofe,是凯锡儿欢喜描写的场面。

巧妙地使用着诉诸听觉的音响的要素之例是《瓦斯(第一部)》第一幕将近终了之时候:

Milliardarsohn:Und stimmt nicht?!

Ingenieur:Stimmt-unt Stimmt nicht! An die Grenze sind wirgestozen. Sntimmt-nnd stimmt nicht! Dahinter dringt kein Exempel! Stimmt-unk stimmt nicht! Das rechntreichselsbst Weiter und stulpt sich gegesruns. Stimmt-undstimmt mcht!

在这里，Stimmt-und stimmt nicht！（音律调和的——与不调的）反复地用了四次。——这同一的话语反复地使用，更复杂地用于群象的场面,是很有效果的。

同样的,在《瓦斯（第一部）》的第四幕里,男女老幼的多数劳动者占领了全场,劳动者顺次登坛咒诅工场,要求解雇技师。

> Arber（anf die Tribiine;）...Schreit！！——Schreit！！——Schroit enren Ansprnch——Schreit enten Willen——Schreit basz ihr wollt——schreit, dasz ihr Stimme halht——sceerit, nasz ihr schreien konnt:——dor Ingenienr！！
>
> Arbeiter（in aller Halle）:Wir schreien！！！！
>
> Arbeiter（oben）;...kei Gas——mit diesem Ingenienr！！
>
> All eNanner und alle Franen:Kein Gas！！——mit diesem Ingenienr！！

在前部里 Schreit！！（叫！！）的声音由台上的劳动者反复地叫了数次,于是,即刻满场的人都跟着叫起来了。在后部里,一个劳动者叫"制造瓦斯！——如那位技术师一起！！",立刻全体劳动者也是跟着叫起来了,这个独唱与合唱的结合,是非常有效果的。

凯锡儿也像施德儿恩哈姆一样,用着没有热情与情绪冷淡的电报文体,使完全没有个性的观念的人形登场。在《瓦斯（第二部）》里表现的,"蓝服的人物""黄服的人物"等不是人而是骨骸、机械！使这倾向更进的,例如戈儿(Ivan Goll,？—)①的诸作——《不死的人》(Der Ungestorbene, 1920),《长寿者》(Methusalem, 1922),霍甫特曼(Carl Hauptmann, 1858—1921)的《战争》(Krieg, 1914)等里,《广告柱》《新闻纸》《自动机械》《熊》《猿》《鹜》《狼》……也登场。

[注1]:邻人爱,是博爱运动的一种,日本中里介山以爱邻居的一人而至十人、百人……而得名。意即大家互相要好的生活,与所谓"人类爱"之意相近云。

三

据阿白尔特梭尔格儿(Albert Soergel)说,表现主义支配文坛的时间为1910年到1920年——挟着世界大战的十年间。以后新兴的,即现在支配文坛的主义是新写实主义。

根据文艺批评家菲特儿(Panl Fechter)的《现代德意志文学》(Dentsche Dichtung der Gegenwart II Anflage. Leipzig, 1929),则新写实主义——Nene Sachlichkeit——这名称,是由于manheim美术馆长哈特劳甫(Hartlaub)创始用的。菲特儿说,这名称用来总称表现主义以后的艺术,未必适当;但劳蒙(Hans Nanmann; Die dentsche Dichtung der Gegenwart. V Anfalge Stnttgart, 1931)却说,这名称是用得最适当的了。梭尔格儿在《现代文学与作家》(续编)(Dichtung und Dichter der Zeit, Nene Folge. V Anfl. Leipzig, 1927)的最后,特设一章《到新自然主义去》

---

①伊凡·歌尔出生于1891年,于1950年去世。

(*Znm neuen Naturalism'shin*)来论现代文学趋势；关于演剧有丰富知识的巴甫（Jnlins Bab）在《德意志戏曲录》第五卷（*Die Chronik des dentschen Dramas. V Tel Berlin*, 1926）中，称这为"现实艺术"（Wirklichkeitsknnst）。吴蒂兹（Emil Utitz）论说新现实之意义与价值，而著《表现主义的克服》（*Die Uberwindung des Expressionismns'Stnttgart*, 1927）一书；齐撒尔兹（Herbert Cysarz）在《关于德国文学最新的写实主义》（*Uber den Jungsten Realismns'in der dentschen Dichtnng*）——这论文在 *Jahabnch der freien dentschen Hochstifts' Frankfnrt am Main.* 1929 上载着。中，把新兴文学总称为"写实主义的复合体"（Ein Komplex des'Realismn）；金蒂尔蒙（Heinz Kindermann）《现代文学之面目》（*Das literarische Antlitzder Gegenwart*, Halle, 1930）中，关于现代文学之写实的倾向，论得非常的详细。

新写实主义的文学，是主张从解念的世界回复到现实来。

金蒂尔蒙关于新写实主义抬头的原因说（S.43—44）：

> ……长成了的新的人们，用青年无容赦的批评眼光，详细检讨时代之精神的斗争，给与了表现主义不利的决定。表现主义的作家们，为了拯救灵魂的王国，不是对技术与文明挑战了吗？可是，虽然那样，技术还是走上了那胜利的道路。因此，表现主义的打击是落空了。表现主义的作家们，打破了国民的、地理的界限的一切人们的结合，由于灵魂的团结，不是约来了从困难与穷迫中而来的救济吗？可是，吾

人的运命,从来是速转眼的变动也没有。逃避现实是想试一试把人间与自然领域内之一切物体都除去了。但是,虽然那样,这物体是以难胜的力和暴力而存在着的。实在,由那以它为意识来看也是这样的,屈服这力与暴力的危险是不存在的吧!……

以精神来反抗、克服机械文明,以牺牲的献身而热望世界和平,在主观的陶醉中追求绝对的幸福——表现主义作家们逃避了现实而焦躁与兴奋地高叫,在现在难于实现和无价值是很明白的了。世界大战继续了五年。多数的死伤者与人心的颓废,多额的战费与多额的赔款,更袭击了德意志的 Infiation 时代!因战争与战争的惨祸而产生的经济困难是现实地胁迫到一般大众的生活了。这不是人们所持有的恐怖而预感的事;现在,人们已经是无可奈何地看见了、知道了,而且体验了这一切。

使世界大战终结,使德意志建设共和国的革命,与此后各地蜂起的暴动,是使人们对现实有尖锐的认识,和对现实有强烈的关心了吧。

表现主义时代活跃的戏曲家,亦跟着时代的趋势而开始了,写那带着写实倾向的作品。

施德儿思哈姆虽然还有许多表现主义的要素,他的《乌兹娜哈学校》里,尚且附一个"Neue Sachlicheit"的别名,表示他对新写实主义的关心。凯锡儿的《并行》、《通倍小说》(*Kolportage*,1924)、《制纸工场》(*Papiermühle*,1927)等已经显著地接近了现实,在这里表现的人物早已不单是观念的人形了。哈逊克利华由《最好的先生》(*Ein besserer Herr*,1926)而离开了表现主义的事,是很明白的。在《红铃误结》(*Echen warden im Himmel geschlossen*,1928)里,所描写出来的天堂、住在天堂里的神、Peter 玛严亚等,完全是现实的。《拿破仑的干涉》(*Napoleon greift ein*,1929)里,拿巴里博物馆里的拿破仑的像走了出来而为现实世界的表现,是与他初期的作品完全不同了。在这里,神秘的影子是一点也没有了。由《一族》(*Ein Geschlecht*,1916)、《广场》(*Platz*,1920)而出名的反战的表现主义戏曲家温灵(Fritz von Unruh,1885—),在 *Bonaporte*(1927)里,表示了立脚于现实的事;在 *Phaea*(1930)里,简直处置着现实的现代。托尔烈儿(Ernst Toller.,1893—)因《转变》(*Die Wandlung*,1919)、《集团＝人们》(*Masse = Mensch*,1920)等作品,在表现主义戏曲家里成为有数的人物是很明白的,他亦在《机械破坏者》(*Die Maschinenst umer*,1921)里表示了写实的倾向。写了《勇敢的哟！生活！》(*Hoppla,wir leben!*,1927)之后,在《汽缸着了火》(*Fener ans den Kesseln*,1930)里,现实地表现、写实地描画了 1918 年 Kiel 军港的水兵惹起的革命。

戈伦佛尔特在《勋章》(*Palme ader der Gekrankte*,1924)的冒头里,写一个人说"快把战争和革命及救济世界的事停止说吧,谦逊的,对着此外的小事物注意一点吧——你看一个人和一个灵魂及一个愚人吧。玩一会儿,看一会儿,能够的话笑一会儿,或者微笑一会儿吧！"。这样的,戈伦佛耳特和表现主义诀别了。魏鲁肥尔是因他的诗和《镜中人》(Spiegelmensch,1924)等戏曲而出现的表现主义作家，可是，在 Jnarez und Maximilian(1924)里，已经转向到写实主义去了，而《Bohmen 的神国》(Das Reich Gottes in Bohmen,1930)是新写实主义的戏曲了。因若干小说而属于表现主义的佛郎克(Leonhard Frank,1882—)亦在《加尔与安娜》(Karl und Auna,1928)，说明书(Scensrio)的《脱落者》(Die Entgleisten,1929)、《蹄铁钉》(Hnfnagel,1930)里立脚于现实了。

现举新写实主义的代表的戏曲家楚卡玛亦儿和握尔夫为例，以窥其特征！

楚卡玛亦儿是由《快乐的葡萄山》(Der frohliche weine,berg,1925)而确定了他的地位与名声。作者在内容上拒绝了观念的事象而主张现实的生活价值；在描写上，是用方言的写实手法。表现主义的要素一切都被排除了，在这里表现的人物不是观念的人形，而是生活的自然的人们。在这戏曲里，没有处置社会问题、政治问题和救济人类的事，深刻的性格和深刻的思想也都不能发现。用莱因地方的方言描写出的事，是关于莱因河畔葡萄熟了的秋季田园风景与住在那里的人们的生活。

这戏曲即是四组的结婚成立的，可是，每人对于恋爱的事并不思索，而只现实地理解(恋爱)现实地享受(恋爱)！他们是——对于食事感觉快乐，对于劳动感觉喜悦，对于恋爱感到快乐的自然人。他们的恋爱比任何都更甚的是以肉的快乐为目的；但是，肉欲决不是罪恶，也不是崇高的神圣事情，如像食欲的处置一样，为自然的现实的事。——是庸凡、卑俗的事,但,也是现实的生活。——作者主张这意义与价值。

方言和统觉(Apperzeption)的再采用,也是这戏曲的特征。这把戏曲的现实性强烈表现的事,是一般新写实主义戏曲的特征。

楚卡玛亦儿在《辛铁尔·汉涅斯》(Schinder = Hannes,1929)、《卡德里娜·克尼》(Katharina Knie,1929)二作之后,写的《叩贝尼克大尉》博得了哗哗的喝采。

一生的大部分都送在各地牢狱里的威尔贝姆·福依苦得鞋匠,假装了陆军大尉,统领了实际的士兵,询问克碧尼古的市厅,佯作中央政府的命令,收押了市厅金库中的现金的事实是这戏曲的中心。作者对20世纪初头军国主义的军人崇拜为背景的当时的社会,用方言和写实的手法,巧妙地加以暴露、揶揄和嘲笑。可是主人公,及其他的登场人物并不陷于一切讽刺的谑戏画里,而具备着现实的面貌与心理。

布尔诺富兰克(Bruno Frank,1887—)的博得很大的喝采的喜剧《无理取闹》(Stnrm im Wasserglas,1930)、《尼娜》(Nina,1931),1931年取得苦莱士脱奖金的何尔伐兹(odon Horvath)的《威涅尔林间的故事》(Geschichten ans dem Wiener Wald,1931)等,和楚卡玛亦儿的作品是同一的倾向。

他们的戏曲是无倾向地描写现实的世相,反之,握尔夫的作品是极力主张有倾向的。他的意思是,艺术是阶级斗争的武器。

阶级对立与阶级斗争,在大战后愈形尖锐化,无产阶级为要获得与确立他自身文化的运动,在文学的领域内也是非常活动的。握尔夫是无产阶级的戏曲的代表作家。

握尔夫在《青酸加里》(Gyankali,1929)里,对德意志刑法二百十八条——堕胎禁止法提出抗议。共产党员的他,站在无产阶级的立场上,写实的描写者,没有经济能力养育孩子。珂尔老夏(Erich kohlrausch)的 Thomas Munzer(1926)、邱鲁克(PanlGnrk)的 Thomas Munzer(1922)亦是取材于农民战争。前者是以农民战争中农民的指挥者——骑士 Florian Geyer(？—1525)为主人公,后二者是以演说原始基督教的共产主义而指导农民革命的说教僧 Thomas Munzer 为主人公。同是新写实主义的戏曲。

握尔夫在《加太罗的水兵》(Die Matroser Von Cattaro,1930)里,写出了新写实主义的革命剧。表现主义的革命剧——例如托尔烈儿的《转变》(Die Wandlung,1918)、鲁滨涅尔(Ludwig Rubiner,？—1920)①的《非暴力者》(Die Gewaltlosen,1919)、凯锡儿的《地狱·道·大地》等是超现实的、空想的、观念的。反之,握尔夫是把握了现实的历史事实,写出了写实的戏曲。

1918 年 1 月,Wien 的劳动者大众,为抗议战争的结果的粮食配给的减少而拒绝了工作,举行了罢工。罢工波及到了别的都市,人人都主张劳动者的诸种权利,同时,要求当时苏联与奥国进行的布列斯特构和条约赶快地解决。在纽克·司拉夫南海岸的加太罗军港中碇泊的 σsterreich 第三舰队的水兵等知道了这事,而赞同劳动者大众的

---

①路德·维希·鲁宾纳出生于 1882 年。

罢工与要求,在旗舰"圣爱珂尔克"上,水兵等对当时的决议文是作成了。水兵等因为士官的虐待与处刑,和对于极粗恶的给与等,怀抱了长久的愤怒。二月一日,乘在全舰队六十只军舰的六千名水兵表决了决议文立刻开始了行动,全舰队的支配权是完全握在他们的手中了。但是,这革命的暴动在三日间便被镇压了下去,四个主谋者,军事裁判的结果是被枪毙了,数十名的水兵是被关在牢里了。

握尔夫在《加太罗的水兵》里,处置了这重大的史实。

德意志的无产阶级演剧里,时事剧是被要求着。在现在乃至最近的过去社会的事象里取材,对于无产阶级的解放有用处的演剧被要求着。握尔夫的这戏曲是使这要求满足了吧。他对水兵等的团结与革命的暴动的开始和其失败之连贯的必然性,明确地把握了;极力以写实的手法与简洁的文体,而使排演起来一点也不陷于混乱和暧昧,将事件明了地急速地进展了。在此表现的人物,没有从作品全体的结构离开的事情,而是密接地结合着,而且,他们是描出了每个人明白个性。——在这戏曲里,不是裁断(richten)事象,而为报告(berichten)事象的新写实主义的主张,高度地实现了。

妙撒(Erich Muhsam,1878—)的《国家原理》(*Staatsrason*,1928)、蓝贝尔(Peter Martin Lampel,1894—)的《感化院的暴动》(*Revolte im rziehngshane*,1929)、托尔烈儿的《汽缸着了火》等,是属于这一倾向的。(本篇为舟木重信原作)

原载《文学期刊》,1935年第2期。署名:谢六逸、魏晋

大众语和报纸

我想中国人在文字语言方面的负担,较之任何国家的为重。以儿童来讲,他们在学校里读书,进初小一年级时,就得读文言式的白话,例如某书馆出版的《常识教科书》,第一课就为"我不把不能吃的东西放在嘴里",这句话跟儿童口上说的话相差很远。第一本启蒙的书便如此,程度较深的教本不难揣测,那些教科书上的白话文只不过是写在纸上看的,而不能和嘴里说的话一致。大众语运动的第一步,我以为应该从幼稚园、小学校的教科书入手,令儿童懂得书上读的就是嘴上讲的才行。

一般人能否使用大众语,是一个教养的问题。官僚受了特殊的教养,所以使用官僚的白话,一开口就是"则个则个……""来呀"。流氓受了特殊的教养,所以也使用流氓的白话,一开口又是"×傸娘""×你妈"。我想这两种话都不是大众所愿讲的。不过这两种人是社会中的最少数,将来的社会不再教养或制造此种人物时,那么他们的特殊的用语自然会消灭的。

和大众最接近的文化工具首推每天出版的报纸。现在各都市的报纸都是供给受过特殊教养的人看的，无论在取材或文字方面都以迎合少数读者的心理为主。所以翻阅社会新闻或政治新闻，只见许多滥调的文言。如要教养大众，现在的报纸无论如何是要改造的。目前报纸上的文字，如全部改用大众语，并没有什么困难，例如这样一段新闻记事：

纽约气候今日极寒，为六十四年来所未有，温度落至冰点下十四度半，北风怒号、冷气逼人，地皆冰冻，火车愆期到站，赫曾河已结冰，东部诸州及北方沿海一带情形大恶劣，太平洋航业已受影响，海上大雪，船只不能疾驶，故最快之船，亦迟数小时到埠，同时德国、丹麦、瑞典、挪威等国，亦有狂风，温度甚低，美国共冻死九人；波斯顿温度在冰点下十八度，此乃该城之新记录；本塞尔凡尼亚州气候过冷致农事收获完全不能进行；安太列哇湖现亦冰冻，六十年来无此现象；伊利亦有数处结冰。（路透电）

其中的滥调文言比较已减少，如再将"今日极寒""北风怒号、冷气逼人""愆期到站"一类的文言改为嘴上能说的话，便易于与大众接近。新闻记者非用"北风怒号、冷风逼人"不可的原因，不外以为看报的人是受过了特殊教养的，而这种教养可说从幼稚园起便已开始了。报纸的文字虽然可以全用大众语，但在新闻记者却以为此种文句,较之大众语更为适宜,故不必更张。

但有一种新闻记事根本上不适宜于大众语化的,就是奸、杀、盗一类的黄色新闻。此种新闻本无登载的价值,但特殊社会却十分欢迎,于是新闻记者不能不"铺张""点染"(Play Up)。铺张点染的最好办法是利用滥调文言,用了一大堆绘声绘影的文言,便写成了一段香艳的新闻记事。如其大众语化,则特殊社会便不愿过目。这一类的记事我们必须将它扫除或使之净化,于整个报纸的内容,并无妨碍。

报纸大众语化的具体方法首要限制"铅字的使用",日本和中国的报馆都苦于铅字的复杂。如一旦有人将排字房里的铅字架推倒,当日的报纸便不能出版,如此复杂的铅字,决难使用Linotype,在生产方面也感到迟缓。如限制报纸上常用的铅字,不能超过一定的数目,即无异于限制滥调文言的发展。

其次,凡"地方通信"应一律用大众语写作,并得尽量使用该地方的方言。中国的面积大、人口多,地方通信较之其他新闻记事重要。如能多登地方通信,那些起居注式的记事便可被驱逐或淘汰。

改用大众语,又应从小型报纸入手,老大的报纸已经没有希望。"小报"这一名辞屡被人轻蔑,其实小型的报纸不见得全是品格低下的,因为小型的报纸更能接近大众,它的功用在大型报纸之上。故应穿上大众语的新装。

总括一句,报纸是最接近大众的东西,所以应该首先大众语化。试看工人之中,报贩跟排字工人的知识较高,就是一个例证。

大众语不仅是提倡一下就可以完事的,如只是提倡,便是受过特殊教养的人物的玩意儿。我们必须逐步推行大众语,使见诸事实,但报纸之大众语化,是最要紧不过的。

[民国]二十三年九月

原载《社会月报》,1934年第1卷第5期。署名:谢六逸

略谈"中间读物"

今年上海一地的定期刊物异常兴盛,成为向来未有的状况。试翻检这些刊物的内容,既非软性,亦非硬性,只可名之曰"中间读物"。

以前我们称政治、经济为硬性,文艺为软性,可是在目前,这种区分已经不甚适合。硬性的原意为严重(Heavy),软性为轻松(Light)。即是说政治经济的文章是严重的,而文艺则属于轻松的。但因为散文形式的进步,政治经济一类的严重问题,也可以用轻松的文笔;又因文艺内容的扩大,往往一篇作品常含一个严重的问题,而文艺反不见其轻松了。

不过狭义的硬性和软性依然存在的。中国银行报告对于硬性二字可以受之而无愧。狭义的软性刊物在上海还未尝出世,日本文艺春秋社出版的《摩登日本》可以作为一例,该志确是资本主义社会的结晶,编辑方法、排版照相,无一不富于现代的明朗性,成为都市文艺的代表,这种刊物可称为道地的软性,一翻开书页,就只见一些好色好斗、猎奇猎艳的材料,实属软至无可再软。但在上海要出版这样的刊物还谈不上,因为编辑人的手腕成了问题,而中国的社会也和日本的不同,有许多文章是写不出来的。说来真正可怜,上海的刊物如果要偏重软性的话,只有取材于"外国水手在神秘之街的北四川路嫖白俄女人"(取材于此的文章,我已数见不鲜),结果不免将"软性读物"写成了"软性毒物",痛心已极!

考中间读物的发生,在国内我们不能不推从前的《生活周刊》。《生活》前期的文章,足以代表中间读物。它的言论是温暖的,堪以慰藉多数人。它的文章,没有死板板的统计材料,多为生动活泼一类。它的编辑方法比较富于变化,而最受人欢迎的,还得数到它的言论的态度。比方说,"中国宜富强""人人应有职业""你非万不得已不可离婚""离婚后你应该如何如何",这样的文章是只有正面而没有反面的,老年人看了点头,少年人看了心满意足,一家团圞,围案共读,各人得了各自的安慰。即使教会女学校的老小姐舍监,见了她的学生在读此种刊物,也觉得放心,所以前期的《生活周刊》,你能安它一个硬性或软性的称号吗?

《生活周刊》的后期不能延续生命,就是它自己牺牲了前期所有的特色,大概它的内容已不能做到人人看了点头称是,而文章也不能专写只有正面的了。由此看来"中间读物"的"中间"二字,颇难保持它的平衡。

《生活周刊》停顿以后,其他满载中间读物的期刊便乘势兴起。如果分析现社会欢迎这种期刊的原因,自然复杂。我只提出两点:其一,原来"人生是寒冷的"(借用有岛武郎语),社会的中间层的人生尤其是寒冷的。寒冷二字包括一切失望绝望、不平不均,人生既在如此的"寒冷"之中,你如骤然授以烈火,不免生病;过热或太冷都不行,只有温暖的慰藉才是他们所需要的。社会制度没有更张,这种温暖的慰藉将永远地需要下去。

其二,从前的读者,看惯了策论式的文章。自梁任公以后,策论式的文章愈写愈坏。此种策论式的文章可以称为"三股文",第一股是"绪论",第二股是"本论",第三股是"结论"。在本论一股里内,或用归纳法,或用演绎法,东抄西袭,半剪半偷。三股之后附以若干"注",说明抄袭的来源,然而大抵是外国书。梁启超的策论还可以看出"笔锋常带情感",至于其后的策论呢,只是一篇"百衲本",只见文章不见人。此种文章虽然自有其用途,但在中间层的读者看去,未免头昏眼花,只好敬而远之。到了"中间读物"出世,便将"三股文"的臭气一扫而光,不单是看文章,同时也可以看写那文章的人。在不知不觉之间,得了不少的温慰。

中间读物一语所可包涵的文章式样甚多,但无论如何要将"三股文"除外。现在中间读物的文章式样受人诟病的有两种,就是"身边杂事"和"抒写心境",但我必须为之辩护。

"身边杂事"即使取材于黄狗跳墙或小孩拉屎,也没有什么不可。如果跳墙或拉屎的事实写了出来,与现实生活不能联系,这种"身边杂事"是可以鄙薄的。"身边杂事"的价值在于表现生活经验与分析现实生活。有一部分作家,并不属于农工阶级,可是他们反而可以越俎代庖、隔靴搔痒,描写农工的生活经验,小市民直接写出他们的风雨飘摇的生活,试问有何不可？小市民这一阶级为什么不应该有文艺的享受？以小市民的身分,作农工生活的空想的描绘,未必能较小市民之批判自己或分析自己的生活切实多少。如说写出"身边杂事",便足以妨碍"大品文"的发展,试问有何根据。"身边杂事"虽是人人能写、取材自由的文章,可是要写得好,确也不容易。茅盾君的话可以作证,他说,"就我自己的经验而论,则随笔产生的过程是第一得题难,第二是一身大汗。其不足观,自不待言。"（见《散文集·自序》）最后两句是自谦,前面几句却也是实情。假使单写些黄狗跳墙或小孩拉屎,那是决不至于"一身大汗"的。

"抒写心境"和"描写心理"当然各别。"大品文"适于心理描写,但未见得适于抒写心境,我以为抒写心境还当以小品文为宜。作者的纯正感情能与现实吻合,我以为并无什么毒害。不过一味模仿从前的风流才子,例如痛恨此身不能多娶几位姨太太,定要姨太太比自己早死,又要她们都不生育,或一恨……二恨……,以至于五恨,却又不能分析何以必须如此,此种心境,还是以不写出来为妙。这样的文章,我不知道它的高雅何在,我宁可自认是一个俗物。因为这么一批姨太太是非向她们的娘胎定制不会有的,岂不是心境和现实不能吻合吗？

中间读物在前几年只是硬性刊物的附庸,从今年起,已经能够独树一帜,就 Journalism 的立场看,这是当然的路径。我希望今后的中间读物能够将文章的形式和内容扩大。空谈宇宙不如写一篇关于气象或星座的妙文；诅咒苍蝇不如写鸟类或昆虫的生活。（例如北原白秋写麻雀的生活,法布耳写昆虫之类)能够如此,中间读物必能成为社会中间层的滋养料。

我们需要中间读物,更其需要有艺术价值与营养价值的中间读物。

原载《太白》,1934年9月(创刊号)。署名:谢六逸

推行手头字缘起

我们日常有许多便当的字,手头上大家都这么写,可是书本上并不这么印。识一个字须得认两种以上的形体,何等不便。现在我们主张把"手头字"用到印刷上去,省掉读书人记忆几种字体的麻烦,使得文字比较容易识、容易写,更能够普及到大众。这种主张从前也有人提出过,可是他们没有实在做,所以没有什么影响。现在我们决定把"手头字"铸成铜模浇出铅字来,拿来排印书本。先选出手头常用的三百个字来作为第一期推行的字汇,以后再逐渐加添,直到"手头字"跟印刷体一样为止。希望关心文化的先生们,赞同我们的主张,并且尽量采用这个字汇。

手头字第一期字汇

本字	手头字	本字	手头字	本字	手头字	本字	手头字	本字	手头字	本字	手头字
與	与	腰	吙	萬	万	葉	叶	號	号	裏	里
過	过	鄒	邹	像	象	僑	侨	劃	□	嘆	叹
嘔	呕	嘗	尝	圖	昌	壽	寿	夢	梦	實	实

续表

本字	手头字	本字	手头字	本字	手头字	本字	手头字	本字	手头字	本字	手头字
對	对	慘	惨	榮	荣	滬	沪	漢	汉	爾	尔
盡	尽	禍	祸	稱	称	箇	亇	算	祘	粹	粹
臺	台	蓋	盖	賓	宾	趕	赶	遠	远	輕	轻
銀	銀	際	际	鳳	凤	麽	么	齊	齐	價	价
儀	仪	劉	刘	嬌	娇	寫	冩	廟	庙	憂	忧
憐	怜	撈	捞	數	数	歐	欧	樓	楼	熱	热
磅	卪	穀	谷	窮	穷	節	节	罷	罢	賢	贤
賣	卖	質	质	遲	迟	養	养	齒	齿	儘	侭
噢	□	嚕	哈	壇	坛	學	孛	憑	凭	懊	□
戰	战	擅	抟	擔	担	據	拠	曉	晓	樸	朴
呀	吓	夾	夹	災	灾	來	来	兩	両	卒	卆
於	于	爭	争	狀	状	俠	侠	後	后	風	凤
倆	俩	飛	飞	剛	刚	時	时	氣	气	泰	太
爹	冬	畝	亩	紙	帋	脈	脉	豈	岂	務	务
區	区	參	参	執	执	堂	坐	夠	勾	婦	妇
從	从	掃	扫	掛	挂	條	条	殺	杀	淵	渊
衆	乑	第	苐	莊	庄	處	处	這	这	麥	麦
勞	劳	單	单	喪	丧	報	报	幾	几	復	复
惡	恶	惱	恼	棄	弃	殼	壳	猶	犹	畫	画
異	异	發	癹	筍	笋	筆	笔	等	□	答	荅
絲	丝	陽	阳	亂	乱	勢	势	園	园	圓	园
塊	块	愛	爱	會	会	歲	□	爺	爷	當	当
碎	砕	經	经	義	义	聖	圣	肅	肃	腦	脑

续表

本字	手头字	本字	手头字	本字	手头字	本字	手头字	本字	手头字
橋	桥	橘	桔	機	机	燈	灯	獨	独	縣	県
興	□	蕭	□	親	亲	辦	办	遷	迁	選	选
隨	随	頭	头	餐	湌	龍	龙	壓	压	彌	弥
懇	恳	應	应	戲	戏	擠	挤	遞	递	擬	拟
氈	毡	濟	济	濤	涛	濱	浜	營	营	燭	烛
環	环	總	捴	聯	联	聰	聪	聲	声	膽	胆
舉	□	艱	艰	薦	荐	虧	亏	講	讲	趨	趋
隱	隐	雖	虽	黏	粘	點	点	齋	斋	叢	从
斷	断	櫃	柜	歸	归	禮	礼	穢	秽	糧	粮
雜		擴	扩	繡	绣	職	耺	舊	旧	蟲	虫
覆	覄	豐	丰	醫	医	釐	厘	雙	双	雞	鸡
寶	宝	廬	庐	懷	怀	癡	痴	礙	碍	穩	稳
繩	□	繫	系	羅	罗	藝	艺	藥	葯	襖	袄

原载《太白》,1935年3月第1卷第12号。署名:谢六逸、巴金、朱自清 等

小品文之弊

十年前新体诗盛行,各报的附刊跟各种杂志都登载新体诗,这两年小品文忽然流行,作家又多喜写小品,非文艺的刊物也注重小品,大有从前新体诗的盛况。

检讨目前的小品之后,我觉得好的文章并不多见。不过一倡百和,已经成了风气,有一种什么小品出现,就有许多人跟着跑。从前写长篇小说的,现在也来写小品;从前以翻译为职志的,现在也来写小品,大家都来追逐"流行",小品文自然日愈增多。在量的方面虽然增加,质的方面并不见进步。我们所要求的是小品文的"质",而不是小品文的"量"。不然,小品文的运命就跟从前的新体诗一样,"流行"一过,就不免没落了。

1.现在流行的小品文,大多数只做到一个"小"字,其实并没有"品"。这里的"品"字并不作"下品"的"品"字的解释,是指小品文这种文体所特有的优点而言。例如用小品文答辩解说是有"品"的,用小品文"谩骂出气"就不能说是有"品"。因为作者已经蹂躏了小品文的优点。如果有人主张文章本来可以谩骂出气,那么我以为"小品"的名称简直可以废弃不用,不妨笼统称为散文或者称为短文,如仍称为"小品",那就得看看其文的"品"是什么。

2. 取材于科学写成小品文的,有直接与间接的差别。自己观察自然现象或动物生态,所得甚多,遂执笔写成小品,这是直接的。从科学书上面找些材料,写成文章,这是间接的。看间接取材而来的小品,宁可直接去看科学教科书。因为文章里的东西,不是作者的生活经验,文章与读者之间,不能够发生"亲切"的作用。目前的"科学小品",属于间接的居多。其次,我主张把"科学小品"的名称改为"写生文"。"写生"二字,较之"科学"活泼。

3. 有人攻击小品文的"闲适笔调",此点恕我不能附和。提起笔来写小品,就是"闲适"。没有"闲适",便不能写"小品"。有几人能在"气得双足跳"之下,把"小品"写得出来;又有几人能在饔飧不继之下,不写长篇论文,换取稿费,反而写出轻松的小品。在写小品之先,即令忙迫,但既写小品,就是表示那时已经闲适,因此"闲适"并非小品之罪。

4. 写小品文的人,不能"称孤道寡,唯我独尊"。如以为自己的笔调便是天秤,可以衡量一切,别人的笔调不值一钱,严划防线,鸣鼓而攻,我想必非智者之所应为。

原载《小品文和漫画》,选自《太白》1935年3月第1卷(纪念特刊)。署名:谢六逸

人名索引

A. Fage 245/法格

A. 柯伦泰女士 64/亚历山德拉·柯伦泰（Alexandra Kollontai）

Achilles 7、8/亚基柳斯 242；亚克利士 10；亚克尼士（Achilles）7；亚克尼司（Achilles）22/阿喀琉斯

Agamemnon 8；亚格门农 7、8、19、20、22/阿伽门农

Ajax 7、8/埃阿斯

Apollo 2/阿波罗；阿波罗（Apollo）4、5；亚波洛神 21；亚普罗 204、233/阿波罗

Athena 2；Minerva 2；亚德尼 233；亚典那（Athena）4；Minerva 7/雅典娜（密涅瓦）

B. Thorpe 244/索普（Benjamin Thorpe）

Beethoven 285/贝多芬

Ceres 2/克瑞斯

Cupid 2；邱比特（Cupid）5/丘比特

Diana 2；狄爱那（Diana）4/狄安娜

Diomedes 7、8/狄俄墨得斯

Dione 2;狄思(Diane) 4/狄俄涅

Dionysus16;志阿尼索斯 202、203、204、206、207、208、209、210;Bacchus 2;巴卡斯(Bacchus) 202、204;沙巴萧斯 203/狄俄尼索斯(巴克斯)

Ennius 91/恩尼乌斯

Enyalios 2/埃倪阿利奥斯

Eris 2/厄里斯

Ernest A. Baker 276/欧内斯特·贝克

Florian Geyer 308/弗洛里安·盖尔

Grimm 245/格林

H. A. Guerber 245/哥尔保(Helen A Guerber)

H. M. Chadwick 244/查德威克

H. paul 245/保罗

Hallfred 215/哈尔弗里德

Hector 7、8/赫克托尔

Juno 2/朱诺

Kydoimos 2/库多伊莫斯

L. Ubland 245./乌布兰

Latona 2、4/拉托娜

Louis Cazamian 276/路易斯·卡扎米安

Maia 2;美亚(Maia) 5/迈亚

Mars 2/玛尔斯

Menelaus 7/墨涅拉奥斯

Mercury 2;麦考莱(Mercury) 5/墨丘利

Mnemosyne 2/谟涅摩叙涅

Muses(九人) 2;Muse 10;缪斯(Muse) 5、13、15、16/缪斯

Neptune 2/尼普顿

Nestor 7、8/涅斯托耳

Nymphe 2/宁芙

Odysseus 7、8/奥德修斯

Pan 2/潘神

Patroclus 8/帕特洛克罗斯

Persephone 2/珀耳塞福涅

Phobos 2/福波斯

Pluto 2;普露多为(Pluto) 218/普鲁托

R. S. Anderson 245/安德森

Saemund 244/塞蒙恩德

Saxo Grammaticus 241、242;沙梭·克蓝马特古斯(saxo grammaticus) 218、252/萨克索·格拉玛提库斯

Semele 2;塞默勒 202、203;赛麦斯 16/塞墨勒

Shakespeare 283;莎士比亚(Shakespeare) 88、124、170、175、176、179、180、183、184、200、201、268、269、270、275/莎士比亚

Sibelius 285/西贝柳斯

Snorri Sturluson 244;斯诺勒·斯都勒逊(Snorre Sturleson) 216、218/斯诺里·斯图鲁松

Terentius Lucanus 91;喀鲁斯(Carus) 59/泰伦提乌斯·卢卡努斯

Venus 2;爱神(Venus) 7、41、44;维纳司(Venus) 4;Aphrodite 4/维纳斯(阿佛洛狄忒)

Vesta 2/维斯塔

Vulcan 2/伏尔甘

W. A. Craigie 244/威廉·克雷吉(William Craigie. A)

W. Golther 245/戈尔特

Wolf 6；握尔夫(沃尔夫) 306、307、308、309/弗雷德里希·奥古斯特·沃尔夫

Zeus 2；Jupiter 2；神父(Zeus) 7、24；宙斯(Zeus) 1、4、5、8、16、24、202、203、227；周比特(Jupiter) 88、89、90、91、119/宙斯(朱庇特)

阿白尔特梭尔格儿(Albert Soergel) 302；梭尔格儿 302/阿尔伯特·索尔格尔

阿波斯 5/普里阿波斯

阿部次郎氏 193、194/阿部次郎

阿德米都(Admetus) 22/阿德墨托斯

阿尔克麦拉(Alcmena) 88/阿尔克墨涅

阿尔克曼(Alcmam) 15；亚尔克曼(Alcman) 209/阿尔克曼

阿尔力格 242、243

阿克洛卡斯(Arcbrochus) 13/阿尔基洛科斯

阿克休司(Lucius Accius) 92/阿克齐乌斯

阿拉克良(Aracresn) 15/阿拉克雷森

阿劳夫 241/阿劳芙

阿劳夫王(Oalf Tryggvesson) 215/奥拉夫·特里格瓦松

阿里昂(Arion) 15；亚利安 210/阿里翁

阿尼司(Ares) 4/阿瑞斯

阿台米司 22/阿尔忒弥斯

阿耶拉司 60/埃涅阿斯

埃及卜妥（Egyptas）19/埃古普托斯

爱迪生（Addison）272/约瑟夫·艾迪生

爱格蒙特 124/哀格蒙特

爱克尔曼 125/爱克曼

爱拉妥（Erato）5/厄剌托

爱勒坡斯 227/厄瑞玻斯

爱洛斯 227/厄洛斯

安非特留王 88/安菲特律翁

安弗林尼尔（Andhrimnir）249/安德赫利姆尼尔

安根特尔 240/安根提尔

安梯墨克斯（Antimakhos）11/安提马库斯

安徒生 245

奥德赛 6、8、9、10

奥定（Odin）215、216、218、219、224、228、233、235、238、246、247、248、249、250、251、252、253、254、255、256、257、258、259、261、262、263、264、265/奥丁

奥勒斯特（Orestes）124、俄勒司特司（Orestes）22/俄瑞斯忒斯

奥斯登（Jane Austen）268/简·奥斯汀

巴尔德 219、235；巴尔德尔（Balder）218、219、256/巴德尔

巴甫（Jnlins Bab）302

巴哈尔（Hermann Bahr）279/赫尔曼·巴尔

巴克尼台斯（Brechylides）15/巴库利得斯

巴克维司（Pacuvius）87、91/巴库维乌斯

巴勒阿西司（Panyasis）11/帕尼亚西斯

巴黎（Paris）7/帕里斯

巴昔维尔（Parzival）38/帕西瓦尔

白居易 161

白郎宁（Arnolt Bronnen）292/阿诺尔特·布鲁诺恩

白尼亚司（Plenas）7/珀琉斯

柏拉图（Plato）13、15、26、27、28、60、122；亚里士多克勒（Aristocles）27/亚里斯多克勒斯（柏拉图）

柏拉妥司（Plautus）87、88/普劳图斯

柏雷（Perry）198/布利斯·佩里

包基（Baugi）262、263、264/巴乌吉

褒尔敦 228/博尔颂

保尔·穆郎（Paul Morand）76/保罗·莫朗

鲍加乔（Boccaccio）52、88/薄伽丘

北白川宫 151/北白川宫能久

北尔·魏达耳（Peire Vidal）44/皮埃尔·比达尔

本都（Pontus）219/蓬托斯

比勒条尔 242

比那司果（Pelasgus）19/佩拉斯戈斯

比屈妮斯（Beatrice）52、53、62、63；比亚特利（Beatrice）58/贝雅特丽齐

比山德（Pisander）11/庇桑德

彼得 63/西门彼得

彼脱拉（Petrach）52/彼特拉克

俾士麦 125/俾斯麦

庇士多拉妥（Peisistratus）206/庇西特拉图

波尔痕（Bertran de Born）44/贝特朗·德·博尔恩

波林尼亚（Polyhymnia）5/波吕许谟尼亚

波色登（Poseidon）19；玻斯顿 233/波塞冬

波梯尔伯爵吉约蒙（Gnillaume Comte de Poitiers）44/普瓦捷伯爵纪尧姆九世

伯尔维德勒 127/贝尔维德雷

伯霓君 129

勃林登教授（Prof. D. G. Brinton）99/丹尼尔·加里森·布林顿（Daniel Garrison Brinton）

薄田泣堇 194、195

布尔诺·富兰克（Bruno Frank）307/布鲁诺·弗兰克

布哈曼（Buchaman）224/布查曼

布哈捏尔（Georg Buchner）283/乔治·毕希纳

布克莱（Berkeley）269/乔治·巴克莱

布龙特（Emily Bronte）269/艾米莉·勃朗特

布洛麦休斯 20/普罗米修斯

采洛司 60/米诺斯

藏原惟人 153

查礼（Thomas Carlyle）220/托马斯·卡莱尔

查理曼（Charlemagne）40、213；查理曼大帝（Charlesor Charlemagne）40/查理大帝

长谷川如是闲 45、152

长谷川四迷 172、183/二叶亭四迷（长谷川辰之助）

成原六郎 84

楚卡玛亦儿 306、307/楚克迈耶

川端康成 76

春水 171/为永春水

崔尼司旦 38、39、40/特里斯坦

达布刘·希尔巴特 223

达那俄司(Danaus) 19/达那俄斯

达梭 124/塔索

大卫 62/大卫王

大宅壮一 45

但丁(Dante) 32、52、53、55、57、58、59、60、61、62、63、97

岛材抱月 175/岛村抱月

岛崎藤村 190、191、192、193、194;岛崎藤村氏 154/岛崎藤村

德多里·芬·比仑 242

德孚(Defoe) 272;迭孚(Defoe) 273/丹尼尔·笛福

狄波儿(Bernhard Diebold) 299/伯恩哈德·迪博尔德

狄莫休士(Demosthenes) 25/狄摩西尼

蒂克(Ludwig Tieck) 283/路德维希·蒂克

迭更斯(Dickens) 272/狄更斯

丁夫子夫人 154/丁未子夫人

杜甫 161

多拉 241

多莫斯 203;妥靡斯 16/卡德摩斯

俄特 40/阿尔德

俄维特(Ovid) 59/奥维德

恶特斯 242

儿西古 244

阀里 219/瓦利

阀特尔尼尔(Vafthrudnir) 254、255、256/瓦夫特鲁德尼尔

法布耳 187、318/法布尔

法勒赛 127/法尔内赛

非特那(Phaedra) 22;非特那 22/淮德拉

菲尔丁(Fielding) 272、273、274

菲特儿(Paul Fechter) 302/保罗·费希特尔

腓亚拉(Fjalal) 258、259、260、261/法亚拉

佛郎克(Leonhard Frank) 306/弗兰克.L

佛劳贝(Flaubert) 78/福楼拜

夫劳尔 242、243

弗赖神 238/弗雷

弗利德尼克 120/佛丽特立克

弗利加 254/弗丽嘉

弗洛什加(Hrothgar) 35、36/赫罗斯加

福泽谕吉 199

该撒 61;该沙尔 60/恺撒

高山樗牛 198

高田半峰 182、200

高田保 151

戈蒂适特(Ceristoph Gottsched) 295/戈特舍德

戈儿(Ivan Goll) 302/伊凡·哥尔

戈伦佛耳特(Ponl Kornfeld) 293、294、305/科恩费尔德

哥德(Geothe) 53;歌德(Wolfgang Goethe) 119、120、121、122、123、124、125、126、127、128/歌德

哥尔德斯密(Goldsmith) 272/奥利弗·哥德史密斯

哥尔利尼亚 60/科尔奈丽亚

哥玲克(Reinhard Goering) 296/戈林

哥仑布 214/哥伦布

哥尼纽斯(Choerilus) 11/刻利托斯

哥契珂夫 67

格勒妥痕 120

格利耶生(Grierson) 275/赫伯特·约翰·克里弗德·格里尔森

格林台尔(Grndel) 36、37/格伦德尔

格林希耳(Kriem hild) 41、42/克里姆希尔特

格鲁哈尔哈 294

古塞诺芳 204

谷崎润一郎 154

郭拉贝(Christian Grabbe) 283/格拉伯

国木田独步 183、185

哈代(Thomas Hardy) 270、271、274、275/托马斯·哈代

哈密尔顿(Hamilton) 198/克莱顿·汉密尔顿

哈特劳甫(Hartlaub) 302/哈特劳布

哈同(Alfred C. Haddon) 98/哈登(Alfred Cort Haddon)

哈逊克利华 291、292、293、294、295、296、304/沃尔特·哈森克勒费尔

海伦(Hellen) 7、8

韩愈 161

何尔伐兹（Odonvon Horvath）307/霍尔瓦特

河上肇 152

荷德尔（Hoderor Hodur）218、219、235；荷都 218；劳德尔（Hoder）218/霍德尔

荷马（Homer, Homeros）6、8、10、11、13、17、53、59、86、125、202、204、208、215、216、224、229

贺拉斯（Horace）59

赫尔 236/海拉

赫尔 240/赫华勒

赫尔和特 223

赫尔基 241

赫尔曼 123/阿米尼乌斯

赫尔末 248/赫尔莫德

赫尔默斯（Hermes）204、208、233/赫尔墨斯

赫非司都（Hephaestus）4/赫非斯托斯

赫格拉克 36/海格拉克

赫金（Hagen）42/哈根

赫拉克尔 21/赫拉克勒斯

赫罗多斯 210；希洛多德斯（Herodotus）25/希罗多德

赫特尔 126

赫胥俄特（Hesiod）10、11；希萧多斯（Hesiodas）204、215、216、227、229/赫西俄德

亨达尔 219、238/海姆达尔

横光利一 76、82、83、154

横山桐郎 106

洪昇 163

花痕（Phaon）14/法翁

华洛纽斯 204

荒木 151/荒木贞夫

霍勃特曼 135

霍甫特曼（Carl Hauptmann）302/卡尔·霍普特曼

霍甫特曼（Gerhart Hauptmann）286、288、289；蒲特曼 294/盖哈特·霍普特曼

基督 6、59、61、62、63、218

吉江乔松 191、192、193、194

吉舞（Gilling）260、261/吉尔林

吉田弦二郎 192、193

季约蒙（Guillamede Lorris）40/基洛姆·德·洛利思

济兹 11/济慈

加拉（Galar）258、260、261；加拉尔 239/戈拉

加勒龙 40/加纳隆

加利留斯 12/卡利诺斯

加尼卜沙 8、9/卡吕普索

加泰尼那·耶尼莎伯特 120/卡特丽娜·伊丽莎白

加藤雄武 103/加藤武雄

甲生（Jason）21/伊阿宋

兼好法师 187/吉田兼好

蒋生(Ben Jonson) 268/本·琼森

蒋士铨 163

芥川龙之介 80

金蒂尔蒙(Heinz Kindermann) 303/海因茨·金德曼

金喟 163/金圣叹

金子 197;金子马治 196/金子马治

金子筑水 175

井伏鳟二 151

驹井德三 153

菊池宽 151

卡尔克司(Calchas) 22/卡尔卡斯

卡尼阿卜(Calliope) 5/卡利俄珀

卡塞尔纳 61/卡塞拉

卡妥(Cato) 61/卡托

凯锡儿(Georg Kaiser) 294、296、297、298、299、300、301、304、308/格奥尔格·凯泽

楷亚 227/盖亚

坎格拉 254/冈拉德

柯尔勒尼亚 120;克里斯梯那 120/科尼丽亚·弗里德里柯·克里斯蒂娜

珂尔老夏(Erich kohlrausch) 308

可林司 21/柯林斯

可瓦洛夫 67

克阀士尔(Kvasir) 258、259、266/克瓦希尔

克拉伯(Crabbe) 268/克莱布

克勒丹尼司特拉(Clytaemnestra) 22/克吕泰涅斯特拉

克里俄 5;克里娥(Clio) 5/克利俄

克林格尔 119

克鲁伯斯笃(Friedrich Gottlieb Klopstock) 122/弗里德里希·戈特利布·克洛卜施托克

克普沙 21/格劳刻

克妥痕 120/凯特馨

箜侣(Gunlod、Canlad) 261;箜侣 264、265/格萝德

枯比尔民 245/格林兄弟

拉孟勒(Lamennais) 53/拉梅内

拉斯克(Rosk) 218

莱辛(Gotthold Lessing) 295;莱星(Lessing) 122/莱辛

赖西司徒那太 25/利西翠姐

兰格南(Langland) 269、270/威廉·兰格伦

蓝贝尔(Peter Martin Lampel) 309/彼德·马丁·兰坡

劳蒙(Hans Nanmann) 302/汉斯·瑙曼

李弗司(Livius Andronicus) 86;李弗司 87/李维乌斯·安德罗尼库斯

李鸿章 114

李佳孙(Richardson) 273、275/塞缪尔·理查逊

李太白 135/李白

李义山 161/李商隐

李渔 161

李贽 163

良宽和尚 185/良宽

梁启超 113、326

廖浦新斯基 67

列宁 279

林芙美子 151

林拿斯 6/利诺斯

林千岁 175

林知（Reinhold Lenz）283/雅各布·米歇尔·莱茵霍尔德·伦茨

柳田泉 199、200

卢骚 187/卢梭

鲁滨涅尔（Ludwig Rubiner）308/路德维希·鲁宾纳

鲁德维昔 127/路德维希

鲁克耳丢斯 60/卢克雷齐娅

路西佳 9/璐西卡

绿蒂 120/夏绿蒂

罗曼·罗兰 40、129、242

洛基 218、237、238；洛基神（Loki）218、219、232、235/洛基

马尔克 38、39/马克

马尔昔拉王 40/马席勒国王

马格（Marlowe）275/克里斯托弗·马洛

马克思（Karl Marx）278

马克斯·苗拉 222/弗里德里希·马克斯·缪勒

马勒（R. R. Marett）98、101、223/罗伯特·雷纳夫·马雷特（Robert Ranulph Marett）

马勒特 223

马丽·荷威女史(Mary Howitt) 217/玛丽·豪伊特

马琴 171/泷泽马琴

马斜尔(Falquct de marseille) 44

马秀·亚诺德 223、224;亚诺德 224/马修·阿诺德

玛尼安勒、玛丽安勒 120、126/玛丽安娜

迈尔(J. L. Myres) 96、101/迈尔斯

麦非斯特 123/墨菲斯托

麦尼老司(Menelaus) 22/墨涅拉俄斯

莽布拉(Embla) 218/恩布拉

茅盾 142、317

梅迪亚 21/美狄亚

梅特林 187、192

美尔包尼(Melpomene) 5/墨尔波墨涅

米尔顿(Milton) 53/约翰·弥尔顿

米米尔 233、252、253、254、257、261/密米尔

妙撒(Erich Muhsam) 309/埃里希·米萨姆

敏娜 120

缪勒尔木司(Mimnermus) 13/弥涅墨斯

莫泊三(Maupassant) 78/莫泊桑

莫里哀(Moliére) 88

莫特洛特 38/莫德雷德

穆尔(George Moore) 268、270/乔治·爱德华·摩尔

拿破仑 83、128、278、305

那非乌斯(Naevius) 87/奈维乌斯

纳喜（Nash）273/托马斯·纳什

南娜（Namuo）13、219/南诺

南色洛（Lancelot）37、38/兰斯洛特

妮妮 120/莉莉·舍内曼

尼采 204

尼顿 183/布威·利顿

尼古拉斯三世 60/尼古拉三世

聂司理甫克（Siegfried Nestriepke）278/内斯特里普克

诺伦 240、256、257

庞培（Pompey）219/格涅乌斯·庞培

彭休士王（King Pentheus）22/彭透斯

漂吴夫 36、37/贝奥武夫

平达尔（Pindar）15、16/品达

平野岭夫 152

坪内逍遥 170、182、196；逍遥 199/坪内逍遥

坡伯（Pope）267、268/蒲柏

坡尔威克（Bolwerk or Bolverk）263/波尔维克

鄱耳 228/包尔

普尔吉德（Burgundy）41、42/勃艮第王（巩特尔）

普鲁希耳（Brunhild）41；普隆希尔 244/布伦希尔德

齐撒尔兹（Herbert Cysarz）303/赫伯特·塞萨尔兹

千叶龟雄 200

乾姆斯（Henry James）270/亨利·詹姆斯

乾姆斯（William James）269/威廉·詹姆斯

浅原六郎 151

乔叟(Chaucer) 270、276/杰弗雷·乔叟

乔治·耶略特(George Eliot) 271/乔治·艾略特

沁(Suhm) 218

清少纳言 187

邱鲁克(Panl Gnrk) 308

仞华伊 204

阮大铖 162

瑞大斯 210

若望(Jean de Meung) 41/让·德·蒙

塞勒加 60/吕齐乌斯·安涅·塞涅卡(别名:塞内加)

塞门特(Saemund) 215/赛蒙德

赛的亚(Thalia) 5/塔利娅

森鸥外 135、271

森英治郎 175

沙孚(Soppho) 14;沙华 14/萨福

沙莫士(Samos) 15

沙条洛伊 204、209/萨提洛斯

山岸光宣 119

上山草人 175

舌洛法(Xenophon) 25、26/色诺芬

神后(Hera) 7、25;希拉(Hera)4/赫拉

沈璟 162

圣伯纳尔德 63/圣伯尔纳

圣母玛利亚 62、63

施德儿恩哈姆（Carl Sternheim）294、295、296、301/施特恩海姆

施耐庵 81

施梯芬生（Stephenson）273/乔治·史蒂芬森

施托拉姆（August Sttamm）296

史特林堡（August Strindberg）281、282、283、284、285、286、291/奥古斯特·斯特林堡

市岛春城 187、189、197、200；市岛 197/市岛春城

视施透（Sterne）274/劳伦斯·斯特恩

室生犀星 188

司芬生（B. Svensson）42/吕恩约尔弗·斯汶逊

司各特 182/沃尔特·司各特

司台西克拉司（Steclaus）15/斯忒西科罗斯

司特牛生（S. Sturlusona）42/S.斯图卢索纳

斯特西戈罗斯（Stesichoros）209/斯特西克鲁斯

松井须磨子 175

松居松翁 175

松尾芭蕉 187

苏耳特耳 238/苏尔特

苏格拉底（Socrate）26、27、28、60；苏格那底 23/苏格拉底

苏赖加 126/苏莱

苏沙尼昂（Sosaro）23/索萨罗

苏托鲁姆·纹托·独兰克 295

梭孚克尔司、梭孚克尔斯（Sophocles）18、205、207、208/索福克勒斯

梭洛 187/亨利·戴维·梭罗

塔尔台司(Tartus) 15

台立西克尔司(Telesicles) 13/特勒西科斯

台林斯(Terence, or Terentius) 91/泰伦斯，或泰伦提乌斯

台司比什(Thespis) 18/泰斯庇斯

太田善男 276

泰达罗斯 227/塔尔塔洛斯

泰娄(Tylor) 102/泰勒

汤显祖 162

特尔 238/提尔

特斯毕斯(Thespis) 211/赛斯皮斯

藤间勘八 175

梯尔台乌斯(Tyravus) 12/特拉沃斯，或提拉弗斯

田山花袋 198

屠格涅夫 192

土方定一 200

土肥春曙 175

托比纳(Paul Topinard) 97、98、101/保罗·托皮纳德(Paul Topinard)

托尔烈儿(Ernst Toller) 305、308、309/恩斯特托勒

托尔斯泰 83、179、187

托尔斯泰 83、179、187

脱西哥尔(Terpsichore) 5/忒耳普西科瑞

妥尔(Thor) 218、219、220、231、235、238、252/索尔

丸木砂土、泰丰吉 151/秦丰吉

威尔贝姆·福依苦得 307/威廉·福格特

威利(Vile) 218、228、257/威尔

威廉·莫里斯(William Morris) 224;威廉·莫里士 243/威廉·莫里斯

威鲁特甘斯(Anten Wildgans) 292、293、294

威士威斯(Wordsworth) 268、269/华兹华斯

葳(Ve) 218、228/伟

韦尔斯(H. G. Wells) 97/H. G. 威尔斯

韦斯勒(Clark Wissler) 100、101、102

维达妥尔(Bernardde de Veutadour) 44/伯纳德·德·维塔杜尔

维尔尼克 120/Vilnik

尾崎红叶 188、189

尾崎行雄 153

卫的更(Frank Wedeking) 281、286、288、289、290、291、294/弗兰克·魏德金德

魏尔赫尔米勒 126/米娜·赫尔茨丽卜

魏吉耳(Virgil) 57、58、59、60、61、62/维吉尔

魏康特(Julius Wiegand) 281/卫甘德

魏兰特 119/维兰德

魏鲁肥尔(Franz Werfel) 293、305/弗朗茨·韦尔费尔

温灵(Fritzvon Unruh) 305/弗里茨冯·温鲁

温庭筠 161

闻多 290/文德拉

乌拉诺斯 227

乌莱尼亚(Urau'a) 5/乌拉妮娅

吴蒂兹(Emil Utitz) 303/埃米尔·乌蒂茨

吴尔康(Vulcan) 4/维尔甘

五十岚力 194、195

武松 81

西巴克士(Hiparcuns) 15/希帕尔昆斯

西村真次 95、102

西阀(Siva) 218/湿婆

西格弗利(Siegfried) 41、42/齐格弗里德

西摩尼台司(Simonides) 15、16/西蒙尼德斯

西色洛 60/马尔库斯·图利乌斯·西塞罗

西梯司(Thetis) 7/特蒂斯

希波尼托司 22/希波吕托斯

希尔德卜郎 42/希尔代布郎

霞落特(Shollot) 37/肖洛特

吓尼尔(Hoenre) 218/海尼尔

夏目漱石 193

夏娃(Eve) 218

相马御风 185、195

璟玛尔公爵 119

小泉八云 106

小早川精太郎 175

休贝尔特 126/修贝尔特

休西迪特斯(Thucydides) 25、26/修昔底德

修士王 22/忒修斯

徐勒 122、124、125；失勒（Schiller）121、122/席勒

徐尼 11/雪莱

徐泰茵夫人 120/夏绿蒂·冯·斯泰因

许俄革尼斯（Tieogris）13

鸭长明 187

亚丹（Adam）218/亚当

亚尔巴公爵（Duque de Alba）124/阿尔瓦公爵

亚尔克司梯（Alcestis）21/阿尔克提斯

亚勒格 242

亚里士多德（Aristole）26、28、97；亚里斯多得 60；亚里士多德（Aristotle）108/亚里士多德（Aristotle）

亚历山大 60

亚利曼（Ahriman）218/阿赫里曼

亚利士多芬（Aristophanes）23/阿里斯托芬

亚利斯多阀尼斯（Aristophanes）207/阿里斯多芬尼斯

亚鲁玛 286、287、288

亚娜司拉芙纳 34、35/雅罗斯拉夫娜

亚士岂洛司（Aeschylus）18、20；亚士岂洛斯 206/埃斯库罗斯

亚斯克（Ask）218/阿斯克

亚脱王 37、38、41/亚瑟王

亚妥沙（Atossa）19/阿托莎

亚休司（Asius）11/阿西厄斯

亚伊斯基尼斯 208

岩城准太郎 199

央斯（Jons）251、252/琼斯

耶克首斯（Xeres）19；耶克首司 19/薛西斯

耶勒俄娜拉 139；娜拉 139/娜拉

耶尼亚斯·徐勒格尔 122/海因里希·冯·克莱斯特（Heinrich von Kleist）

耶梯耳 42/艾柴尔

一九 71/十返舍一九

伊半尔（Ymir）218/依米尔

伊果耳 34/伊戈尔

伊利亚 242

伊米尔 228、229/伊密尔

伊尼斯（Iris）24/伊里斯

伊索（Aesop）14

伊原青青园 175

衣非吉力亚 22/伊菲革涅亚

依比加莫斯（Epi Curus）23；耶比克洛司 60/伊比鸠鲁

依利波（Eripo）13

依塞耳（Oeser）127/奥塞尔

依梭尔德 38、39、40/伊索尔德

易卜生（Henrik Johan Ibsen）139/亨利克·约翰·易卜生

尹纽斯（Quintius Ennius）87/昆迪努斯·埃尼乌斯

优德卜（Euterpe）5/尤特佩

楢崎勤 150、151

有岛武郎 315

育尼比台司 18；育利比台司（Eripedes）21；育利比台斯 24；育尼比台斯 206/欧里庇得斯

郁司泰（Hanns Johst）293/汉斯·约斯特

约伯 63

约翰·达克般（John·Hilterberg）67/约翰·希尔特贝格

约翰·加斯哈尔（John·Gaspar·Goethe）119/约翰·卡斯帕尔·歌德

詹姆士（James, E. O.）101

张之洞 114

张竹风 188、189

郑振铎 118、155

直木三十五 153

中村武罗夫 150

中西悟堂 153

舟木重信 309

左儿格（Richard Sorge）293/莱因哈特·约翰内斯·佐尔格